武内佳代
Takeuchi Kayo

クィアする現代日本文学

ケア・動物・語り

青弓社

クィアする現代日本文学——ケア・動物・語り　目次

カバー装画――大路裕也『イス（Chair）』二〇一二年（写真提供：やまなみ工房）
装丁――Malpu Design［清水良洋］

凡例

・各章の小説からの引用は、入手のしやすさを考慮して文庫版によった（引用テキストの書誌情報は各章で示した）。
・単行本は『　』で、新聞・雑誌名は「　」で示し、それらに掲載された記事タイトルは「　」で示した。
・引用者の補足は〔　〕で示した。
・引用文の傍点は、断りがないかぎり原文によるものである。
・引用文の傍線は、引用者によるものである。
・引用文中のルビは適宜省略した。

はじめに

「小説を読む」とはどのような行為だろうか。

もちろん文字を目で追い、だいたいの内容を理解すれば、「小説を読んだ」という感覚を抱けることは間違いない。だが評論や伝達文などとは異なり、小説とはおそらく、読み手が「読んだ」という感覚を抱ききれないところに魅力の核心がある。なぜなら、誰が、いつ、どのように読むかによって、読まれる意味合いそのものを一変させてしまうのが小説表現だからだ。ある読者によって読み取られた内容は、その小説の、あくまで解釈の可能性の一つでしかない。「小説を読む」ことは、個々の読者が選び取る主体性や読解の方法に応じて、常にあらゆる意味の可能性に開かれている。この開かれたものとしてある小説は、ときとして「読む」という行為を通じて、私たち読み手に新たな主体性のあり方や思考の方法を手渡してくれさえするのである。その意味で、「小説を読む」という行為は、読み手が小説テクストに解釈を与えて作品世界の意味内容を変更するばかりでなく、小説テクストからも読み手に対して新たな認識や主体の変容をもたらす、豊かな相互行為にほかならない。

本書では右のような前提に立ち、一人の読み手としての観点から、おもにクィア批評を方法の中心に据えつつ、さまざまな批評理論を横断的に用いて現代小説を読む。取り上げるのは、金井美恵子、村上春樹、田辺聖子、松浦理英子、多和田葉子という五人の作家によって、一九七〇年代から二〇一〇年代にかけて書かれた七つの小説である。

あらかじめ断っておけば、本書はこれらの小説に何らかの統一的な主題や共通性を見いだそうとするものではない。また、小説を同時代の歴史的事象にすぐさま対応させたり、ましてや、作家の意図に還元したりするものでもない。そうではなく、何よりも「小説を読む」ことに力点を置く。クィア批評を軸としながらも、読解の方法は単一的な枠組みに寄りかかることなく、それぞれの小説テクストに見合ったさまざまな批評理論や思想を選び取り、小説の解釈の可能性を最大限に広げてみたい。

加えて本書では、取り上げる小説が必ずしもそれらの発表の時代順に配列されていない。先に「小説を読む」ことを小説表現と読み手との相互的なはたらきかけと捉えたが、その前提に従い、個々の小説テクストの読解を通してもたらされた、読み手としての私自身の理解や思考の広がりのプロセスを重視して、取り上げる作品を配列することにした。とくに方法の中心であるクィア批評の観点は、章を追うごとに、より複雑な社会的・現在的な問題を引き寄せていくことになるだろう。

ここで、本書が採用しているクィア批評について説明しておきたい。批評の枠組みよりも「小説を読む」ことに関心がある方は、以下を飛ばして各論にお進みいただきたい。

クィア（queer）とは、日本語では「変な」「奇妙な」などと訳される、もとは英語圏でゲイ男性に向けられた蔑称である。それがやがてゲイ当事者たちによって自称として奪い返され、戦略的に使われるようになった。そのためクィアは、ときに同性愛や同性愛者だけを指して用いられることもある。しかし、少なくとも文学作品をはじめとした、さまざまな文化・芸術に関する分析方法に関して、クィア批評もしくはクィア理論と言う場合、このクィアという語はより広範な意味を帯びる。

一般に「クィア理論（Queer Theory）」は、一九九〇年にカリフォルニア大学サンタ・クルーズ校の学術会議でテレサ・ド・ラウレティスが提唱した用語とされている。[1] この同性愛研究に限定されないクィア理論の特質を理解するうえで重要になるのは、当初からその考え方が、当事者の「差異の主張」と「普遍性およびそれに基づく連帯」という、相矛盾する二つの指向性を帯びていたことである。[2]

まず「差異の主張」とは、当事者が非規範的なセクシュアリティまたはジェンダーを主体化し、差異を主張する、という対抗的なアクティヴィズムの指向性である。この背景には、一九八〇年代のＨＩＶ／エイズ・アクティヴィズムが大きく関わっている。

エイズが流行した一九八〇年代以降のアメリカ社会では、エイズパニックのなかで不当に感染の責任を負わされたゲイ男性たちが、日常的に生命の危機に直面するほどに社会的・制度的な暴力と排除の対象になるとともに、ゲイ以外の非規範的なセクシュアリティやジェンダー・アイデンティティに対しても差別や排除の気運が高まっていった。そうした社会状況への抵抗運動であるエイズ・アクティヴィズムは、九〇年代には「私たちはここにいるし、私たちはクィアなのよ、それに慣れることね（We're here, We're queer. Get used to it.）」（Queer Nation）という有名な標語に象徴されるような、規範的なあり方からの差異を「反抗的な開き直り」の姿勢から主張するクィア・ポリティクスへとつながっていく(3)。なかでもラウレティスのクィア理論では、支配的な異性愛規範への対抗を重視しながら、レズビアン女性とゲイ男性、あるいは黒人レズビアンと白人レズビアンといった、非規範的なセクシュアリティをもつ者の間にあるジェンダーや人種、階級、民族文化、年齢など多様な差異にも目を向けるよう促している(4)。

他方で、クィア理論は「普遍性およびそれに基づく連帯」の指向性も有している。それは二元的なアイデンティティ・カテゴリーの輪郭線そのものを問い直すことによって、普遍性に基づく連帯を図る思弁的な指向性だと言える(5)。とくにポスト構造主義の影響を強く受けた、いわゆる初期のクィア理論ではこの面が強調された。

より具体的には、男女という二項対立に対する疑義や越境を通じて、規範的なジェンダー・アイデンティティの問い直しや撹乱をおこない、性自認に関わる異性愛主義的な政治に抗おうとする思考方法とも言い換えられる。クィアに対するこのような思弁的な捉え方は、男女の性別二分法に依拠した従来のレズビアン・ゲイ研究に代わる新たな視座を提供するものだった。また、それまでのジェンダーおよびセクシュアリティ研究やフェミニズムで前提にされてきたさまざまな二分法秩序、すなわち女性性／男性性、同性愛／異性愛といった既存の二元的なアイデンティティ・カテゴリーを自在に踏み越え、撹乱し、ジェンダー化／セックス化されたアイデンティティの固定性を揺るがすものと見なされたのである。そのためクィアという概念は、実社会において、同性愛だけでなく、バイセクシュアルやアセクシュアル、トランスジェンダー、あるいはクエスチョニングなど、いわゆるジェンダー・アイデンティティ（性自認）とセクシュアル・オリエンテーション（性的指向）に関わる多様な自己選択の可能性を開くと同時に、そのような当事者同士の連帯を可能にする共通基盤にもなったのである。

以上のようにクィア理論あるいはクィアに関わる認識とは、清水晶子の言葉を借りれば、「差異をもつカテゴリーとしてのアイデンティティを利用する挑発的な政治性と、それらのカテゴリーに輪郭を与える境界線の不成立の主張という、矛盾する二つの傾向を同時に保持する[6]」ものとしてある。

批評理論としてのクィア批評もまた、この二つの指向性を抱え込んできた。すなわち、レズビアン、ゲイ、トランスジェンダーなどの非規範的なセクシュアリティまたはジェンダーを主体化した者のアイデンティティに焦点を当て、それらに関する抑圧や抵抗のせめぎ合いを見いだそうとするアクティヴィズム的な指向性と、あらゆる既存のカテゴリー化されたアイデンティティを切り崩すような表現を見いだそうとする思弁的な指向性との二つである。[7]

この双方に目配りしながらも、後者の思弁的なクィア批評を重視したのが、村山敏勝『（見えない）欲望へ向けて』である。村山は、ゲイ、レズビアン、トランスジェンダーといった既存の性的カテゴリーにとらわれず、「一見固定した性的枠組みが機能している場所に斜めの線を引き、アイデンティティの機能を書き換えていくこと」にクィア批評の可能性を見いだしている。それは読み手が「見ること、批評することを通じて、いわば動詞的に「クィアする」とでもいうべき介入を通じて、見えない欲望を引き出し、新たな解釈を生産する[8]」方法とも言い換えられている。

この場合、「クィアする」ように読むこととは、たとえば一見異性愛あるいは同性愛が中心化されている物語に、既存の性別二分法的なジェンダー・アイデンティティや、同性愛／異性愛という二元論的なセクシュアリティを超え出た、いわば脱アイデンティティ化されたものとしてのクィアな欲望を積極的に読み取っていこうという姿勢を指しているだろう。本書も、このような村山の方法論に大きな影響を受けている。

とはいえ、繰り返しになるが、こうした思弁的な指向性は、本来「差異の主張」の指向性とは相いれないものである。実際、クィア・アクティヴィストなどの立場からすれば、既存のアイデンティティそのものを自在に超え出るような思弁的なクィアは、ユートピア的な理想を表現した「本質なきアイデンティティ[9]」にすぎず、現実的な抑圧や排除への対抗の基盤たりえないとも言える。清水晶子が二〇一三年の論文で明確に指摘しているように、とりわけ新自由主義がグローバルに行き渡るなかで、思弁的なクィアがもつ「自由への志向は、時に現実の政治・経済構造を追認する効果を持ち得るし、実際に追認してきた側面[10]」があり、一九九〇年代以降、ネオリベラルな社会体制にフィットする商業主義的なクィアがマス・メディアなどを通じて主流化することにもなった[11]。

ただ、ここでは、そもそもクィアが差異を主張するにもかかわらず、同時に普遍性に基づく連帯をも促すという、相矛盾する二つの指向性を併せ持つことそれ自体を重視したい。このクィアの割りきれない性質は、おそらく、読み手が「読んだ」という感覚を抱ききれない小説という表現ときわめて近しいものなのではないかと考えるからだ。

情報伝達だけを意図しない小説という表現は、言葉と言葉の絡み合いやぶつかり合いのなかにさまざまな矛盾や不合理を平然と差し出してくる。それだけでなく、「小説を読む」ことを通じて登場人物という〈他者〉たちが存在し始めるとき、ある読み手は自分との差異を突き付けられて拒否反応を起こすかもしれないし、あるいは、それまでの価値観や主体性をたちまち変えてしまうかもしれない。また、ある読み手はその〈他者〉に共感して、いつの間にか自己と〈他者〉との境界線を溶解させることもあるだろう。ときに現実の世界からも飛翔して、相矛盾する言葉たちを同時に抱え込み、さらに、誰が、いつ、どのように読むかによって意味内容を大きく変容させる、まったくもって割りきれない小説という表現は、読み手に、人間存在の差異を指し示すと同時に、にもかかわらず、その差異を形作る境界線そのものを問い直させる契機を有してもいるのではないか。

　この観点からすれば、アメリカ文学研究者の松下千雅子が、クィアの有用性を「抵抗の矛先をヘテロセクシズム〔異性愛主義：引用者注〕という単一の制度から「ノーマル」とみなされるあらゆるもの、「ノーマル」であることを決定するあらゆる制度へと変更したことによって、多岐にわたる規範化作用を幅広く検証するための理論を提供した点にある」[12]としていることが理解されてくる。とりわけ、ときにリアルを超えたさまざまな〈他者〉が現出する小説をクィア批評の立場から読み解くことは、男性／女性、異性愛／同性愛といったことばかりでなく、それらに関連して、〈ノーマル〉とそうでないものとを峻別するあらゆる複雑な分割線の政治を可視化し問い直す、対抗的な理論を手繰り寄せることになる。

　ラウレティスが打ち出したクィア理論にもすでに見られたように、現在に至るまでクィア批評がフェミニズムと強く結び付いているのは必然と言える。家父長的なジェンダー規範によるさまざまな抑圧を被り、ときに生存の危機にさえ晒されてきた女性たちは、まさに公的な社会で〈ノーマル〉とそうでないものとを恣意的に分かつ境界線の政治に巻き込まれてきたからである。もちろん女性だけでなく、規範化された社会構造のなかで〈ノーマル〉と非〈ノーマル〉の分割線によって抑圧・排除される存在として、健常中心主義（healthism）によってさまざまな「障壁」を感じずにはいられない障害者や、人間中心主義によって人間に生殺与奪の権利を握られている動物といった存在にも、クィアの概念は接続できるにちがいない。

ただし繰り返すなら、本書はクィア批評をはじめとする読解の枠組みよりも、あくまで〈いま・ここ〉で「小説を読む」こと、言い換えれば、割りきれない、それぞれの小説テクストが内包する読解の可能性、もしくは読解するという行為そのものの可能性を探ることを重視している。「小説を読む」ことは、実に刺激的で、スリリングなおこないだ。と同時に、それは読み手という主体が小説テクストによって問われ、おびやかされることでもある。「クィアする」という動詞的な介入によって、ときに読み手のジェンダーやセクシュアリティをめぐるアイデンティティを揺るがすような、現代日本文学を「読むこと」の悦ばしい驚きを探求してみよう。

注

（1）テレサ・ド・ローレティス「クィア・セオリー――レズビアン／ゲイ・セクシュアリティ イントト

ロダクション」大脇美智子訳、「ユリイカ」一九九六年十一月号、青土社、六六―七七ページ（原著：一九九一年）。なお、本書では清水晶子の論考にならい、「テレサ・ド・ラウレティス」という表記を用いた。

（2）清水晶子「埋没した棘――現れないかもしれない複数性のクィア・ポリティクスのために」「思想」二〇二〇年三月号、岩波書店、三五ページ

（3）清水晶子「「ちゃんと正しい方向にむかってる」――クィア・ポリティクスの現在」（三浦玲一／早坂静編著『ジェンダーと「自由」――理論、リベラリズム、クィア』所収、彩流社、二〇一三年）三一六ページ、および、同「《エスニック・フェア》のダイバーシティ――可視性の政治を巡って」（「女性学」第二十六巻、日本女性学会、二〇一九年三月）一五ページ。標語の訳語は清水の前掲「「ちゃんと正しい方向にむかってる」」三一六ページによる。

（4）前掲「クィア・セオリー」六八―七四ページ

（5）前掲「「ちゃんと正しい方向にむかってる」」三一七ページ、前掲「《エスニック・フェア》のダイバーシティ」一五―一六ページ

（6）前掲「《エスニック・フェア》のダイバーシティ」一六ページ

（7）クィア批評に関する記述は、前掲の清水晶子の論考に加えて、以下の文献を参考にした。ソニア・アンダマール／テリー・ロヴェル／キャロル・ウォルコウィッツ『現代フェミニズム思想辞典』奥田暁子監訳、樫村愛子／金子珠理／小松加代子訳、明石書店、二〇〇〇年、二九四―二九五ページ（原著：一九九七年）、ピーター・ブルッカー『文化理論用語集――カルチュラル・スタディーズ＋』有元健／本橋哲也訳、新曜社、二〇〇三年、六〇―六一ページ（原著：一九九九年）、イヴ・K・セジウィック「クィア理論をとおして考える」竹村和子／大橋洋一訳、「現代思想」二〇〇〇年十二月号、

青土社、四一ページ、大橋洋一「クィアに視れば――それがなにをもたらしたのか」「大航海」第四十三号、新書館、二〇〇二年六月、一〇二―一〇九ページ、大橋洋一「クィア」、大橋洋一編『現代批評理論のすべて』所収、新書館、二〇〇六年、二四四ページ、三浦玲一「クィア批評① フーコーからバトラーへ」、同書所収、一〇八―一一一ページ、星乃治彦「ゲイ・レズビアン・スタディズとクィア理論」「ジェンダー史学」第二号、ジェンダー史学会、二〇〇六年四月、八一―八三ページ

(8) 村山敏勝『(見えない) 欲望へ向けて――クィア批評との対話』人文書院、二〇〇五年、一四ページ

(9) デイヴィッド・M・ハルプリン『聖フーコー――ゲイの聖人伝に向けて』村山敏勝訳(批評空間叢書)、太田出版、一九九七年(原著:一九九五年)

(10) 清水晶子「喪失にあって語るということ――セジウィックの「白いめがね」とアイデンティフィケーションをめぐるアンビバレンス」、中央大学人文科学研究所編『愛の技法――クィア・リーディングとは何か』(中央大学人文科学研究所研究叢書)所収、中央大学出版部、二〇一三年、一七四ページ

(11) この一九九〇年代から二〇〇〇年代にかけてのアメリカでのネオリベラルな社会体制と商業主義・消費主義的なクィアの主流化については、前掲「「ちゃんと正しい方向にむかってる」」に詳しい。

(12) 松下千雅子『クィア物語論――近代アメリカ小説のクローゼット分析』人文書院、二〇〇九年、一一ページ

第１章　金井美恵子「兎」
——クィアとしての語り

はじめに

金井美恵子は高校を卒業した翌一九六七年、詩「ハンプティに語りかける言葉についての思いめぐらし」（「現代詩手帖」五月号、思潮社）などで現代詩手帖賞を、また短篇小説「愛の生活」（「展望」八月号、筑摩書房）で太宰治賞次席を獲得して、戦後生まれの女性作家としてはもっとも早く、詩人そして小説家として文壇にデビューした。(1) 現在に至るまで長く作家活動を続けている金井の作品のなかでも、ここで注目したいのは、七〇年代に発表した幻想的でグロテスクな短篇小説の数々だ。(2) それらには、不在の恋人あるいは失われた原作テクストへの到達不可能性や、性別の越境に関する物語が多く描き込まれている。金井はそうした物語に、「書くこと」の始源を求める小説家の尽きせぬ欲望や、小説家と読者の脱領域化を寓意させながら、徹底して超現実的なメタフィクションを紡ぎ出していった。

とりわけ一九七〇年代初頭に現れる性別越境をめぐる小説群は、それらが日本の第二派フェミニズムの黎明期に登場したことを考えると、先進的な試みだったと見なせる。[3] 金井は当時、「男と対等であること」や「女性の主体性の確立」を唱えた「女性論」や「ウーマン・リブ」には批判的な態度を示していた。そうした態度は、リブ運動をはじめとする第二派フェミニズムに温存されていた男女という性別二分法的なジェンダー規範そのものへの疑義から発せられていた。ここに、「ジェンダー」という言葉がまだ一般的でなかった時代の、この作家の先鋭な問題意識を捉えることができるだろう。[4] 金井がデビュー当初から「「フェミニズム」なる流派」とは「無縁」[5]（絓秀実）と評されたり、「独自の方法に立つジェンダーの探究者」[6]（北田幸恵）と見なされたりしてきたゆえんはここにある。

当時の金井の小説作品のなかで、前述のような性別越境の理想を体現したのは、おもに少女というモチーフだった。金井にとって、少女とは「性の中間的な安全地帯」において性別二分法に引き裂かれている「アンドロギュヌス的存在」[7]を意味していた。現在の観点からすれば、それら少女たちの造形は、トランスジェンダー的ではあるものの、両性それぞれの典型的なジェンダー規範をなぞるかぎりでは、性別二分法の枠組みそのものは維持していた。加えて、異性愛主義的なセクシュアリティ規範に寄り添うものでもあった。したがって、それらは基本的には高原英理が整理したような、近代日本文学に現れてきた少女像の典型[8]にすぎないという言い方もできる。

一九七二年の「兎」（「すばる」六月号、集英社）もまた、少女をモチーフとした金井の代表的な短篇小説の一つである。だが後述するように、本作で描かれる少女は、〈両性具有《アンドロギュヌス》〉性というよりも、むしろ逆説的にジェンダーの可変性・多様性を照らし出し、男女という性別二分法規範を攪乱する行為遂行性《パフォーマティヴィティ》を示すものとしてある。

本章では、そのように少女に攪乱性を捉えながら、クィア批評の観点から「兎」という小説テクストを読み直してみたい。とくにここでは、「クィアする」とも表現される思弁的なクィア批評の方向性でアプローチする。クィア批評を取り入れることで、初期金井文学である「兎」が備えていた、小説テクストとしての卓越した構造とともに、ジェンダー・ポリティクスをめぐる問題意識の先進性を解き明かしてみたい。

1　危うい近親相姦願望

まず、「兎」のあらすじを紹介する。

ある日、日記を書き終えて散歩に出た作家の「私」は、雑木林で『不思議の国のアリス』さながらに「大きな白い兎」を追いかけ、「突然、穴の中に落ち込んで」しまう。[9] 意識を取り戻した「私」は、その大兎が兎の毛皮と仮面を纏った「小百合」という少女であると知り、少女から、兎として暮らすようになった経緯を次のように聞かされる。

普通の女学生だったころの少女は、母親や兄姉の軽蔑をよそに父親が時折作る兎料理を父娘で堪能していた。ある朝、母親らが失踪したのを境に、彼女は父親とともに毎日それを楽しむ「飽食と睡眠の甘美な」生活を始めることになった。やがて肥満症で動けなくなった父親にかわって兎を殺して料理するようになった少女は、次第に兎の殺害そのものに快楽を覚えるようになる。そしてあるとき、兎に扮した自分を父親への誕生日プレゼントにしようと思いついて実行する。ところが、それを兎の化け物の来襲と勘違いした父親は、兎の姿をした少女に手当たり次第に物を投げ付けたあげく、心臓発作でこの世を去る。このとき父親が投げ付けた水差しの破片で片眼を失った少女は、以後、片目の大兎として、兎たちの眼をくりぬいて暮らすようになった。

この話を聞いたのち、「私」は長い間この兎少女と出会えずにいたものの、ある日突然に、残ったもう片方の眼まで潰して絶命している兎少女の死体と再会する。それを見た「私」は、少女から剝ぎ取った兎の毛皮と仮面を身につけ、少女の遺体や盲目の兎の群れに囲まれて、いつまでも「じっとしたまま動こうとしなかった」。

このような筋をもつ「兎」という小説テクストは、一人称の「私」の回想的な語りに少女の語りを内包した、いわゆる額縁構造をとる。だが途中、少女の語りを聞き終えた「私」の日常世界への帰路は語られることはなく、結末では、ふたたび少女が住まう世界に足を踏み入れた「私」がその世界に捕獲され、もとの世界には帰還しないままにテクストが閉じられてしまう。この「私」の語りの現実と幻想の境界の不安定さのために、語り手の「私」の外在性さえ曖昧になり、血なまぐさい兎少女の物語のほうがより凄烈な印象を読者に与えることになる。(10)

あらゆる近代小説での〈食〉の性的な寓意性を列挙するまでもなく、「兎」に描かれた父と娘の幸福な飽食生活に近親相姦的な関係を読み取ることはさほど難しくないだろう。とくにほかの家族が失踪してしまった朝の、少女の異様な振る舞いにはそれが明確に表れている。父親以外の家族を失った少女は、自分たち父娘が「きっとこのことを待っていたのに違いない」と喜び、その「特別の朝」のために「赤飯のアナロジイ」として「赤い食べもの」の「ラディッシュと苺」を「食卓に飾り」、父親がすぐにその「意味に気がつくだろうと思って嬉しく」なる。日本文化では初潮のお祝いに炊く赤飯が、村落共同体の存続のために、娘が産む性を獲得したことを周囲の男性たちに知らせ、彼らの性欲望を娘に向けさせる役割を果たしてきた。[11] このことを考えれば、この「赤飯のアナロジイ」を必要とした「特別の朝」の振る舞いには、少女の性的な近親相姦願望以外のものは読み取れない。他方、日頃から娘に「ボーイフレンドが出来たか」と尋ね続け、気をもんでいた父親も、この「特別の朝」を境に彼女の通学を打ち切らせ、兎料理とおぼしき「御馳走」を振る舞う。このように父娘の食事の共有は、両者の性的な近親相姦願望、あるいはその関係の可能性を露骨なまでに暗示する。

こうした近親相姦の暗示のなかで、とくに危うさを醸し出すのは父親の表象である。この父親には、「太った腹」「大きな手」「毛むくじゃらの太った指」「ちぢれた口髭」といった過剰にマッチョな身体性が付与されている。そればかりか、いつも「怒鳴っているよう」な「大きな声」を出し、飽食と睡眠を好み、ほかの家族が「卑しい恥ずかしい」と顔をしかめるような兎の料理を作り、食事中は「卵の黄味と紅茶の滴」を口髭に付着させたり「無遠慮にげっぷをもらしたり」するといった粗暴さや下品さまで付随する。

じつはこうした父親と同様の特徴を帯びた男性像は、金井の同時期の他作品でも繰り返し登場する。たとえば、「腐肉」（「波」一九七二年五月号、新潮社）は、作家であるらしき「ぼく」が娼婦の「彼女」の部屋に迷い込み、そこでかつて「彼女」の客だった「屠殺人」の腐肉を見るという物語だが、その「屠殺人」こそが「下品で体格の良い毛むくじゃら」な男性なのだ。そして娼婦は彼らに体を売るときの印象をこう語る。

あたしの生計をたてている方法と《肉》という言葉は語呂があいすぎるように思えたの。――あたしはまるで、自分の身体の肉を一切れずつ売っているみたいだわ。（五一七ページ）

ここには、男性による女性への性暴力と動物を食肉化する行為との類縁性が語られている。同様に「迷宮の星祭り」（「新潮」一九七三年十一月号、新潮社）でも、娼婦である「彼女」は、体を売る行為を「わたしは鋭いナイフでさし貫かれ、お腹を引き裂かれて、血を流す犠牲の動物だ」と感じている。「降誕祭の夜」（「すばる」一九七三年九月号、集英社）でも、貧しい孤児である「彼女」の処女を奪い、性暴力を加え続ける男性を「家畜の屠殺者」と喩え、凌辱を受ける「彼女」には「鋭いナイフで内臓を切り裂かれて行く犠牲の祭壇の小羊だった」などと、「屠殺者」のナイフ＝ペニスの犠牲になる動物（家畜）＝女性という隠喩が用いられている。

このような家父長制下での肉食文化と性暴力の密接なつながりについて、一九九〇年代になって鋭く分析したのは、フェミニズム理論家のキャロル・J・アダムズである。アダムズは、西洋社会で「性的暴力にある文化的イメージと実際の性的暴力は、動物の屠殺のしかたや食べ方について、私たちがもっている知識に依存して形成される[12]」と論じ、肉食と性暴力の双方を批判の対象とした。金井の七〇年代の初期短篇小説では、このアダムズが非難する動物の屠殺＝性暴力という寓意が繰り返し描き込まれていったことになる。それは当時、金井が二十世紀フランスのシュルレアリスム作家アンドレ・ピエール・ド・マンディアルグ[13]の小説を中心として西洋テクストに多く典拠を求めていたためだと考えられる[14]。

以上の文脈にしたがえば、「兎」において、「太った腹」「ちぢれた口髭」といった初期金井文学に典型的な〈屠殺人[15]〉の特徴を有する父親が兎を食肉化する作業とは、まぎれもない性暴力の隠喩として読み解かれなくてはならないことになる。とくに娘との晩餐のためにおこなう、「毛むくじゃらの太った指」で「おとなしい」「何も知らない」「ふわふわした柔らかな白い毛」といった受苦的な処女イメージをはらむ兎たちの「首の関節をへし折」り、ナイフで「腹を裂き内臓を取り出し」、皮を剝いで「薔薇色の肉」にしてしまうその〈屠殺〉作業の執拗な描出は、父親から娘への凄惨な性暴力という危うい気配を漂わせる。実際、この父親の暴力の気配はところどころで暗示されている。

たとえば、父親以外の家族がいなくなった「特別の朝」の出来事である。父親が「兎を捌く時用の汚点だらけの大きなエプロンをかけたまま」勝手口から入ってくると、「台所には動物のあたたかい血の臭いが漂いはじめ」たとあるが、このとき父親が捌いて料理した「動物」とははたして何だったのか。すでに指摘があるように、それは兎などではなくほかの家族たちだった可能性は十分にある。[16]この朝、父親は少女に向かって、「突然、家族が行方不明になってしまった女学生というのは、心配のあまり、学校へ行かないものだよ」と言い放って通学をやめさせ、のちに肥満して「時々心臓の発作でたおれ」ても、「決してお医者を呼んだりしなかった」。それどころか、少女が「医者に電話をかけようとしたりすると、とてもひどく怒るので、黙って父の言うとおりにする他ありませんでした」とさえある。娘に外部との接触を断たせるこうした一連の振る舞いには、家族の殺害を隠そうとする意図だけでなく、娘を家のなかに閉じ込めておこうとする父親の暴力的な欲望を透かし見ることもできる。

一方、こうした父親との生活を喜んで受け入れていたのが、小百合と名乗る兎少女だ。彼女は「私」に向かって、自分の名前が「鬼百合」「姫百合」という別名だったら満足できただろうと口にする。そのいずれの別名でも、西洋テクストの文脈で純潔や処女性を象徴する「百合」[17]という記号を手放さないことが暗示するのは、捌かれる無力な兎たちの表象と同様の、この少女の処女性である。こうして兎の食肉化を介してイメージ化される父娘の近親相姦的な雰囲気には、父親による処女陵辱というおぞましい性暴力の気配がより濃厚に呼び込まれることになる。

2　肉食と殺害に惑溺する少女

もっとも、文化的イメージのなかで、一般的に男性は食べる・殺す主体、女性は食べられる・殺される対象というふうに比喩的に結び付けられることを考えれば、父親と肉食を共有し、父親から兎殺害の役割を引き継ぐこの少女は、ジェンダー的には女性から男性へとトランスしていると言える(18)。少女のそうした面はほかにも随所で強調されている。少女が「物理だの化学だの数学だの」といった一般に男性ジェンダー化されてきた学問分野をとくに好むことを(19)はじめ、「殺す、という言葉を聞いただけで」「顔の色を変え」る同級の女学生たちを「馬鹿な兎馬のよう」だと蔑む様子や、「若い男の子」が「寄ってきたら嚙みついて肉を喰いちぎってやる」という宣言などである。こうした性別越境的な様態の果てにやってくるのが、次に見るような兎殺害の残忍性や快楽的側面だ。

　まだあたたかい兎のお腹に手を入れて、内臓をつかみ出す時は幸福でした。肉の薔薇の中に手をつっ込んでいるみたいで、あたしはうっとりして我を忘れるほどでした。指先に、まだピクピク動いている小さな心臓の鼓動が伝わったりする時、あたしの心臓も激しく鼓動しました。もちろん、兎を抱いて首を絞める時にも、内臓に手をつっ込むのとは違った快楽がありました。（略）だんだんそれが甘美な陶酔に充ちた快楽に変って行くのが、はっきりわかりました。手の力を少しずつ強めて行くと、兎は苦しがって脚を蹴るものだから、それがあたしのお腹にあたり、とても興奮しました。（略）結局、あたしが一番満足を味わえた方法は、兎の身体を股の間にはさんでおいて、首を絞める方法でした。（略）そのうち、裸の脚が直接兎の毛皮に触れていたら、もっと気持がいいだろうと思いつき、（略）兎殺しの血の秘儀が全裸で行なわれ

るようになるまでに、長い時間は必要ではありませんでした。　（一七一―一七二ページ）

少女が「全裸で」「兎の身体を股の間にはさんで」「首を絞め」るだけでなく、兎の非力な抵抗に「とても興奮」し、さらには「肉の薔薇の中に手をつっ込んで」「甘美な陶酔に充ちた快楽」を得るさまは、父親の〈屠殺〉行為以上に女性への性暴力を彷彿させずにはおかない。少女の兎殺しは、凌辱の対象になるはずの〈処女〉すなわち少女が、凌辱の主体としての〈屠殺人〉すなわち父親の役割を過剰に引き受けたものだと言える。

ところが、やがて「兎の毛皮をぬいあわせ」た「ぬいぐるみを着て」、「頭には長い耳のついたフードと仮面を被って暮らすように」なった彼女は、「内臓が父の手でさぐられる」ことを期待して「あたしを詰め物料理にして食べてください」とその身を父親に差し出そうとする。一度引き継ぎ、惑溺した父親の役割を最終的に放棄してしまうのはなぜなのだろうか。

北田幸恵は、少女がこのように「父の嗜好の対象物になりきる」ことに、「父そのものに合一し、始源へ回帰するという究極の願望の表れ」[20]を見て取っている。言い換えれば、父親の腹のなかに収まることで、母親ではなく父親の身体を始源として新たに生まれ出るという少女の不可能な、だが父親への究極の愛のかたちを読み取るわけである。たしかに魅力的な読解ではある。しかしこの解釈では、少女の快楽的な兎殺害の欲望との接合点が見いだせない。ここで重要になるのは、行動と欲望の間の関係をどのように理解するかである。

単純に考えて、少女の兎殺害の快楽的作業とは、父親に自らを食肉用に差し出そうとする行動へと帰結されるかぎり、表面上はどうあれ、その欲望のレベルでは「父親の肉体的快楽の受身的対象になるという「女性的」役割[21]」を欲したものと捉えられなければならない。精神分析の基本的な理解では、人間は自己の欲望が他者の欲望として実現されることに最大の欲望充足を得るとされている[22]。欲望とは、他者の期待や願望を経由して達成されるとき、最も快楽的なものとなるのだ。この公式にならうなら、少女が兎の〈屠殺〉によって興奮するほどの快楽を得るとき、彼女はすでに常に、父親が兎を〈屠殺〉、すなわち少女自身を凌辱していることを夢想し続け、そうした父親という他者の欲望充足のさまを夢想することそれ自体を、彼女自身の最大の欲望充足にしていると読み解くことができる。より簡単に言えば、父親を真似て兎を〈屠殺〉するとき、少女は〈屠殺〉される兎に自己投影している、ということだ。したがって一見ジェンダーを越境しているような少女の虐殺行為は、彼女の欲望のレベルからすれば、父親＝〈屠殺人〉＝〈男性〉がかくあれかしと望むだろう娘＝〈処女〉＝〈女性〉のステレオタイプを内面化し、それをなぞっているにすぎない。こうしたじつは地続きでありながらも極端に分裂しているようにしか見えない、矛盾に満ちた行動と欲望の姿は、外部への視点を一切欠いた少女の欲望の自己完結性を剝き出しにするものと言える。

3　過剰な模倣のゆくえ

前述のように、少女は父親＝〈屠殺人〉の欲望（と彼女が思い込んでいるもの）をかなえるために、最終的に兎の仮装によって〈屠殺される兎〉＝〈凌辱される処女〉の身体を忠実に模倣しようとする。だが、それがかえって、「殺した兎たちの亡霊」と勘違いさせ、父親を恐怖で頓死させる皮肉な結果を生んでしまう。この挿話で兎少女の「おとうさん」という呼びかけに対して、父親が「化物め！」と絶叫する応答不全からあらわになるのは、父親を死に至らしめるほど入念な仮装をして現れる少女の被〈屠殺〉、もしくは被凌辱という欲望の「化物」じみた過剰性にほかならない。

この父親殺しの際、父親に投げられた大きな水差しが顔に命中して、「仮面の眼にはめ込んだ桃色のガラス」が割れ、その破片が少女の左眼の「眼球を貫いて」しまう。ここに、オイディプス神話にあるような近親相姦と父殺しという禁忌侵犯への懲罰を読み取ることは難しいことではない[23]。加えて、父権制下の眼に関する隠喩文法で、視線を差し向けるのが男性、その対象が女性であることを想起すれば、この懲罰はジェンダーをトランスした少女に対する一種の去勢[24]とも言い換えられるだろう。しかし兎少女のリアクションは、そうした解釈の枠組みをやすやすと裏切ってしまう。

鏡の中で、あたしの眼に桃色の鋭いガラス（兎の眼がつきささったんですわ）がつきささっているのを見た時も、怖しいことは怖しかったのですが、それは美しかったのです。今まで見たこともないくらい、その時のあたしは、ぞっとするほど綺麗でした。髪の毛は血で頭にべったりはりついて、左の眼に深くつきささった桃色のガラスの破片の鋭い切り口が電灯のあかりでキラキラ光っていました。なんて美しいメーキャップだったでしょう。それを思うと、以前より兎を殺すことに快感がなくなったほどでした。（一七八ページ）

こうして少女は、片眼を失ったこの出来事を、懲罰というよりもむしろ、一つの僥倖として受け取る。父親からの性暴力を欲望していた少女にとって、あくまで自閉的な欲望充足でしかない兎の殺害行為に比べると、現実の父親の暴力によって傷つけられた経験こそ、「兎を殺すこと」以上の「快感」が得られた欲望充足の記憶へと転化されるのである。言うまでもなく、このとき彼女の左眼を深く刺し貫いた「桃色の鋭いガラス」とは、当然、父親のペニスに相当する。だからこそ、ガラスの破片が眼球に突き刺さっているにもかかわらず、鏡に映るその自分の容貌を「ぞっとするほど綺麗」だと感じることになる。

こののち、少女は「怖しい」「父の死顔」に怯えて兎殺しができなくなるものの、「兎の亡霊」に取り憑かれたという「自覚」から「片目の大兎」として生きることを決め、「ぞっとするほど綺麗」だった自分を繰り返し喚び戻すために、「兎の眼を刳《くり》ぬ」いて暮らし始める。つまり失われた片眼という父親の性暴力＝〈去勢〉の痕跡のせいで、いよいよ「兎の亡霊」＝〈凌辱された処女たち〉の依り代として兎に同化した少女は、兎への〈去勢〉行為の反復を通して、ふたたび父親の欲望を代行し、さらに傷つけられる兎へと自己を投影し続けるのである。

このように少女は一貫して、自閉した〈男性〉＝能動的主体／〈女性〉＝受動的対象という父権制下の二分法的な表象体系のなかで、父親＝〈男性〉による殺害や暴力を代行しながらも、その欲望のレベルでは性暴力の対象としての兎＝〈女性〉に自己投影することによって、父親の理想の娘を過剰なまでに模倣・反復していく。そしてその過剰性の帰結として、あたかも行為と欲望の亀裂を縫い合わせるかのように、残った右眼に「桃色の鋭いガラス」を突き立て、自分という「大兎」をも殺害するに至る。

以上のように、少女の物語は、すでに言われてきたように「兎殺し、家族殺害や近親相姦の暗示という、あらゆる負に満ちた」「反家族物語」[25]でありながらも、最後まで父権的なジェンダー配置の枠組みを解体してはいない。しかし父殺しや自死といった皮肉でおぞましい顚末を呼び込むほどの、この少女の欲望のレベルでの過剰な〈女性〉ジェンダーの模倣・反復は、上戸理恵が述べるように「期待されている〈少女〉、〈娘〉の位置を過剰に引き受けることでずらしていく戦略[26]」と受け取ることも可能である。だとすれば、そのようなパロディー戦略のもとで立ち現れる兎少女のおこないとは、ジュディス・バトラーの模倣理論が示唆するような、父権的にジェンダー化された〈女性〉の身体が「模倣（反復）すべき形態から、つねにずれている[27]」ことそれ自体を表象するものと捉えられるのではないか。

「兎」のようないわゆる幻想小説では、本来的にあらゆる変身が許容されているはずだ。にもかかわらず、本作では少女から兎への、すなわち凌辱される〈女性〉への変身が、原型の擬態にすぎない入念な〈仮装[28]〉にとどまり、なおかつ、その仮装が「化物」と誤認されるほど〈女性〉の形態を大きく踏み外してしまう。この変身ではなく過剰な仮装に拠って立つ一連の物語は、ジェンダー化された〈女性〉という身体形態が決して所与のものではないという、この小説の問題意識を明確に打ち出したものと見なせる。

他方、行動のレベルに視点を移せば、少女が兎に仮装しながら虐殺や懲罰行為といった父親＝

〈男性〉の役割を執拗に模倣・反復する行為のグロテスクさもまた、今度は男性ジェンダー化された暴力行為の所与性を攪乱している。このように、一見して父権的な性の二分法規範を維持した少女の陰惨な物語は、その二重化された模倣の過剰性によって、むしろ二分法的なジェンダーの固定性を「類似よりも差異を際立たせる批評的距離を置いた反復[29]」としてパロディー化し、「ジェンダーとはオリジナルのない一種の模倣[30]」であること、すなわち、その行為遂行性《パフォーマティヴィティ》を逆説的に表象するのである。

行為遂行性《パフォーマティヴィティ》(performativity)とは、もとはジョン・L・オースティンの言語行為論の用語で、ジュディス・バトラーのジェンダー論では、表象／行為自体が現実そのものを産出していくことを意味している。一般的なパフォーマンスが、その表象／行為の主体があらかじめ想定されているような行為を指すのに対して、行為遂行性《パフォーマティヴィティ》は、そうしたアプリオリな主体そのものの解体が前提とされており、アイデンティティ・ポリティクスを脱構築する力をもつ。この点で、本書の第2章「村上春樹『ノルウェイの森』――語り／騙りの力」で触れるイヴ・K・セジウィックのホモソーシャル理論とともに、クィア理論のなかでは重要な概念とされている[31]。兎少女が欲望とのズレをはらみながらジェンダー役割を横断して執り行う行為の過剰性は、一種のパロディーとして、ジェンダーなるものが本質的に模倣され構築されたものにすぎないことをあらわにする。この意味で、バトラーが言う行為遂行的な振る舞いと言っていい。

ただし、物語世界のなかで父親に「小百合」、語り手に「少女」と名指される記号的存在、すなわち言語的存在としての少女とは、いかに攪乱的な振る舞いをしようとも、「兎」という小説テクストで大文字の〈女性〉と地続きにある〈少女〉の表象でしかありえないことも事実だ。これは、小説のなかでひとたび「少女」という記号で名付けられてしまえば、その表象のパロディーをもってしてもなお、性別二分法の表象体系それ自体を骨抜きにするほどの機能はもちえないという、テクストとしての〈少女〉表象そのものの、すなわち〈少女〉という記号表現《シニフィアン》がもつ本質的な限界性と言い換えてもいい。だが忘れてならないのは、「兎」ではこうした〈少女〉の物語が、じつは語り手「私」によって語られた物語であるということだ。

4 「少女」の物語から「私」の物語へ

結末部で少女の仮装を引き継ぐ語り手の「私」とは、何者だろうか。語りの額縁構造で、少女の語りは常に「私」の語りに依存することによってしか読者のもとには届かない。(32) ところが、「医者」に通うほど「年中」「悪夢を見ているような感覚」に襲われる「私」の見聞きしたこと自体、本当に体験した出来事なのかどうか、そもそもからしてあやふやなのである。言ってみれば、少女の物語も、「私」という人物の妄想にすぎない可能性が高い。その意味で、少女の物語とは「私」の物語でもある。

「私」はなぜ日頃の悪夢を見ているような感覚の詳細ではなく、ここであえて少女の物語を体験談として語ったのだろうか。ヒントは兎少女との邂逅の予兆にある。

当初、「私」は自分の「肉体の内部」から湧出する「吐き気」としての「匂い」に誘われて、少女と邂逅し、なぜ兎になったのか、という少女の問いを共有する「初めて」の聞き手に選ばれる。のちの少女の遺体との再会も、やはりこの「匂い」に誘発されていた。中村三春が的確に指摘するように、「吐き気」に連なるその「匂い」が「私」の実存的な「存在の不安」(33)を表徴し、かつ兎少女を現出させるとすれば、「私」の存在論的不安が兎少女の存在や語りと不可分に結び付いていることは明らかである。つまり、男女の性別二分法のパロディーとしてある少女の「悪夢」のような物語には、それを語る「私」自身の生、すなわちジェンダー・アイデンティティと性欲望のあり方をめぐる深い苦悩もしくは問題意識が、そのまま物語化されていると見なせるのである。

従来、結末の少女の遺体と傷つけられた兎たちとともにある「私」の沈黙は、傷ついた女性たちの「一体化」(34)、もしくは女性たちの悲劇を「引き受け」(35)ることなどと解釈されてきた。しかしながら、ともに沈黙する「私」と少女や兎との間の決定的な差異を見過ごしてはならない。兎に仮装した「私」は、眼を潰すという懲罰＝去勢までは決して引き受けることなく、沈黙のままにあたりを眺め見据えている。そのとき「私」は兎という身体形態、すなわち男性たちの暴力に晒される被傷性を帯びた女性ジェンダーを引き受けたかに見えて、それとの完全なる同化を拒否し、「見る」という男性ジェンダーを行使しているのである。こうしたズレをともなう仮装の引き継ぎは、先に解読してきた少女の様態のさらなるパロディー化と見なせる。では、このとき兎になった「私」の欲望の向かう先は一体どこなのか。それは少女へと向かうのか、それとも少女の欲望を経由して父親へと向かうのか。あるいは、そのどちらでもないのか。結末の「私」の欲望がこのように宛先不明であればこそ、そこには行為遂行的にクィアな存在が立ち現れる。

とはいえ「私」が女性であると仮定するならば、[36]少女の意思を引き継ぐかのように兎に仮装し、傷ついた少女や兎たち、すなわち〈凌辱された女たち〉とあたかも同化したかに見えることはたしかに否定できない。その場合、従来どおりに結末には、「一体化」や「引き受け」といった父権制に抗する女性同士の連帯の表象を読み取ることができるかもしれない。実際、語り手の「私」に言及した論考のほとんどが、作者の金井が女性であることに引き付けて議論を展開していて、そうなると一人称の「私」の問題は女性の問題とおのずと結び付けられてしまう。ところが結論から言えば、じつのところ、作中でこの語り手の「私」には、性別をラベリングする手がかりが一切見当たらないのだ。

たとえば、兎少女が「あたし」という一人称や、「ませんの」「ないもの」「やるわ」といった女性ジェンダー化された女ことばを使用することとは対照的に、「私」の語りはきわめて中性的なものにとどまっている。[37]また、語る言葉以外の部分に目を転じても、「私」の性別を判じ分ける要素は一切見当たらない。いわば、この語り手の「私」とは脱ジェンダー化された無性の表象と言っていい。ならば、少女よりも「私」のほうが、ジェンダーやセクシュアリティの可変性・攪乱性がはるかに高いことになる。

ひるがえって、この「私」の沈黙がすでに何かを物語るものであることは、冒頭の日記の書き付けであらかじめ宣言されていたことを思い出したい。

書くということは、書かないということも含めて、書くということである以上、もう逃れようもなく、書くことは私の運命なのかもしれない。

（一五九ページ）

この宣言を前提とするとき、性別二分法を攪乱する少女の物語を語り継ぎ、その姿さえも引き継いだところにある、書かれたもの《エクリチュール》としての、無性の「私」による沈黙の語りとは、兎少女が〈少女〉であるがゆえに表象されえなかった、性別二分法的な表象秩序からの超脱の夢の紡ぎ直しと捉えられるのではないだろうか。

本来、〈私〉という一人称代名詞は、その発話主体にとって主体性《アイデンティティ》を立ち上げ、誇示する機能を果たすものである。しかし「兎」という小説テクストでは、兎少女に比べて名前や家族構成などの身辺情報がほとんど明かされないばかりか、脱ジェンダー化された無性性をも帯びた「私」の匿名性の高さのために、語る主体の属性そのものが曖昧模糊としている。加えて、この「私」は結末で日常世界に帰還しない。そのような結末は、「私」をあたかも当初そうだった物語の発話主体から切り離された、物語内世界に住まう行為体とでも言うべき表象としてテクスト内部に閉じ込め、物語る「私」の外在性さえ疑わしくする。行為体としてのこの「私」という一人称は、発話主体として特定の主体性《アイデンティティ》を誇示しない分、読書行為というテクスト生成において、それぞれの読者主体の自己投影を広く許容する代名詞として機能し始めるだろう。

ただし一方で、語り手の属性や外在性の曖昧さは、特定の読者との十全な同一性をも決定不可能なものにする。そう考えれば、ここまでに論じてきた性別二分法規範の切り崩しという文脈で少女の物語を引き受けて表象し直す無性の一人称代名詞「私」とは、読み手という多様なる〈私〉、すなわち、あらゆる読者が属したり抱いたりしているジェンダーとセクシュアリティをめぐる主体性の代入を許容しながらも、他方で、それらのどの主体性と一致するかわからない無限の複数性をはらんだ記号とも言い換えられる。「兎」でのかくも可変的な「私」のあり方は、まぎれもなく決定不可能な性をめぐる「脱アイデンティティ的アイデンティティ」[38]、そのような思弁的なクィア表象と見なせるのではないだろうか。

このように「兎」には、性別二分法への抵抗をめぐって、「少女」の物語による「私」の物語の新たなる生成と、「私」の物語による「少女」の物語の補完、そうした二つの物語の互恵性のなかにジェンダーやセクシュアリティをめぐるアイデンティティ・ポリティクスを脱構築するクィアの表象を読み解くことができる。

おわりに

本章では金井美恵子の「兎」を取り上げて、まず、兎を〈屠殺〉して食べる作業に、殺して食べる者＝男性、殺され食べられる者＝女性という性別二分法的なジェンダー秩序の象徴を捉え、父親と少女の間の性暴力の気配を読み取った。次に、少女が父親から肉食と殺害を引き継ぐという一見するとトランスジェンダー的な振る舞いに隠された、行為と欲望の亀裂について考察をおこなった。

少女にとって兎を殺害する作業は、単純に父親の暴力性を引き継いだものというよりも、むしろ父親の行為を代理することで、欲望のレベルでは自らを兎に快楽的に自己投影し続ける作業だと言っていい。すなわち少女は兎を殺害しながらも、自らは兎として父親に殺されることを欲望していたのである。そのような欲望の先にこそ、自らを兎に仮装させ、父親に捌いてもらおうとする行動が表れる。だが、その行動が、かえって父親を殺害することになってしまった。この皮肉な出来事に、兎に象徴化されている女性ジェンダーからのパロディー的逸脱を捉えることができる。

ならば彼女は性別の越境者たりえたかと言えば、そうとも言いきれない。なぜなら、どれほど越境的に振る舞っても、小説テクストのなかで「少女」「女学生」などと名指されるこの記号としての少女は、〈女性〉としてしか表象されえないからだ。ここでは、むしろ自らの性別をパロディー的に逸脱してしまうこの「少女」の物語を語り継いだところにある、匿名の「私」といういわば無性の語り手に、性別二分法そのものをすり抜けていくクィアな様態を見て取れることを結論づけた。

もっとも、この「私」という一人称に捉えた思弁的なクィア表象は、そもそも書かれたものとしてのテクストが織りなすイメージとしてしか仮構されえないことも、ここで指摘しておきたい。なぜなら、もしも音声や画像・映像といった表現形態の語り手「私」であるならば、多かれ少なかれ、受け手がその性別を読み取ろうとする要素が生じ、「私」は無性のままではいられなくなるからだ。そうなれば、あらゆる受け手が自分のジェンダー・アイデンティティにかかわらず、この「私」に自己投影することは不可能になる。

テクストにだけイメージとして立ち現れるこのクィアなる「私」は、あたかも少女が死をもって

「私」へと物語を手渡すように、「兎」というテクストが閉じられると同時にいわば〈死〉を迎え、その物語を読者という多様なる〈私〉へと手渡す。ただし、この「私」の沈黙の語りを聞き取ることができるのは、まさにクィアを希求する〈私〉だけにちがいない。

兎という動物は、処女のイメージ以上に、その繁殖力の強さから古来、世界各地で多産や豊饒の象徴とされてきた。[39]こうした象徴性は、兎に仮装し、兎や兎少女とともに沈黙する「私」のクィアなる物語が、いま無数の読者へと拡散していくことを期待させもする。

もちろん、「兎」という小説テクストは必ずしも肯定的にだけ読めない面もある。たとえば少女をめぐる過激な暴力の表象は、暴力の再生産につながる危険性もないわけではない。傷ついた少女の遺体や兎たちとの「私」の沈黙が、単純に女性たちの狂気や敗北の表象と見なされる恐れもあるだろう。その点では、本論のクィア批評による解釈は、あくまで一つの可能性としてのそれにすぎない。

とはいえ一九七〇年代には存在しなかったクィアという概念を視座とすることで、半世紀もの時を経たいま、金井が紡いだ「少女」の陰惨な物語と「私」の物語との響き合いのなかに、よりポジティヴな、新たな解釈可能性がはじめて生まれてくるのも事実だろう。それは、ジェンダーやセクシュアリティをめぐるアイデンティティの政治を脱構築する思弁的な主体性の発見であり、「兎」という小説テクストを「規範的・覇権的性の現実に対する、個人のイマジナリーな領域からの抵抗[40]」というラディカルな場として立ち上げる営為でもある。

そして何より、この作者が当時、短篇集『兎』の「あとがき[41]」で、「読者にとって」小説テクストを読み、「つづりあわせ」ることが「快楽でありえるとしたら、非常に嬉しい」と述べていたように、これまで一貫して読者に〈読むことの快楽〉を期待していたことを忘れてはならない。ときに抑圧され傷つけられた女性たちの悲惨な光景とも映る、「兎」のなかの少女の遺体と盲目の兎の群れと「私」の沈黙。読むという行為によってつづり合わせられるその沈黙という語りには、小説テクストという表現形態とクィアなるもののイメージとを媒介とした、〈私〉たち読者の多様なアイデンティティの垣根を超えた親密な連帯可能性が隠されているのである。

＊小説「兎」の引用は金井美恵子『愛の生活 森のメリュジーヌ』（講談社文芸文庫）、講談社、一九九七年）による。そのほかの小説の引用は『金井美恵子全短篇』第一巻・第二巻（日本文芸社、一九九二年）による。

注

（1）『金井美恵子全短篇』第三巻（日本文芸社、一九九二年）所収の年譜、市古夏生／菅聡子編『日本女性文学大事典』（日本図書センター、二〇〇六年）を参照。

（2）一九七〇年代の幻想的でグロテスクな短篇小説の発表数の多さは、『夢の時間』（新潮社、一九七〇年）、『兎』（筑摩書房、一九七三年）、『アカシア騎士団』（新潮社、一九七六年）、『プラトン的恋愛』（講談社、一九七九年）、『単語集』（筑摩書房、一九七九年）という五冊の短篇集の相次ぐ刊行に表れている。

（3）一般的に、一九七〇年十月に日本のウーマン・リブが初の街頭デモをおこなったことが、日本の第二派フェミニズムの端緒とされる（江原由美子「ウーマン・リブ」、井上輝子／上野千鶴子／江原由美子／大沢真理／加納実紀代編集『岩波女性学事典』所収、岩波書店、二〇〇二年、三九ページ）。

（4）金井美恵子「女にとって女とは何か」、島本久恵ほか『なぜおんなか』（「講座おんな」第一巻）所収、筑摩書房、一九七二年。さらに金井は一九八〇年代に入ると、『おばさんのディスクール』（筑摩書房、一九八四年）で、「女性の立場や女性の自立や女の主体性や女の自由、女の社会的地位、女の価値観といった諸々のものを常に、男との比較で」語るフェミニズム言説を「おばさんのディスクール」と揶揄し（vページ）、また、『小説論——読まれなくなった小説のために』（「作家の方法」、岩波書店、一九八七年）では男女の性差を「フィクション」「制度」と述べている（五三ページ）。

（5）絓秀実「金井美恵子・人と作品」、井上靖／山本健吉／中村光夫／吉行淳之介／高橋英夫／磯田光一編集委員『昭和文学全集』第三十一巻所収、小学館、一九八八年、九六一ページ

（6）北田幸恵「金井美恵子における「少女」と「母権」」、水田宗子／北田幸恵／長谷川啓編著『母と娘のフェミニズム——近代家族を超えて』所収、田畑書店、一九九六年、一四四ページ

（7）金井美恵子『書くことのはじまりにむかって』中央公論社、一九七八年、二五七ページ（初出：金井美恵子「少女と文学１」「早稲田文学」〔第八次〕一九七六年七月号、早稲田文学会）

（8）高原英理『少女領域』（国書刊行会、一九九九年）は、近代日本文学に登場する少女たちの共通項の一つとして「両性具有性」を指摘している（一五ページ）。

（9）本作のエピグラフは「when suddenly a White／Rabit《ママ》 with pink eyes ran close by her.／Lewis Carroll」というルイス・キャロル『不思議の国のアリス』の引用からなる。

(10) 同時代評や従来の論文の多くは、少女の物語に焦点を当ててきた。たとえば同時代評としては、磯田光一書評（「サンケイ新聞」一九七二年六月二十六日付夕刊）、秋山駿書評（「東京新聞」一九七二年六月二十八日付夕刊）、小松伸六書評（「サンデー毎日」一九七四年二月三日号、毎日新聞社）、吉田健一書評（「波」一九七四年三月号、新潮社）、三枝和子書評（「文藝」一九七四年八月号、河出書房新社）など。論文では、山田博光「金井美恵子 作家の性意識——精神科医による作家論からの臨床診断」（「国文学 解釈と鑑賞」一九七四年十一月号、至文堂）、清水徹「人と文学」（『鏡とエロスと——同時代文学論』筑摩書房、一九八四年〔初出：『吉村昭・金井美恵子・秦恒平集』（「筑摩現代文学大系」第九十三巻）、筑摩書房、一九七八年〕）、根岸泰子「兎」（三好行雄／竹盛天雄／吉田凞生／浅井清編著『日本現代文学人事典 作品篇』所収、明治書院、一九九四年）、芳川泰久「異・文学論④動物になる 動物を脱ぐ——金井美恵子的〈強度〉の帰趨」（「早稲田文学」〔第九次〕二〇〇一年七月号、早稲田文学会）、森山奈智子「身体と観念の境界——金井美恵子論」（「日本文学誌要」第六十四号、法政大学国文学会、二〇〇一年七月）などが挙げられる。

(11) 瀬川清子『女の民俗誌——そのけがれと神秘』（東書選書）、東京書籍、一九八〇年、四一—四三ページ、横川寿美子『初潮という切札——〈少女〉批評・序説』ＪＩＣＣ出版局、一九九一年、九二ページ

(12) キャロル・Ｊ・アダムズ『肉食という性の政治学——フェミニズム‐ベジタリアニズム批評』鶴田静訳、新宿書房、一九九四年、四七ページ（原著：一九九〇年）

(13) マンディアルグは、パリ生まれのシュルレアリスム小説家・詩人・批評家。とくに一九四六年以後の作品には「独特の典雅な文体による綺想、暴力、エロチスムの展開がみられ」（巖谷國士「Ａ・Ｐ・マンディアルグ」、『集英社世界文学事典』所収、集英社、二〇〇二年、一二七〇ページ）、少女

凌辱や人間の奇形的変容をとったテーマが反復される。

(14) 北田幸恵「金井美恵子 作品観賞」(今井泰子/藪禎子/渡辺澄子編『短編女性文学 現代』所収、おうふう、一九九三年)は、「兎」が「ルイス・キャロル『不思議の国のアリス』や、おそらくフランツ・カフカ『変身』を先行テクストともしている」(一五八ページ)としている。だが、じつは、「兎」を含めて当時の金井作品にはマンディアルグの短篇小説からの影響が大きい。たとえば、マンディアルグの短篇「子羊の血」では、「髭むくじゃらの大男」で「縮れた短い髭」をたくわえた「屠殺屋」ペトリュスが少女マルスリーヌを凌辱し、短篇「生首」では、狼犬たちの飼育に熱中しながら叔父と二人きりで「異常なしあわせのうちに」暮らす少女ヘスターがおんどりや狐といった動物に念入りに仮装するというプロットが見られる。また、短篇「ダイヤモンド」では、父親と娘の飽食と睡眠をめぐる生活を描いている。表現上の類似からも、とくに以上の三つのマンディアルグ作品が「兎」に影響を与えていると考えられる。ちなみに金井は、「少女と文学2 完」(「早稲田文学」〔第八次〕一九七六年八月号、早稲田文学会)のなかで、「子羊の血」に言及している。「子羊の血」「生首」「ダイヤモンド」は、もとはそれぞれ異なる短篇集に所収されていた作品だが、当時金井はこれら三編を翻訳・所収したアンドレ・ピエール・ド・マンディアルグ『黒い美術館』(生田耕作訳〔「新しい世界の短編」第四巻〕、白水社、一九六八年)を読んだと考えられる。本注のマンディアルグ作品の引用も同書からとした。

(15) 高木正幸『差別用語の基礎知識'99——何が差別語・差別表現か? 全面改訂版』(土曜美術社出版販売、一九九九年)一九九—二〇〇ページによれば、現在、食肉解体を表す「屠殺」は差別表現だが、本書では金井美恵子作品で使用される「屠殺」という表現の寓意性だけに着目し、職業差別の意図は一切ないことを断っておく。

(16) 前掲「金井美恵子における「少女」と「母権」」一四八ページ

(17) J・C・クーパー『世界シンボル辞典』岩崎宗治／鈴木繁夫訳、三省堂、一九九二年、一五五―一五六ページ（原著：一九七八年）

(18) Sharalyn Orbaugh, "The Body in Contemporary Japanese Women's Fiction," in Paul Gordon Schalow and Janet A. Walker, eds., *The Woman's Hand: Gender and Theory in Japanese Women's Writing*, Stanford University Press, 1996. 一部を要約・加筆した邦訳にシャラリン・オルバー「金井美恵子の短編集における少女ファタール」（『「国際」日本学との邂逅――第4回国際日本学シンポジウム報告書』所収、お茶の水女子大学大学院人間文化研究科、二〇〇三年三月、九六ページ）がある。

(19) 小百合が口にする学問への指向は、稲垣足穂の「菟」（「文學界」一九三九年三月号〔文藝春秋社〕に「石榴の家」として初出、のちに「菟」と改題。稲垣足穂、萩原幸子編『稲垣足穂全集』第七巻〔筑摩書房、二〇〇一年〕に所収）という同じ表題の短篇小説のなかで、「うさぎ」と喩えられる少女が抱く学問指向と同じである。「菟」の少女は、「将来の志望として自然科学」（前掲『稲垣足穂全集』第七巻、六二―六三ページ）を挙げ、始終、物理や化学や幾何代数について議論したり、計算紙に向かったりしている。この「菟」もまた、「兎」の典拠の一つと考えられる。

(20) 前掲「金井美恵子 作品観賞」一五九ページ

(21) Orbaugh, op. cit., 前掲「金井美恵子の短編集における少女ファタール」九六ページ

(22) ジャック・ラカン『エクリⅢ』（佐々木孝次／海老原英彦／芦原眷訳、弘文堂、一九八一年〔原著：一九六六年〕）の基本命題である「人間の欲求は〈他者〉の欲求である」（八一五ページ）による。この命題の解釈については、新宮一成『ラカンの精神分析』（〔講談社現代新書〕、講談社、一九九五年）一三三ページを参照した。

(23) Orbaugh, op. cit., p. 149, 上戸理恵「膨張する〈少女〉戦略――金井美恵子「兎」」「りりばーす」第四号、りりばーす編集部、二〇〇四年十一月、五五ページ
(24) 中村三春「虚構の永久機関――金井美恵子「兎」と〈幻想〉の論理」(「日本文学」第四十一巻第二号、日本文学協会、一九九二年二月)三七ページはジークムント・フロイトの精神分析を視座として、このように読み取っている。
(25) 前掲「金井美恵子における「少女」と「母権」」一四九ページ。前掲「虚構の永久機関」三七―三八ページにも同様の指摘がある。
(26) 前掲「膨張する〈少女〉戦略」五二ページ
(27) 竹村和子『フェミニズム』(思考のフロンティア)、岩波書店、二〇〇〇年、六六ページ。ジュディス・バトラーが言う模倣理論、すなわち主体化の行為遂行性において、既存のジェンダー体系の模倣がときとしてパロディーとして攪乱の契機になることを言い換えたもの。
(28) ジョアン・リヴィエールは、女が父権的な懲罰の恐怖から逃れるために男が望むような家父長制下のステレオタイプの女性性を引き受けることを「仮装としての女らしさ」と喩えたが、ジュディス・バトラーは、この仮装が、「擬態(mimicry)」やパロディーという意図をもった戦略として流用できるとし、性的アイデンティティの本質主義的前提を覆す契機として強調している(前掲『文化理論用語集』四二―四三ページ)。
(29) リンダ・ハッチオン『パロディの理論』辻麻子訳、未来社、一九九三年、一六ページ(原著:一九八五年)
(30) ジュディス・バトラー「模倣とジェンダーへの抵抗」杉浦悦子訳、「imago」一九九六年五月号、青土社、一二四ページ(原著:一九九一年)。ジュディス・バトラー『ジェンダー・トラブル――フ

エミニズムとアイデンティティの攪乱』（竹村和子訳、青土社、一九九九年〔原著：一九九〇年〕）でも、「ジェンダー・パロディが明らかにしているのは、ジェンダーがみずからを形成するときに真似る元のアイデンティティが、起源なき模倣だということである」（二四三ページ）と論じている。

(31) 前掲『ジェンダー・トラブル』、前掲『文化理論用語集』、サラ・サリー『ジュディス・バトラー』（竹村和子／越智博美／山口菜穂子／吉川純子訳〔シリーズ現代思想ガイドブック〕、青土社、二〇〇五年〔原著：二〇〇二年〕）などを参照した。

(32) "[…] the internal narrators are dependent on the frame narrators for the dissemination of their stories into the larger world" (Orbaugh, op. cit., p. 153.)

(33) 前掲「虚構の永久機関」二七ページ

(34) 同論文三八ページ

(35) 前掲「金井美恵子 作品観賞」一六〇ページ

(36) たとえば、Orbaugh (op. cit., p. 145, 149.) や森山（前掲「身体と観念の境界」八三ページ）は、「私」が女性であることを前提にしている。

(37) 女ことばがジェンダー・アイデンティティやジェンダー・イデオロギーに密接に関連していることについては、中村桃子『「女ことば」はつくられる』（〔未発選書〕、ひつじ書房、二〇〇七年）を参照した。

(38) 伊野真一「構築されるセクシュアリティ――クィア理論と構築主義」、上野千鶴子編『構築主義とは何か』所収、勁草書房、二〇〇一年、一九四ページ。これを村山敏勝の前掲『（見えない）欲望へ向けて』は、「自らのアイデンティティに疑問をもつアイデンティティ」としての「クィア・アイデンティティ」（八ページ）と表現している。

(39) ジャン＝ポール・クレベール『動物シンボル事典』（竹内信夫／柳谷巖／西村哲一／瀬戸直彦／アラン・ロシェ訳、大修館書店、一九八九年〔原著：一九七一年〕）五ページ、アト・ド・フリース『イメージ・シンボル事典』（山下主一郎主幹、大修館書店、一九八四年〔原著：一九七四年〕）五一五ページ、前掲『世界シンボル事典』二二〇ページ、ジャン・シュヴァリエ／アラン・ゲールブラン『世界シンボル大事典』金光仁三郎ほか共訳（大修館書店、一九九六年〔原著：一九八二年〕）一一四ページ、ミシェル・フイエ『キリスト教シンボル事典』（武藤剛史訳〔文庫クセジュ〕、白水社、二〇〇六年〔原著：二〇〇四年〕）二六ページを参照した。

(40) 金井淑子「倫理と文学批評――セクシュアリティの地殻変動を聴き取る臨床の場に」、越智貢／金井淑子／川本隆史／高橋久一郎／中岡成文／丸山徳次／水谷雅彦編集『性／愛』（〔岩波応用倫理学講義〕第五巻）所収、岩波書店、二〇〇四年、二九ページ

(41) 金井美恵子「あとがき」、前掲『兎』二九五ページ

第2章

村上春樹『ノルウェイの森』
――語り／騙りの力

はじめに

村上春樹の文学作品は、とくに『海辺のカフカ』（新潮社、二〇〇二年）の翻訳出版以降、アジアや欧米のさまざまな国で人気を博している。しかし、日本国内で大いに衆目を集めるきっかけになったのは、やはり『ノルウェイの森』（講談社、一九八七年）の登場である。『ノルウェイの森』は、二〇〇九年の時点で、上・下巻の単行本・文庫本の発行部数が千三百四十万部に達したとされる。[1] 二三年現在までに発行部数はさらに増えているにちがいない。一〇年にはトラン・アン・ユンの脚本・監督で映画化（配給：東宝）もされ、話題になった。

従来『ノルウェイの森』は、村上自身による「一〇〇パーセントの恋愛小説[2]」という謳い文句や、

「直子のいる京都の療養所の世界、あれはあっちの世界だし、緑のいる東京の世界、これはこっちの世界」(3)といった自作解説を踏まえて、大学生である「僕」＝ワタナベトオルをめぐる二人の女性たち、すなわち直子と緑の対照性から「僕」の恋愛のプロセスが意味づけられることが多かった。たとえば直子と緑とにそれぞれ、死の世界／生の世界、病理／健全、内閉／開放といった対照的な象徴性を二元論的に割り当て、死と性に関わる体験をくぐり抜けた「僕」が最終的にポジティヴな後者へと到達する青春小説と捉える読みは、その典型である。(4)あるいは、そのような女性たちの二元論的な解釈をもとに「僕」の恋愛の不可能性を論じたものも見られる。(5)ほかに、語りが手記形式であることに着目し、それをつづることで現在の「僕」が過去の恋愛のトラウマからの治癒を図るという解釈(6)や、「僕」の女性嫌悪的な態度を批判するフェミニズム的解釈(7)などもある。だが、いずれの解釈も、主人公であり視点人物である「僕」の物語が中心化されてきたことに変わりはない。

そのような主人公の「僕」を中心化する読みは、とりわけ村上春樹という作家その人への関心が高まっている今日、「僕」の視点に寄り添い、その恋愛のプロセスを読み取ろうとする読者の期待の地平をさらに再生産するにちがいない。そうであるならば、ここで「僕」の物語を脱中心化する読みを提示する意味は、決して小さくないように思える。

本章では、従来の読解に逆らって、「僕」の語りの雑音《ノイズ》にすぎないものとしてこれまで看過されがちだった、直子やレイコさんといった阿美寮の女性たちの語りに目を向けてみる。「僕」の語りから遡及的に読み解くのではなく、あくまで彼女たちの語りそれ自体に注目してクィア・リーディングをおこなうことで、改めて女性たちの隠された欲望のかたちを読みのレベルで掬い上げる。そのような語りと欲望の読解可能性を提示することによって、『ノルウェイの森』という小説テクストの相貌そのものを一新してみたい。

1　男同士の絆と女同士の絆

大学生だった「僕」の直子へのひたむきな愛は『ノルウェイの森』の主調音の一つである。だが直子の死後にこの世界に残された「僕」が心のなかで熱く呼びかける相手は、直子ではない。

　おいキズキ、お前はとうとう直子を手に入れたんだな（略）まあいいさ、彼女はもともとお前のものだったんだ。（略）キズキ。直子はお前にやるよ。（第十一章、下、二五八ページ）

すでに指摘されているように、ここにあらわになるのは、「僕」の直子へと注がれる愛情がキズキとの強固なホモソーシャルな関係から成り立っていることである。[8]その点でこの「僕」は、「女性をモノとして扱い、やりとりすることに何の疑問も持たない男」[9]としてフェミニズム批評の観点から批判されてきた。

ホモソーシャルな関係とは、アメリカの文学者でクィア理論を専門とするイヴ・セジウィックが『男同士の絆』[10]で提唱した、性欲望としてのホモセクシュアルな関係との〈類似〉と同時に〈区別〉をも意図された用語であり、同性愛嫌悪《ホモフォビア》と女性嫌悪《ミソジニー》によって維持される異性愛男性たちの間の権力的な連帯関係を指す。この近代家父長制の基本構造とされる関係において、男性たちは女性たちを「恋愛」などの枠組みのなかで争奪・交換し合いながらも、じつのところ彼らの絆こそを強化しているとされる。そのため、彼らの親密さはしばしば同性愛的な気配さえ漂わせることにもなる。

実際、キズキの死後、直子が「腹を立てているように見えた」理由を、「キズキと最後に会って話をしたのが彼女ではなく僕だったから」（第二章）と「僕」が推測しているように、直子を挟んだ「僕」とキズキの絆こそ、直子の嫉妬を買う恐れがあるほど強固なものだったことが示されている。

さらに、こうした直子をやりとりする「僕」とキズキの絆のあからさまな反復として、大学生になった「僕」は、永沢さんともホモソーシャルな関係を結ぶことになる。

「ところであのときとりかえっこした女だけどな、美人じゃない子の方が良かった」
「同感ですね」と僕は笑って言った。「でも永沢さん、ハツミさんのこと大事にした方がいいですよ。あんな良い人なかなかいないし、あの人見かけより傷つきやすいから」
「うん、それは知ってるよ」と彼は肯いた。「だから本当を言えばだな、俺のあとをワタナベがひきうけてくれるのがいちばん良いんだよ。お前とハツミならうまくいくと思うし」

（第十章、下、一八八ページ）

彼らはガールハントした女性たちや永沢さんの恋人ハツミを争奪・交換し合いながら、永沢さんに「ワタナベも俺と同じように本質的には自分のことにしか興味が持てない人間」（第八章）と言わしめるほど親密化する。

とはいえここでは、「僕」の繰り返されるホモソーシャルな関係を非難するのではなく、むしろ直子がそうした彼らの絆をずらすようなパロディー的な態度をとることに目を向けてみたい。阿美寮での直子は「あら、ときどき〔ワタナベ君を：引用者注〕貸してあげるわよ」と笑って言い放ち、それに対して「まあ、それなら悪くないわね」とレイコさんが応じる（第六章〔承前〕）という、いわば「僕」をやりとりする女性同士の親密な連帯を築いているのだ。[11]それはさらに直子から「僕」の二十歳の誕生日プレゼントとして送られてきた「葡萄色の丸首のセーター」が、「色とかたちは二人で決め」、レイコさんと「半分ずつ編」んだ代物だったことに顕在化する。そもそものように記された同封の手紙それ自体が、直子の文面とレイコさんの短いメッセージという、いわば彼女たち二人によって書かれた合作のテクストなのである（第九章）。

ところで、この手紙のなかで直子は「レイコさんという人は何をやらせても上手い人」と記しているが、それは、第六章で直子の口からその存在が明かされる、「何をやらせても一番になってしまうタイプだった」彼女の姉を彷彿させる。このことから直子が「彼女がいなかったら、私はたぶんここの生活に耐えられなかった」（第九章）と言うほどレイコさんに精神的に依存するのは、「すごく可愛がってくれた」「年が六つ離れ」た亡き姉の面影を重ねているからではないかという推察が成り立つだろう。姉の死を直子はこう語っている。

彼女がどうして自殺しちゃったのか、誰にもその理由はわからなかったの。キズキ君のときと同じようにね。まったく同じなのよ。年も十七で、その直前まで自殺するような素振りはなくて、遺書もなくて――同じでしょ？
（第六章、上、二九五ページ）

このような直子の姉の死は、「僕」と読者の視点からすれば、プロット的にキズキの死の反復にしか映らないだろう。とりわけ高校二年のときに初めて二人と知り合った「僕」からすれば、「三つのときからずっと一緒」（第六章）だった直子とキズキの仲こそが、他を寄せつけないほど親密なものに見えたはずだ。しかし直子からすれば、キズキ以上に姉こそが血縁で結ばれ、自分が生まれたときからそばにいて「すごく可愛がってくれた」親密な存在にあたる。そうだとすると、直子には大切な人の不可解な自殺の反復は、「僕」とは逆に見えたはずだ。すなわち、キズキの死は姉の死とまったく同じだ、と。

そう捉え直したうえで改めて注視したいのは、直子にとってキズキとの間柄が「普通の男女の関係とはずいぶん違って」いたとされることである。それは単なる恋人関係というよりも、「何かどこかの部分で肉体がくっつきあっているような、そんな関係だった」（第六章）と語られている。互いの身体が癒着しているような親密な感覚は、まるで小さな子どもが親しい兄弟姉妹に抱く感覚のように思える。実際直子はキズキとの関係を「無人島で育った裸の子供たちのようなものだった」とも表現している。そのように捉え直してみると、直子にとってキズキとの恋人関係とは、じつは慕わしかった姉との関係の再演なのではないかと考えられてくる。このことを証し立てるように、第六章には直子がキズキとの性的関係について、次のように告白する場面がある。

「私、キズキ君と寝てもいいって思ってたのよ」（略）「もちろん彼は私と寝たがったわ。だから私たち何度も何度もためしてみたのよ。でも駄目だったの。できなかったわ。どうしてできないのか私には全然わかんなかったし、今でもわかんないわ。だって私はキズキ君のことを愛していたし、べつに処女性とかそういうのにこだわっていたわけじゃないんだもの。彼のやりたいことなら私、何だって喜んでやってあげようと思ってたのよ。でも、できなかったの」

直子はまた髪を上にあげて、髪どめで止めた。

「全然濡れなかったのよ」と直子は小さな声で言った。「開かなかったの、まるで。だからすごく痛くって。乾いてて、痛いの。いろんな風にためしてみたのよ、私たち。でも何やってもだめだったわ。何かで湿らせてみてもやはり痛いの。（略）」（第六章、上、二三〇ページ）

このように直子は、「何度も何度もためして」も「全然濡れな」くて「何やってもだめだった」と、キズキとの関係で自分の性的不能がいかに深刻だったかを告白している。この直子の不可解な性的不能は、まさにキズキへの愛が姉への思慕の転化にすぎないことを物語るものなのではないか。すなわち直子のキズキに対する不能は、姉への性的欲望に対する二重の社会的な禁止《タブー》——近親相姦と同性愛という二つの性的欲望に対する禁止《タブー》——によるものとも読み解けるのである。というより、そのように読まないかぎり、この不能は説明がつかない。もっとも直子にとってキズキが姉の代理であることは、直子自身の「どうしてできないのか私には全然わかんなかったし、今でもわかんないわ」という言葉から、必ずしも本人にとって自覚的でないことがわかる。

直子が隠しもつ亡き姉への抗いがたい欲望は、直子自身の死にも透視することができる。直子の自殺は遺書もなく突発的という点で、たしかに一見キズキのそれによく似ている。だが直子が姉の遺体を発見した際のことを次のように語っていたことを思い出せば、別の可能性も浮かび上がってくるだろう。少し長いが、一部を引用する。

「お姉さんが死んでるのをみつけたのは私なの」と直子はつづけた。「小学校六年生の秋よ。十一月。（略）そのときお姉さんは高校三年生だったわ。（略）私は二階に上って、お姉さんの部屋のドアをノックしてごはんよってどなったの。でもね、返事がなくて、しいんとしてるの。（略）でもお姉さんは寝てなかったわ。窓辺に立って、首を少しこう斜めに曲げて、外をじっと眺めていたの。まるで考えごとをしてるみたいに。部屋は暗くて、電灯もついてなくて、何もかもぼんやりとしか見えなかったのよ。（略）そして近づいていって声をかけようとした時にはっと気がついたのよ。首の上にひもがついていることにね。天井のはりからまっすぐにひもが下っていて——それがね、本当にびっくりするくらいまっすぐなのよ、まるで定規を使って空間にピッと線を引いたみたいに。

（略）

私そこで五、六分ぼおっとしていたと思うの、放心状態で。何が何やらわけがわからなくて。体の中の何かが死んでしまったみたいで。お母さんが『何してるのよ？』って見にくるまで、ずっと私そこにいたのよ、お姉さんと一緒に。その暗くて冷たいところに……」

直子は首を振った。

「それから三日間、私はひとことも口がきけなかったの。ベッドの中で死んだみたいに、目だけ開けてじっとしていて。何がなんだか全然わからなくて」直子は僕の腕に身を寄せた。「手紙に書いたでしょ？　私はあなたが考えているよりずっと不完全な人間なんだって。あなたが思っているより私はずっと病んでいるし、その根はずっと深いのよ。（略）」

（第六章、上、二九七―二九九ページ）

直子は「小学校六年生」のとき、「暗くて、電灯もついて」いない部屋で首を吊って亡くなっている姉を発見し、茫然自失したことを告白している。のちに「僕」が心の内で語るように、「暗い森の奥で直子は首をくくった」（第十一章）のだとすれば、直子の死は姉の死によく似ていることになる。とりわけキズキの車の排気ガスによる自殺と比較すると、直子の死と姉のそれとの類似性はより鮮明になるのではないか。そう考えると、直子の自殺の背景には、キズキの死よりも姉の死のほうが深く関わっていることが見えてくる。さらに右の引用では、直子は自死した姉を目撃してから「三日間、私はひとことも口がきけなかった」とも語っているが、このことがのちの直子の「言葉探し病」（第三章）という癒やしがたい言語的障害につながっているとも考えられるのである。

そしてこの文脈で何より重要なのは、直子にとって姉の死が、阿美寮に入ってからようやく「僕」に打ち明けられるようになったということである。直子がそれを「今まで殆んど誰にも話したことはない」（第六章）と言うのは、彼女にとってそれが容易に言語化できないほどに衝撃的で決定的な出来事だったことを意味している。

ここで、ジークムント・フロイトの「狼男」に関する精神分析を再考したニコラ・アブラハムとマリア・トロークの考えを参考にすれば、通常、私たちの心理機構は死別した愛の対象である他者の「取り込み（introjection）」によって、他者を我有化・同化し、その死を受け入れて日常を取り戻していく。これがフロイトが言ういわゆる正常な「喪の作業」にあたる。それに対して、愛する者を失ったあとに延々とメランコリー（憂鬱）の状態が続く場合は、その死を受け入れられず、むしろ愛の対象を「生ける死者（mort-vivant）」として自己の内部に保持し、自分でも意識の届かないところに秘匿的に「体内化（incorporation）」しているとされる。アブラハムとトロークはそうした体内化を精神的な病理と見なして、死者の「地下埋葬室《クリプト》（crypte）化」と比喩的に呼び、「地下埋葬室《クリプト》」には「生ける死者」に関わる決して口にしてはならない——つまり言語化が困難な——言葉が埋葬されているとする。[12]

たしかに直子の精神的な問題は、表面的には、最愛の恋人だったキズキの死に対する強いショックや、キズキと「僕」のホモソーシャルな関係に対する嫉妬心が背景にあるように見える。しかし直子に姉の自死によるトラウマや亡姉への尽きせぬ欲望の存在を読み取るとき、それらについて容易に語ることができない直子の意識の奥底には、姉といういわば「生ける死者」が埋葬されていることになる。そして、それこそが、「僕」にも読者にも、さらには直子本人にも理解しがたい深いメランコリーにつながっていると推察できる。

このように読むと、第一章で「ノルウェイの森」を聴いた現在の「僕」が最初に引き戻された過去の草原での、直子と交わした奇妙なやりとりの意味も明らかになってくる。


彼女はそのとき何の話をしていたんだっけ？

そうだ、彼女は僕に野井戸の話をしていたのだ。

（略）

「それは本当に――本当に深いのよ」と直子は丁寧に言葉を選びながら言った。彼女はときどきそんな話し方をした。正確な言葉を探し求めながらとてもゆっくり話すのだ。

「本当に深いの。でもそれが何処にあるかは誰にもわからないの。このへんの何処かにあることは確かなんだけれど」

（略）

「でも誰にもその井戸を見つけることはできないの。だからちゃんとした道を離れちゃ駄目よ」

「離れないよ」

直子はポケットから左手を出して僕の手を握った。「でも大丈夫よ、あなたは。あなたは何も心配することはないの。あなたは闇夜に盲滅法にこのへんを歩きまわったって絶対に井戸には落ちないの。そしてこうしてあなたにくっついている限り、私も井戸には落ちないの」

「絶対に？」

「絶対に」

「どうしてそんなことがわかるの？」

「私にはわかるのよ。ただわかるの」直子は僕の手をしっかりと握ったままそう言った。

（第一章、上、一二―一五ページ）


このように二人で草原を歩きながら直子はなぜか「僕」に、「本当に深い」井戸に落ちて「ひどい死に方」をする恐怖を語っていた。「このへんの何処かにあることは確か」であるのに、「誰にもその井戸を見つけることはできない」というこの直子の奇妙な説明に対して、当時の「僕」は、「でもそれじゃ危くってしようがないだろう」などと、あくまで実在する「井戸」と受け止めて会話している。ただ、現在の「僕」はそのときの直子による説明のあまりの不可解さに、「彼女の中にしか存在しないイメージなり記号であったかもしれない」と回想している。

すでに指摘されてきたように、ここで直子が語った「井戸」とは、直子自身のイド（id）、すなわちフロイトが言う人間の無意識のなかにある欲動の溜まり場の隠喩として捉えられる。[13] 前述のように直子がその死を受け入れられず、地下埋葬室《クリプト》化するほど姉を愛していたとすれば、直子の精神の深みにある欲動の溜まり場には、キズキではなく姉その人に対する強い愛情、つまり性的欲望をも含み込んだ強い愛情が存在している可能性が考えられる。

そう考えたとき、井戸に落ちてしまう恐怖とは、当然そのような亡姉に対する感情を自覚することへの恐怖、言い換えれば自らに潜在する同性愛的・近親姦的な欲動に対して恐怖する心理の表れと理解できるだろう。とすれば、直子が心の地下埋葬室《クリプト》に秘匿している、姉という「生ける死者」についての決して口にしてはならない言葉とは、禁忌《タブー》化された同性愛的かつ近親姦的願望の謂《い》いにほかならないことになる。

だからこそ、異性愛規範で成り立つ〈社会的常識〉のなかでは、直子が言うとおり「誰にもその井戸を見つけることはできない」のだ。ましてや、ホモソーシャルな絆を形成し、何の疑いもなく異性愛規範を生きる「僕」には、その「井戸」の正体を突き止め、理解できるはずもない。したがって「僕」はこの井戸をめぐる会話で、「ねえ、もっと肩の力を抜きなよ。（略）肩の力を抜けばもっと体が軽くなるよ」などと口にして、直子から「おそろしく乾いた声」で「どうしてそんなこと言うの？」「どうしてよ？」などと責め立てられることになる。思わず黙ってしまった「僕」に対し、直子はこのように畳みかける。

「私はあなたが考えているよりずっと深く混乱しているのよ。暗くて、冷たくて、混乱していて……ねえ、どうしてあなたあのとき私と寝たりしたのよ？　どうして私を放っておいてくれなかったのよ？」

（第一章、上、一九ページ）

この言葉には、直子が姉の死について打ち明けた直後に口にした、「あなたが思っているより私はずっと病んでいるし、その根はずっと深いのよ」という一言との類似性を見て取れる。つまり直子は繰り返し、自分が抱える癒やしがたい病が、「僕」――そして読者――が考えるようなキズキの死によるものではなく、それよりも「ずっと深く混乱し」「ずっと病んで」いて「根はずっと深い」ことを「僕」に訴えていたのである。加えて言えば、右の引用にある「暗くて、冷たくて」という自分の病んだ心の形容には、当然、前述のように姉の遺体を発見した幼い直子がしばらく「お姉さんと一緒に。その暗くて冷たいところに」いた、と語っていたこととの共通性が見いだせるだろう。

以上のように不可解な野井戸の挿話には、間違いなく亡姉の影を看取できる。それと同時に、「僕」には理解できないような直子の欲望のかたちも説明されているのである。当時の一般的な社会常識に従ってキズキや「僕」と交際し、いわば異性愛主義のただなかを生きてきた直子にとって、性的欲望をもはらんだ自分の姉へのクィアな愛情は到底容認できず、自分でも理解不能なものだったはずだ。だからこそ、その感情は延々と否認され秘匿されて、かえって「生ける死者」である姉の亡霊に取り憑かれることになってしまったのではないだろうか。

その意味では、性交渉ができた「僕」は、直子にとって姉の代補ではないことになる。したがって、先の野井戸の挿話で直子が「僕」に、「でも大丈夫よ、あなたは。あなたは何も心配することはないの。あなたは（略）絶対に井戸には落ちないの」などと口にしていたことは驚くに当たらない。なんの疑いもなく異性愛主義を内面化し実践する「僕」は、直子の近親相姦的でクィアな欲望に気づくことはなく、直子のイドに行き当たることは決してないからだ。そして、そのような「僕」と性的関係をもち、「こうしてあなたにくっついている限り、私も井戸には落ちない」と語る直子は、おそらく「僕」との関係に、近親相姦と同性愛という二重にタブー化された欲望、すなわち姉の亡霊からの解放を見いだそうとしていたと考えられる。

　ところが阿美寮での直子は、「僕」を媒介としてレイコさんとの間にふたたび亡き姉との強い絆を結び直し、最終的には井戸のほうへ姉のほうへと向かうことになる。後述するように、それはレイコさんもまた直子との絆を重視したことによっている。

　こうして直子の〈声〉に耳を澄ましてみるとき、「僕」のホモソーシャルな物語に隠れていた、女性同士の物語がこだまし始めるのである。

2　31と13

　初めて阿美寮を訪れた際、レイコさんに会った「僕」は「一目で彼女に好感を持」ち（第六章）、以降、レイコさんがもたらす情報に疑いを抱くことはない。それは当然「僕」と視点を等しくする読者にも共有される。だがレイコさんが七、八年もの間、阿美寮という精神療養所で暮らして何らかの治療を受けている患者であることを踏まえると、彼女の語りをそのまま受け止めていいのか、疑問も生じる。つまり直子が言語的な障害を抱えていたように、レイコさんの言葉にも何らかのトラブルがあるかもしれないのである。いずれにせよ、木股知史が指摘するように、とくに直子の最期の状況がレイコさんの証言だけに依拠する「僕」の「死角」(14)だとするなら、レイコさんの言葉の質を見定めることは作品解釈にとって必要な手続きになる。

まず目を向けるべきは、本作の二十分の一にも相当する過剰な語りとしてある(15)レイコさんのレズビアン体験の告白だろう。レイコさんによれば、この体験こそ阿美寮に入寮するきっかけだったという。ピアニストになる夢を断念した彼女は、結婚後、「天使みたいにきれいな」(第六章)少女にピアノを教えることになった。「その子は十三で、私は三十一」(第六章〔承前〕)のときのことである。だが少女は「筋金入りのレズビアン」(第六章〔承前〕)で、レイコさんはレッスン中に肉体関係を迫られる。


それで私やっとわかったのよ、この子筋金入りのレズビアンなんだって。(略)それで私、駄目、よしなさいって言ったの。

『お願い。少しでいいの。私、本当に淋しいの。嘘じゃないんです。本当に淋しいの。先生しかいないんです。見捨てないで』そしてその子、私の手をとって自分の胸にあてたの。すごく形の良いおっぱいでね、それにさわるとね、なんかこう胸がきゅんとしちゃうみたいなの。女の私ですらよ。私、どうしていいかわかんなくてね、駄目よ、そんなの駄目だったらって馬鹿みたいに言いつづけるだけなの。どういうわけか体が全然動かないのよ。

(略)

そういうの〔少女からのさまざまな愛撫：引用者注〕がしばらくつづいて、それからだんだん右手が下に降りてきたのよ。(略)それから下着の中に彼女の細くてやわらかな指が入ってきて、それで……ねえ、わかるでしょ、だいたい？（略）凄いのよ、本当。まるで羽毛でくすぐられてるみたいで。私もう頭のヒューズがとんじゃいそうだったわ。でもね、私、ボオッとした頭の中でこんなことしてちゃ駄目だと思ったの。（略）それで私、全身の力をふりしぼって起きあがって『止めて、お願い！』って叫んだの。

でも彼女止めなかったわ。（略）

『止めなさい』ってもう一度どなって、その子の頰を打ったの。思いきり。それで彼女やっとやめたわ。

（略）

もっとしてほしかったのよ。でもそうするわけにいかないのよ。

（第六章〔承前〕、下、二〇—二三ページ）

このようにレイコさんは、当時少女からの性的アプローチに快楽を味わいながらも、繰り返しそれを「駄目」だと思い、拒絶しようとしたことを「僕」に強調して語っている。これまで、そのような語りには、レズビアン女性を「化け物」[16]化し、不浄視するレトリックが指摘されてきた。レイコさんが同性愛的欲望を語りながらも拒絶する語りのレトリックが、「僕」の異性愛主義的な姿勢を〈正しいもの〉として中心化するとともに、ひいては作家自身の同性愛嫌悪《ホモフォビア》と女性嫌悪《ミソジニー》を浮き彫りにするものとして、強い批判に晒されてきたのである[17]。

だが右の引用部の傍点で強調されている「もっとしてほしかったのよ。でもそうするわけにいかないのよ」という表現は、むしろレイコさんが自らの同性愛的な欲望を自認しながらも、社会の異性愛規範によって断念しなければならなかったという抑圧状態を語っているようにも見える。このことに関して近藤裕子は、レイコさんにとって脅威となった少女のレズビアンの「欲望それ自体は彼女〔レイコさん：引用者注〕の中から湧きあがってきた、〈自己の一部〉ではないかという卓抜な考察をおこなっている。近藤はアナグラムのように「31歳と13歳という、数字を左右入れ替えただけの存在として語られるレイコさん自身と少女とに「一種の分身関係[18]」を読み取るのである。ただ、二人の分身性はその性欲望だけではない。

レッスンが終るとね、お茶飲んでお話したわ。（略）でもだいたいはその子がしゃべってたの。これがまた話が上手くてね、ついつい引きこまれちゃうのよ。まあ昨日も言ったように大部分は作りごとだったと思うんだけれど、それにしても面白いわよ。観察が実に鋭くて、表現が適確で、毒とユーモアがあって、人の感情を刺激するのよ。とにかくね、人の感情を刺激して動かすのが実に上手い子なの。

（第六章〔承前〕、下、一四―一五ページ）

このように少女の話し上手について語るレイコさん自身、じつは、「僕」が「葡萄を食べるのをやめて、じっと彼女の話に聞き入って」（第六章〔承前〕）しまうほど話し上手なのである。「僕」はそれを「まるでシエラザードですね」（第六章）と評するが、言うまでもなく「シエラザード」とは、『千夜一夜物語』のなかで夜ごと王に魅惑的な作り話を紡ぎ続けた王妃の名前だ。「僕」のそのような喩えは、レイコさんの語りがあたかも作り話、すなわち〈騙り〉にすぎないことを暗示しているようにも思わせる。

このように考察を進めれば、二人は分身というよりも同一人物なのではないかという推測も成り立つ。レイコさんが「あの子」と呼ぶ匿名の少女は、じつのところレイコさんその人かもしれないのだ。そのように解釈したとき、次のように語られる少女の悪癖こそ、阿美寮で暮らす患者としてのレイコさんの症候と見てもいいだろう。

「(略) その子は病的に嘘つきだったのよ。あれはもう完全な病気よね。なんでもかんでも話を作っちゃうわけ。そして話しているあいだは自分でもそれを本当だと思いこんじゃうわけ。そしてその話のつじつまをあわせるために周辺の物事をどんどん作りかえていっちゃうの。でも普通ならあれ、変だな、おかしいな、と思うところでも、その子は頭の回転がおそろしく速いから、人の先にまわってどんどん手をくわえていくし、だから相手は全然気づかないのよ。それが嘘であることにね。(略)」

「どんな嘘をつくんですか？」

「ありとあらゆる嘘よ」とレイコさんは皮肉っぽく笑いながら言った。「今も言ったでしょ？人は何かのことで嘘をつくと、それにあわせていっぱい嘘をつかなくちゃならなくなるのよ。それが虚言症よ。(略) 彼女は自分を守るためには平気で他人を傷つける嘘をつくし、利用できるものは何でも利用しようとするの。(略)」

(第六章、上、二五一―二五二ページ)

「ありとあらゆる嘘」をつき、ときに「自分でもそれを本当だと思いこ」むような「虚言症」、それこそがレイコさんを長年、阿美寮にとどめさせた病にほかならないのではないか。[19]

レイコさんの最たる身体的特徴である顔の「しわ」もまた、そのことを暗示する。「まるで生まれたときからそこにあったんだといわんばかりに彼女の顔によく馴染んでい」る無数の「しわ」は、他者へと向けられるペルソナ（顔）のそれであることを踏まえれば、彼女の本音を表層の溝から溝へと畳み込んでしまったことを意味しうる。[20] 皮肉にも、この「しわ」がまるで騙し絵のように「かえって逆に年齢を超越した若々しさ」を放ち、「僕」は「何かしら心魅かれる」ことになるのである（第六章）。

3　語る／騙る女

少女がレイコさん自身だとすれば、レイコさんは巧妙な嘘つきということになる。「僕」の阿美寮初訪問の際、最初にレイコさんは、直子と「僕」が助け合うための条件をこう語っている。

「まず第一に相手を助けたいと思うこと。そして自分も誰かに助けてもらわなくてはならないのだと思うこと。第二に正直になること。嘘をついたり、物事をとり繕ったり、都合のわるいことを胡麻化したりしないこと。それだけでいいのよ」

「努力します」と僕は言った。「でもレイコさんはどうして七年もここにいるんですか。僕はずっと話していてあなたに何か変ったところがあるとは思えないんですが」

「昼間はね」と彼女は暗い顔をして言った。「でも夜になると駄目なの。夜になると私、よだれ垂らして床中転げまわるの」

「本当に？」と僕は訊いた。

「嘘よ。そんなことするわけないでしょ」と彼女はあきれたように首を振りながら言った。

（第六章、上、二〇一—二〇二ページ）


阿美寮での振る舞いとして、「嘘をついたり、物事をとり繕ったり、都合のわるいことを胡麻化したりしないこと」を要求したのも束の間、レイコさん自身は「どうして七年もここにいるんですか」という「僕」の質問を、冗談めかしながらも「嘘」でごまかしているように見える。同章の「僕」の滞在中だけでも、彼女はこの種の嘘を何度かついている。

①「夕ごはんのあとはいつも何するの？」
（略）

「私はギターの練習をしたり、自叙伝を書いたり」とレイコさんは言った。

「自叙伝？」

「冗談よ」とレイコさんは笑って言った。

（第六章、上、二五八ページ）

②「夜中にレイプしにくるのはいいけど相手まちがえないでね」とレイコさんが言った。「左側のベッドで寝てるしわのない体が直子のだから」
「嘘よ。私右側だわ」と直子が言った。

（第六章、上、二六六ページ）

③「それから洗面所に私たちの汚れた下着がバケツにいっぱいあるから洗っといてくれる？」とレイコさんが言った。
「冗談でしょ？」と僕はびっくりして訊きかえした。

「あたり前じゃない」とレイコさんは笑って言った。「冗談に決まってるでしょう、そんなこと。あなたってかわいいわねえ。そう思わない、直子？」

（第六章、上、二七七ページ）


冗談とはいえ、嘘の頻度が高すぎはしないだろうか。次の「僕」との性交渉の場面では、そうした症候がさらに際立つだろう。


「ねえ、大丈夫よね、妊娠しないようにしてくれるわよね？」とレイコさんは小さな声で僕に訊いた。「この年で妊娠すると恥かしいから」

「大丈夫ですよ。安心して」と僕は言った。

ペニスを奥まで入れると、彼女は体を震わせてため息をついた。僕は彼女の背中をやさしくさするように撫でながらペニスを何度か動かして、そして何の予兆もなく突然射精した。それは押しとどめようのない激しい射精だった。僕は彼女にしがみついたまま、そのあたたかみの中に何度も精液を注いだ。

「すみません。我慢できなかったんです」と僕は言った。

「馬鹿ねえ、そんなこと考えなくてもいいの」とレイコさんは僕のお尻を叩きながら言った。

「いつもそんなこと考えながら女の子とやってるの？」

「まあ、そうですね」

「私とやるときはそんなこと考えなくていいのよ。忘れなさい。好きなときに好きなだけ出しなさいね。どう、気持良かった？」

（第十一章、下、二八八―二八九ページ）

性交渉後のレイコさんは、自分が「妊娠しないようにしてくれる」ようにと頼んだことをすっかり忘れてしまったかのようだ。それどころか、「私とやるときはそんなこと考えなくていいのよ」とさえ言う。こうした発言の一貫性のなさは、それが無意識的な様子であるがゆえに、余計にレイコさんの危うさを感じさせる。

さらに阿美寮ではこのような冗談も言っている。

「私たちいびきかいてなかった？」とレイコさんが訊いた。

「かいてませんよ」と僕は言った。
「よかった」と直子が言った。
「彼、礼儀正しいだけなのよ」とレイコさんはあくびしながら言った。

（第六章、上、二七三ページ）

彼女の冗談めいた一言は、直子が一度は信頼した「僕」の言葉を虚言へと貶めている。ここに、ユーモアに隠された毒を嗅ぎ取るのは穿ちすぎだろうか。だがそうした気配は、第六章のレイコさんが鳥小屋のオウムに向かって「猫の鳴き真似」をする挿話にも仄見える。鳴き真似に怯えたオウムを見て、「「このヒト、一度猫にひどい目にあわされたもんだから、猫が怖くって怖くってしようがないのよ」とレイコさんは笑って」言うのである。レイコさんは「いろんな精神病患者の物真似」（第六章）にも長けているが、そうした物真似の特技が語り／騙りのミメーシス性とよくなじむのは言うまでもない。では、「腐ったリンゴがまわりのものをみんな駄目にしていくような、そういう病み方」（第六章〔承前〕）をした虚言症者の彼女は、一体「僕」の恋愛の道行きにどう介入したのだろうか。

4　語られた／騙られた死

従来直子の死については、たいてい、キズキの自殺や「僕」の直子への無神経さや無理解といった、男性たちの振る舞いに責任が帰されてきた。[21]とりわけ「僕」が緑との交際を逐一直子に書き送ったことには、「彼への信頼を手がかりとして世界との基本的な関係を再建しようとしている彼女にとって、これがどんなに致命的なことか」として、「僕」の「加害性」[22]が指摘されている。実際、「僕」に対して、「きちんとして、あなたの趣味にふさわしい人間になりたいのよ。それまで待ってくれる？」（第六章）、あるいは「ときどきそんな淋しくて辛い夜に、あなたの手紙を読みかえします」（第九章）と語る直子が、深層の欲望はどうあれ、「僕」に姉／キズキの死のトラウマからの救済を求めて特別な思いを寄せていたのは確かだろう。だが本当に「僕」は彼女を死に至らしめた張本人なのだろうか。

そう問い直してみるとき、本作では直子の死の真相を知る情報がきわめて少ないことに思い至る。なぜなら直子の死までの約半年間については、直子本人ではなく、レイコさんが手紙で様子を知らせるにすぎないからだ。しかしレイコさんが虚言症だとすれば手紙の内容は疑わしい。そのような視点から、レイコさんと「僕」の手紙のやりとりに改めて目を向けてみよう。

第九章、毎週手紙を書き送る「僕」に対する、阿美寮からの直子の返信には、彼女が「僕」の手紙を「何度も読みかえし、レイコさんも同じように何度か読み」かえしたとある。また、「レイコさんに叱られたから」この手紙を「力をふりしぼって書い」たともあり、おそらく「僕」の手紙だけでなく直子の書く手紙にも、レイコさんは目を通していたと考えていいだろう。このように阿美寮の直子と「僕」の手紙のやりとりには、常にレイコさんが介入する。

さらに第十章の「十二月の始め」からは、調子がよくない直子に代わってレイコさんが「僕」に返信を寄越すようになる。翌年の「四月四日」も「五月の半ば」も、レイコさんによる返信である。後者の手紙には次のようにある。

いつも手紙をありがとう。直子はとても喜んで読んでいます。私も読ませてもらっています。いいわよね、読んでも？

長いあいだ手紙を書けなくてごめんなさい。正直なところ私もいささか疲れ気味だったし、良いニュースもあまりなかったからです。直子の具合はあまり良くありません。

（略）

この手紙があなたのところに着く頃には直子はもうそちらの病院〔医学的治療のできる病院‥引用者注〕に移っているはずです。（略）住所を下に書いておきますので、手紙をそちらに書いてやって下さい。（略）あなたも辛いでしょうけれど頑張りなさいね。直子がいなくてもときどきでいいから私に手紙を下さい。さようなら

（第十章、下、二二二―二二四ページ）

「僕」の手紙を読み続けてきたレイコさんが、「僕」の直子への切実な思いを知らないはずはない。「いささか疲れ気味だった」とはいえ、入院しなければならないほどの症状の悪化を、「僕」に一切伝えずにいたのは、不可解ではないか。連絡の遅延は、「僕」と直子を引き離すための故意の振る舞いではないかと思われてくる。

右の手紙で頼まれたとおり、その後も「僕」は直子とレイコさんに手紙を書き続ける。そして六月に入り、緑への愛に目覚めた「僕」は、手紙でレイコさんにその思いを告白する。「僕は直子を愛してきたし、今でもやはり同じように愛しています。しかし僕と緑のあいだに存在するものは何かしら決定的なものなのです。（略）僕はいったいどうすればいいのでしょう?」（第十章）と。

五日後、レイコさんから返事が届く。

直子は思ったより早く快方に向っているそうです。（略）あるいは近いうちにここに戻ってこられるかもしれないということです。

次にあなたのこと。

（略）

私の忠告はとても簡単です。まず第一に緑さんという人にあなたが強く魅かれるのなら、あなたが彼女と恋に落ちるのは当然のことです。（略）恋に落ちたらそれに身をまかせるのが自然というものでしょう。私はそう思います。それも誠実さのひとつのかたちです。

第二にあなたが緑さんとセックスするかしないかというのは、それはあなた自身の問題であって、私にはなんとも言えません。緑さんとよく話しあって、納得のいく結論を出して下さい。

第三に直子にはそのことは黙っていて下さい。もし彼女に何か言わなくてはならないような状況になったとしたら、そのときは私とあなたの二人で良策を考えましょう。だから今はとりあえずあの子には黙っていることにしましょう。そのことは私にまかせておいて下さい。

（第十章、下、二四四—二四五ページ）

第十章はこのレイコさんの手紙で閉じられる。手紙には、「直子は思ったより早く快方に向っている」とあるものの、しかしすでに二カ月がたった次の最終章では、冒頭から直子の死が伝えられる。

直子が死んでしまったあとでも、レイコさんは僕に何度も手紙を書いてきて、それは僕のせいではないし、誰のせいでもないし、それは雨ふりのように誰にもとめることのできないことなのだと言ってくれた。しかしそれに対して僕は返事を書かなかった。なんて言えばいいのだ？（略）直子はもうこの世界には存在せず、一握りの灰になってしまったのだ。

（第十一章、下、二四八ページ）

こうしたプロットは、直子の死をあまりに唐突で不可解なものにする。だがそればかりでなく、前章末のレイコさんの手紙こそ、直子の死に何か決定的な意味合いをもっていたのではないかと推察させもする。

先の手紙で、レイコさんは「僕」に緑との交際を促しながら、緑への恋情を「あの子には黙っていることにしましょう」と提案していた。しかし彼女が「まわりのものをみんな駄目にしていく」虚言症者だとすれば、約束どおりそれを直子に黙っていただろうか。少なくとも、そう約束した直後に直子の死が報じられるプロットは、約束が順守されなかったことを物語っているように見える。思い返せば、「ミドリさんというのはとても面白そうな人」と直子が以前につづった手紙には、「彼女はあなたのことを好きなんじゃないかという気がしてレイコさんにそう言ったら、『あたり前じゃない、私だってワタナベ君のこと好きよ』ということでした」と書かれていた（第九章）。つまり、そもそも「僕」と緑との恋愛の可能性を直子に示唆したのは、ほかならぬレイコさんなのである。

このように見てくると、直子を直接自死へと向かわせたのは、「僕」というよりも、レイコさんだと捉え直せるのではないか。ただし急いで言い添えるなら、本作では、キズキや直子の亡き姉にせよ、あるいはハツミや直子の叔父にせよ、結局それぞれの自殺の動機は必ずしも明確ではなく、いわば空白にされている。直子の死に関しても同様である。むしろ、そのような動機の表象不可能性こそが本作の主題の一つと言ってもいい。だが、それでもなお、本章ではここまで「僕」の物語を脱中心化する新たな試みとして、あえて直子の死の遠因を姉の亡霊に、近因をレイコさんの存在に読み取ってきた。この文脈でさらに本作の結末近くについて読解を進めてみたい。

5　女性の欲望を読み直す

なぜレイコさんは直子を死に追いやらなければならなかったのだろうか。もちろん異性愛主義的に捉えれば、「僕」を直子から奪うためとも読めるかもしれない。しかし匿名の少女がレイコさんだったとするなら、彼女の欲望はやはりレズビアン的なそれとして読み解かれる必要がある。(23)手紙にあった「僕」を緑との恋愛へ促す態度や、阿美寮での「私、あの子のこと好きなのよ、本当に」(第六章)といった言葉からは、レイコさんの欲望が直子へと向かっていたことは間違いないように思える。そのような欲望のかたちは、とりわけ最終章の直子の死をめぐる語りのなかにはっきりと浮かび上がる。レイコさんは死の前日の直子の様子をこのように語っている。


「(略)彼女こんなことも言ったわ。二人でここを出られて、一緒に暮すことができたらいいでしょうねって」

「レイコさんと二人でですか?」

「そうよ」とレイコさんは言って肩を小さくすぼめた。「それで私言ったのよ。私はべつにかまわないけど、ワタナベ君のことはいいのって。すると彼女こう言ったの、『あの人のことは私きちんとするから』って。それだけ。そして私と二人でどこに住もうだの、どんなことしようだのといったようなこと話したの。それから鳥小屋に行って鳥と遊んで」

(第十一章、下、二七〇ページ)


死ぬ前の直子が「僕」とではなくレイコさんとの新生活を夢見ていたことを聞いて、「僕」が「レイコさんと二人でですか?」と耳を疑うのも当然である。阿美寮を出たら一緒に暮らそうという「僕」の提案に、過去、「そうすることができたら素敵でしょうね」と「僕の腕にぴったりと身を寄せ」て言い（第六章）、「ありがとう。そんな風に言ってくれてすごく嬉しい」と語った（第十章）のは、ほかならぬ直子だったのだから。そして「僕」は新しい部屋まで用意して待っていたのだから。無論、「僕」と視点を共有する読者にしても、直子が「あの人のことは私きちんとするから」と軽く言い放つとは想像しがたいのではないか。

続けてレイコさんは、「それから部屋の中のいろんなものを整理して、いらないものを庭のドラム缶に入れて焼いたの。日記がわりにしていたノートだとか手紙だとか、そういうのみんな」と語る。つまり、「僕」が死に際の直子の本心を知るための手がかりは、直接直子から届いた数通の手紙を除いて一切失われてしまったことになる。だが本当に直子本人がそれらを燃やしたのだろうか。前述のように、もしもレイコさんが「僕」との約束を破ったとすれば、彼女にとって直子の手紙や日記は都合の悪いものだった可能性が高い。この約束に関することのほかにも、レイコさんが「僕」に知らせた直子についての情報と齟齬をきたすような記述があったかもしれない。いずれにせよ、それらを焼却したのが、自らの語り／騙りを真実に仕立てたいレイコさんその人だったことは十分に考えられる。さらに、レイコさんは、死ぬ間際の直子とのやりとりをこう描き出してみせる。

「それから直子はしくしく泣き出したの」とレイコさんは言った。「私は彼女のベッドに腰かけて頭撫でて、大丈夫よ、何もかもうまく行くからって言ったの。（略）暑い夜で直子は汗やら涙やらでぐしょぐしょに濡れてたんで、私バスタオル持ってきて、あの子の顔やら体やらを拭いてあげたの。パンツまでぐっしょりだったから、あなたちょっと脱いじゃいなさいよって脱がせて……ねえ、変なんじゃないのよ。（略）」

「わかってますよ、それは」と僕は言った。

「抱いてほしいって直子は言ったの。こんな暑いのに抱けやしないわよって言ったんだけど、これでもう最後だからって言うんで抱いたの。体をバスタオルでくるんで、汗がくっつかないようにして、しばらく。そして落ちついてきたらまた汗を拭いて、寝巻を着せて、寝かしつけたの。すぐにぐっすり寝ちゃったわ。（略）すごく可愛い顔してたわよ。なんだか生まれてこのかた一度も傷ついたことのない十三か十四の女の子みたいな顔してたね。（略）」

（第十一章、下、二七四―二七五ページ）


この語りには、「ねえ、変なんじゃないのよ」と言い添えなければならないほど、レズビアン・エロティシズムが漂う。加えて、「一度も傷ついたことのない十三か十四の女の子みたいな顔」をした「すごく可愛い」「あの子」と指呼される直子とは、あの天使のようだった匿名の少女「あの子」の再現以外の何物でもない。このように、語られる／騙られる直子の最期の日の様子は、レイコさんのレズビアン的欲望が照らし出したものと捉え直せるのだ。

レイコさんが直子の最期の日に立ち会ったこと、それはまるで「僕」がキズキの最期の日に立ち会ったこととの反復である。そうした立ち会いによって「僕」とキズキの間で、直子が介入できない男性同士の絆が永遠化されたように、レイコさんもまた、直子との間に「僕」が介入できない永遠の絆を結ぶことに成功したのではないか。少なくとも直子と「何もかも話しあって」（第六章）いたレイコさんは、「僕」とキズキの間の出来事も耳にしていたはずだ。

いかに阿美寮で絆を深めようとも、直子が同性愛者でないかぎり、いずれレイコさんは直子を「僕」あるいは別の男性に譲り渡さなければならない。女性同士でともに手紙をつづり、セーターを編み、心を打ち明け合う彼女たちの寮生活は、いわばエスの関係が許容されていた女学生たちのモラトリアムのようなものだ。レイコさんがそのようなモラトリアムを永遠化するには、直子の死の唯一の立会人になり、なおかつ語り／騙りによって直子とのロマンスを現実《アクチュアル》のものにしてしまう以外に方法はない。アメリカの心理学者であるジェローム・ブルーナーが言うように、ときとして、「ナラティヴ（虚構のナラティヴも含む）は現実世界の中の物に形を与え、往々にしてそれらに現実という資格を授けることになる(24)」。さらに森岡正芳によると、とりわけ心理療法では、「ある出来事が語られるとき、それが事実としてどうだったのかということが問題なのではなく、出来事がどのようにアクチュアルに立ち上がるか、そしてその世界に聴き手がいかにして身を置けるか(25)」が重要だとされている。レイコさんが八年もいた阿美寮を後にできたのは、騙りのナラティヴを通して、自己の抑圧されていたクィアな欲望を現実《アクチュアル》のものとして結実させることができたからではないか。

最終章でレイコさんは、直子の服を着て現れ、「僕」と肉体関係を結ぶ。それは、傷心の「僕」のために一時的に直子の依り代になった、あるいは、直子から「僕」を略奪したなどとも解釈できるかもしれない。しかし彼女が「寮を出てわざわざ」訪れたのは、「緑さんと二人で幸せになりなさい」と忠告するためであり、別れ際にもそう念押ししている。「これ以上もう何も言えないのよ。幸せになりなさいとしか。私のぶんと直子のぶんをあわせたくらい幸せになりなさい、としかね」。

こうしてレイコさんと別れた「僕」は、すぐさま「緑に電話をかけ、君とどうしても話がしたいんだ。話すことがいっぱいある。（略）世界中に君以外に求めるものは何もない。君と会って話したい。何もかもを君と二人で最初から始めたい」と堰を切ったように口走ることになる。つまり最終的に「僕」を直子から緑へと向かわせたのは、レイコさんなのである。レイコさんが別れ際に述べた「私のぶんと直子のぶんをあわせたくらい幸せに」という言葉は、単純に「僕」へのはなむけの言葉というよりも、「僕」を緑との「幸せ」な生活へと棄却し、あたかもレイコさん自身はこれから記憶の世界で、直子と二人きりで幸福を分かち合うことを含意しているかのようだ。

この文脈からすれば、直子の服を着た彼女が「僕」と交わったのは、いとしい直子との同化それ自体が目的だったと見なせる。レイコさんの計り知れない欲望は、対象愛的に直子を独占するばかりでなく、自己愛的に直子との同化をも促したのだ。[26] しかし当然そのような振る舞いは、「僕」と肉体関係を結ぶかぎりではバイセクシュアルに近い、いわゆるレズビアン的欲望からはズレるという意味での〈歪み〉を帯びることになる。[27] 直子はレイコさんのそうした歪みを見透かすように、すでにこんなことを語っていた。


「ねえ、どうしてあなたそういう人たちばかり好きになるの？」と直子は言った。「私たちみんなどこかでねじまがって、よじれて、うまく泳げなくて、どんどん沈んでいく人間なのよ。

私もキズキ君もレイコさんも。みんなそうよ。どうしてもっとまともな人を好きにならないの？」

「それは僕にはそう思えないからだよ」僕は少し考えてからそう答えた。（略）

「でも私たちねじまがってるのよ。私にはわかるの」と直子は言った。

（第六章、上、二八九ページ）

「どこかでねじまがってる」「私たち」として、自分とキズキとレイコさんを同列に並べる口ぶりには、直子が亡き姉とキズキの間で揺れる自らの〈歪んだ〉性的欲望のかたちばかりでなく、異性愛と同性愛の間で揺れるレイコさんのそれにも気づいていた可能性が示唆されている。さらにここでキズキも同列化されていることは、キズキもまた何らかの〈歪んだ〉欲望を抱えていたことをうかがわせる。それは、直子の欲望のありかを悟ったキズキが、亡き姉と相似した自死を遂げることでその姉に成り代わろうとした欲望だったかもしれないし、あるいは、じつのところ「僕」への禁じられた同性愛的な欲望だったかもしれないが、これについては想像の域を出ない。

いずれにせよ、彼らの欲望の「ねじまが」りにまったく気づかないのは、自らの愛のかたちだけを「とても事情が込み入ってる」（第十章）と自認する異性愛主義者《ヘテロセクシスト》の「僕」だけであり、結末まで「僕」と視点を共有する読者もまた同様なのである。恋愛のかたちを自動的に異性愛と直結させ、それ以外の可能性をあらかじめ排除する異性愛主義のまなざしは、直子とレイコさんのクィアな欲望を不可視化する力学とも言えるが、皮肉なことに、むしろその力学こそが「僕」の恋愛に介入するレイコさんの恐るべき語り／騙りの力を許している。

したがって一見ハッピーエンディングを迎えるはずの結末で、緑に自分の居場所を尋ねられて、「今どこにいるのだ?」と自問し、「どこでもない場所のまん中から緑を呼びつづけ」なくてはならない「僕」の主体性の喪失は、しかるべきものと見なせる。「僕」は終始、語る／騙るレイコさんの欲望のままに行動したにすぎないのだから。ただ、そのことに気づくことができない「僕」は、十八年の時を経てもなお、直子についてのひどいトラウマを抱え続けている。(28)

作品の冒頭で、「僕」は着陸した飛行機のスピーカーから流れた「オーケストラが甘く演奏する」「ノルウェイの森」の曲を聴いただけで、「激しく」気持ちを「混乱」させ、直子が「井戸の話」をした「一九六九年秋」の「あの草原」に連れ戻されることになる。こうして「僕」は、異性愛主義的な視点を抜け出せないかぎり、いつまでも直子の死というトラウマティックな出来事の意味を把握できずに、何度でも繰り返し、当時のことを思い起こし、語り続けなくてはならないのである。

おわりに

ともすれば、「僕」を介した直子とレイコさんの親密さは、「僕」が反復するホモソーシャルな関係を、女性同士の一時的で遊戯的な関係に転換したものにすぎないように見える。しかしひとたびクィア・リーディングによって彼女たちの語りにアプローチしてみると、「僕」の恋愛物語の深層に隠されていた直子の亡き姉への愛と、レイコさんの直子への愛という、ともに既存のセクシュアリティ規範によって禁止され抑圧されていた女性たちのクィアな愛のかたちが浮かび上がる。と同時に、「僕」の恋愛のプロセスを巧みに操りながら女性同士の絆を永遠の現実《アクチュアリティ》へと変換したレイコさんの語り／騙りの力をも発見することになる。それは、「僕」の異性愛主義とそれに支えられた男性たちのホモソーシャルな絆の物語を脱臼するものとも言い換えられる。

とはいえ、この解釈に問題がないわけではない。クィアな欲望を直子が「ねじまがってる」精神の病と表現して自死してしまうこと、また、レイコさんもそうした欲望を隠したまま直子を死に追いやってテクストから立ち去ってしまうことは、表象のレベルで彼女たちのクィアな欲望を、あの語られた匿名の少女のそれと同じように、病理化・悪魔化して棄却し周縁化することになりかねないからだ。その意味では、ここまでの解釈も決して同性愛嫌悪《ホモフォビア》を免れていないのかもしれない。しかし誤解を恐れずに言えば、彼女たちのクィアな欲望の抑圧的な自己承認の表象は、むしろレズビアンを病理化し、社会から棄却し周縁化せずにはおかなかった当時の日本社会の異性愛規範をあらわにするものとも見なせるのではないか。[29]

たしかに直子もレイコさんも、主人公の「僕」の人生から退場した。しかし結末で「僕」は理由もわからずに自失するばかりか、三十七歳の現在になってもなお「ノルウェイの森」を聴くだけでひどいトラウマに襲われてしまう。過去、その曲を奏でた唯一の人物こそ、レイコさんではなかったか。そしてそれを繰り返しリクエストしたのは直子だった。曲名は本作のタイトルでもある。このことは、語り手の「僕」ではなく、直子と深い絆で結ばれたレイコさんの語り／騙りこそ、『ノルウェイの森』という小説テクストを奏でていることを暗示している。

もっとも本書の第1章で取り上げた「兎」と同様に、聞き手がいなければどのような語り／騙りも成立しない。したがって直子やレイコさんをはじめとした他者たちの話を聞き、それを記憶して語る「僕」という存在の意味は決して小さいものではない。ただ、改めて確認すると、『ノルウェイの森』では、直子の姉やキズキやハツミなどの説明不可能な多数の自死が見られるばかりか、直子や突撃隊や緑の父親といったさまざまな人物の言語的な障害が描かれている。このことは、そもそも言葉による語りそのものの不可能性をメタフィクショナルに提示していると考えることもできる。[30]こうした本作の主題に照らせば、じつはトラウマティックな語りである三十七歳の「僕」の語りそれ自体も、言語化不可能なことを言語化しようとする試みであるという点において、語りの不可能性を体現していると言えるだろう。とはいえ、一人称の「僕」の語りに寄り添う考察は、本書の第4章「村上春樹「七番目の男」――トラウマを語る男」に譲って、ここでは指摘にとどめておく。

いずれにせよ、レイコさんのクィアな語り／騙りは、「僕」という聞き手／語り手との出会いによって、欲望のレベルで異性愛主義を脱臼させ、語りのレベルでこの「リアリズム小説[31]」の批評的なメタフィクションを編成していると捉えられる。もちろん「僕」の語りを通じて、そのようなレイコさんの語り／騙りを聞き取ることができるのは、読者以外の何者でもない。その意味で、レイコさんが奏でる『ノルウェイの森』は、「僕」の彼方へと響いてやまない。

単行本『ノルウェイの森』の下巻には、村上春樹の小説としては珍しく作家自身による「あとがき」が掲載されている。そこで村上は本作を「個人的な小説」と規定しながらも、「僕としてはこの作品が僕という人間の質を凌駕して存続することを希望するだけである」[32]と記している。すなわち、『ノルウェイの森』とは、そもそも読まれることによって、作者の意図を超え出ることが期待された小説テクストだったのである。

＊小説の引用は村上春樹『ノルウェイの森』上・下（〔講談社文庫〕、講談社、二〇〇四年）による。

注

（1）「ORICON NEWS」（オリコン）の二〇〇九年八月五日の記事「『ノルウェイの森』の発行部数1000万部突破」（https://www.oricon.co.jp/news/68198/full/）［二〇二二年十二月十五日アクセス］
（2）単行本の帯に付された村上春樹による惹句から。
（3）村上春樹、聞き手：柴田元幸「村上春樹ロング・インタヴュー　山羊さん郵便みたいに迷路化した世界の中で——小説の可能性」、「ユリイカ　総特集　村上春樹の世界」一九八九年六月臨時増刊号、青土社、一八ページ
（4）早くは加藤典洋「「まさか」と「やれやれ」」（「群像」一九八八年七月号、講談社）があり、それを明確に打ち出した論考として、加藤典洋編『村上春樹——イエローページ　作品別（1979～1996）』（荒地出版社、一九九七年）の第五章「『ノルウェイの森』——世界への回復・内閉への連帯」がある。

また、村上春樹「自作を語る――100パーセント・リアリズムへの挑戦」(『村上春樹全作品1979~1989 6 ノルウェイの森』講談社、一九九一年)では、「セックスと死について徹底的に言及」した「青春小説」と自作解説されている。

(5) 竹田青嗣「〝恋愛小説〟の空間」(「群像」一九八八年八月号、講談社)など。

(6) 木股知史「手記としての『ノルウェイの森』」(「昭和文学研究」第二十四集、昭和文学会、一九九二年二月)や石原千秋『謎とき 村上春樹』(〔光文社新書〕、光文社、二〇〇七年)など。

(7) 太田鈴子「女性を「モノ」化するヘテロセクシズムの物語――村上春樹『ノルウェイの森』」「昭和女子大学女性文化研究所紀要」第二十四号、昭和女子大学女性文化研究所、一九九九年七月

(8) 前掲『謎とき 村上春樹』二七九ページ

(9) 前掲「女性を「モノ」化するヘテロセクシズムの物語」一一一ページ

(10) イヴ・K・セジウィック『男同士の絆――イギリス文学とホモソーシャルな欲望』上原早苗/亀澤美由紀訳、名古屋大学出版会、二〇〇一年(原著:一九八五年)

(11) 川村湊「〈ノルウェイの森〉で目覚めて」(「群像」一九八七年十一月号、講談社)が指摘するとおり、本作には、ほかにもさまざまな三角関係が見られるが、村上春樹自身は「村上春樹大インタビュー――「ノルウェイの森」の秘密」(「文藝春秋」一九八九年四月号、文藝春秋)のなかで、「本当に三角と呼べる」関係として、「「僕」と直子とキズキ」「「僕」とハツミさんと永沢」「「僕」と直子とレイコさん」の三つを挙げている(一七一ページ)。

(12) ニコラ・アブラハム/マリア・トローク『狼男の言語標本――埋葬語法の精神分析/付・デリダ序文《Fors》』港道隆/森茂起/前田悠希/宮川貴美子訳(叢書・ウニベルシタス)、法政大学出版局、二〇〇六年(原著:一九七六年)。本著に関する理解は、本著に付せられたジャック・デリダの序文

「FORS」(一八二―一九二ページ)、および森茂起「『狼男の言語標本』解説」(二六四―二六九ページ)による。

(13) 柘植光彦「メディアとしての「井戸」――村上春樹はなぜ河合隼雄に会いにいったか」(「国文学 解釈と教材の研究」一九九八年二月臨時増刊号、学燈社)は、とくに直子にとっての井戸を「フロイトの「id」に死の味付けをした、タナトス的なもの」(五四ページ)であるとする。

(14) 前掲「手記としての『ノルウェイの森』」四〇ページ

(15) 渡辺みえこ「『ノルウェイの森』――視線の占有によるレズビアニズムの棄却」「社会文学」第十三号、日本社会文学会、一九九九年六月、三〇ページ

(16) 小谷野敦「『ノルウェイの森』を徹底批判する――極私的村上春樹論」『反＝文藝評論――文壇を遠く離れて』新曜社、二〇〇三年、二七二ページ

(17) 前掲「『ノルウェイの森』――視線の占有によるレズビアニズムの棄却」

(18) 近藤裕子「すみれへ／すみれから――父権とレズビアニズム」、柘植光彦編集『村上春樹――テーマ・装置・キャラクター』(「国文学 解釈と鑑賞」別冊)所収、至文堂、二〇〇八年、二一五―二一六ページ。渡辺みえこ『語り得ぬもの――村上春樹の女性《レズビアン》表象』(御茶の水書房、二〇〇九年)にも、「「レズビアン」体験が、玲子の虚言だとしたら、〔レズビアンとしての：引用者注〕官能の可能性が、玲子の身体の奥深くに眠っていたということを語ったことになる」(二一一ページ)という指摘がある。

(19) レイコさんが自己を匿名の少女に仮託して執拗に話すことは、フロイトが注目した「投影(projection)」という心理的な防衛機制に似ている。馬場禮子によれば、投影とは、自己の内部にある衝動や願望を自分のものとして受け入れがたい場合に、これらを無意識的に外在化し、外界や他者に属するものとして認識することで罪悪感を回避する機制を指す。結果として、ときに現実検討の障

害や社会への不適応を生むとされる（馬場禮子「投影」、小此木啓吾編集委員会代表、北山修編集委員会幹事『精神分析事典』所収、岩崎学術出版社、二〇〇二年、三六三ページ）。

（20）ほかにもレイコさんは「しょっちゅう皮肉っぽく唇が片方に曲が」（第六章）るとある。唇の歪みは語りの歪みを暗示するものともとれる。

（21）近藤裕子「チーズ・ケーキのような緑の病い――『ノルウェイの森』論」、前掲「国文学 解釈と教材の研究」一九九八年二月臨時増刊号、八八―八九ページ

（22）加藤弘一「異象の森を歩く――村上春樹論」「群像」一九八九年十一月号、講談社、二〇六ページ

（23）「僕」は、「やせて乳房というものが殆んどなく」「硬そうな短かい髪をした」レイコさんの第一印象を、「女大工みたい」と感じていた（第六章）。「大工」＝dykeだと考えれば、それは英語圏における男性的なレズビアンの蔑称である。そう考えると、くしくも「僕」は、最初からレイコさんが秘匿するセクシュアリティを言い当てていたことになる。

（24）J・ブルーナー『ストーリーの心理学――法・文学・生をむすぶ』岡本夏木／吉村啓子／添田久美子訳、ミネルヴァ書房、二〇〇七年、一〇ページ（原著：二〇〇二年）

（25）森岡正芳「語りと騙りの間を活かす――セラピーの場で」、金井壽宏／森岡正芳／高井俊次／中西眞知子編『語《かた》りと騙《かた》りの間――羅生門的現実と人間のレスポンシビリティー《対応・呼応・責任》』所収、ナカニシヤ出版、二〇〇九年、三六ページ

（26）直子が「洋服は全部レイコさんにあげて下さい」と「メモ用紙に一行」だけ残したとされる「走り書き」（第十一章）は、じつはレイコさんの手によるものではないかと疑うこともできる。

（27）あるいは、少女との快楽のあとに「穢れおとし」として夫に「抱いてもらった」と語っていた（第六章「承前」）のと同様に、直子へのレズビアン的欲望を自ら禁忌化し、「穢れおとし」として「僕」

に抱かれたとも捉えられる。

(28) 遠藤伸治「村上春樹「ノルウェイの森」論」「近代文学試論」第二十九号、広島大学近代文学研究会、一九九一年十二月、六〇ページ

(29) 杉浦郁子「1970, 80年代の一般雑誌における「レズビアン」表象――レズビアンフェミニスト言説の登場まで」(矢島正見編著『戦後日本女装・同性愛研究』所収、中央大学出版部、二〇〇六年)には、日本ではとくに「肉欲的なレズビアン」の差別的イメージが雑誌メディアを通して一九六〇年代を通じて中心化され、八〇年代まで再生産されていったとある(四九四、五〇〇―五〇四ページ)。『ノルウェイの森』のおもな舞台である六〇年代後半から七〇年とは、まさにそのような時期にあたる。

(30) このような主題を読み取ったものとして、遠藤の前掲「村上春樹「ノルウェイの森」論」、三重野由加「村上春樹「ノルウェイの森」論」(「立命館文学」第五百四十号、立命館大学人文学会、一九九五年七月)などがある。

(31) 前掲「村上春樹大インタビュー」一六九ページ

(32) 村上春樹「あとがき」『ノルウェイの森』下、一九八七年、講談社、二五九―二六〇ページ

第3章　村上春樹「レキシントンの幽霊」
——可能性としてのエイズ文学

はじめに

村上春樹の「レキシントンの幽霊」は、「群像」一九九六年十月号（講談社）に掲載ののち、加筆されて同年十一月に同名の短篇集（文藝春秋）に収録された短篇小説である。[1] これら初出と初版の両テクストはあらすじをほぼ等しくするものの、一般的に前者はショート・バージョン、加筆された後者はロング・バージョンと呼ばれていて、前者のほうは高校の国語教科書にも複数回採用されてきた。[2] とはいえ、後者のロング・バージョンのほうが文庫本や作品集に多少の異同をともないながらも採録されているため、定稿の感が強い。そこで本章では、ロング・バージョンのほうを取り上げて考察をおこなっていきたい。

一人称「僕」の回想の語りからなる「レキシントンの幽霊」は、内容的に大きく前半と後半に分けることができる。前半の物語は、日本人作家の「僕」がアメリカ滞在中に知り合ったアメリカ人男性ケイシーの邸宅で一週間ほど留守番をすることになり、最初の晩に幽霊たちの物音を聞くというもの。そして後半の物語は、半年ほどあとに「僕」がケイシーと再会し、彼から長い眠りに関する不思議な話を聞くというものである。

この小説は前半と後半の物語的なつながりが不明瞭であることから、全体として明確なテーマをつかみ取りづらい。後述するように、本作はまさにそのわかりづらさによって、これまでじつに多様な解釈が打ち出されてきた。そのうえ、いずれの解釈も間違いとは言えないのである。言い換えれば、本作は、「リアリズム小説」が意図された『ノルウェイの森』以上に、読む行為による解釈というものが本質的に多様な可能性の一つでしかないことを、私たち読み手に知らせるテクストなのだ。

そのように解釈自体が相対的な位置を免れないという性質を念頭に置きながらも、本章では「レキシントンの幽霊」という小説テクストに、改めて異性愛主義的な視点からは可視化しがたいクィアな物語を読み解いてみたい。そうすることで、この小説テクストに秘められたアメリカのゲイ抑圧に関する歴史的な主題が浮かび上がってくるだろう。

前章の『ノルウェイの森』に関する読解では、語り手の「僕」や読み手の異性愛主義を脱臼させるものとして、女性たちの語りに焦点を当てて、小説テクストの深層にあるクィアな欲望を可視化した。本章でも同様にクィア批評をおこなうが、しかし単に小説内部にある欲望を可視化するだけでなく、そのような欲望と、クィアをめぐる歴史的記憶との関わりも捉えていく。一見すると意味づけが困難でわかりづらい「レキシントンの幽霊」という小説に、いかにクィアをめぐる歴史的な主題が立ち上がるかを見ていこう。

1 不可解な孤独

本作の語り手である「僕」が親しくなった、「独身」で「五十を過ぎたばかりのハンサムな」ケイシーは、マサチューセッツ州ボストン郊外のレキシントンにある邸宅で、「たぶん三十代半ばで、長身で、柳のようにほっそりと」した「ひどく無口で、顔色のあまりよくないピアノの調律師」のジェレミーと同居している。

僕の知っているケイシーは、いつも居間のソファに座ってワイン・グラスを優雅に傾け、本を読んだり、ジェレミーのピアノに耳を澄ませたり、あるいはガーデン・チェアに座って犬と遊んだりしていた。（一五ページ）

このように「僕」が思い出すケイシーの日常には、ジェレミーと犬の姿がある。とくにボストン交響楽団のコンサートを「二人で欠かさずに聴きにい」きもするという親しい間柄のケイシーとジエレミーについては、これまで、彼らがゲイ・パートナーであるという解釈が示されてきた。[3] もちろん「小説内にはそのように断定できる根拠は見当たらない」[4] という異論もあるように、本作ではケイシーの同性愛セクシュアリティは必ずしも明確には語られていない。しかし彼がジェレミーと親密なパートナー関係にあることは十分すぎるほど示唆されている。

その関係がもっともよく見て取れるのは、後半の物語で約半年ぶりに「僕」が再会したケイシーの様子である。

ケイシーは前に会ったときに比べて、びっくりするくらい老け込んでいた。見違えたほどだった。十歳は年をとって見えた。白髪の増えた髪は耳の上で長く伸び、目の下が袋のようになって黒くたるんでいた。手の甲の皺まで増えたみたいだ。外見に細かく気を遣うスマートなケイシーとしては、ちょっと考えられないことだった。あるいは何か病気をしたのかもしれない。

（三三ページ）

この深刻な変貌ぶりは屋敷の幽霊による悪影響と見なされることもあった。[5] だが「僕」の回想のなかのケイシー自身の語りに即すなら、約半年間の生活上の大きな変化は、唯一、ジェレミーが家を出ていったことだけだ。

たとえば、それまでの間、「僕」はケイシーから「電話が何度かかかってきて、話はした」としているが、「僕」はこの複数回に及ぶ電話の内容を、「ジェレミーの母親が亡くなり、その無口なピアノ調律師はもうずっとウェスト・ヴァージニアに行きっきりになっているということだった」と、いわゆる要約法で語っている。つまり、ケイシーは電話のたびにジェレミーの不在を繰り返し「僕」に訴えていたと考えられる。ところが当時の「僕」は、その度重なる電話でのケイシーの訴えを、のちに要約的に単純化して語ってしまうほどに聞き流していた。それについて「僕」は、「そのとき長い小説の最後の追い込みにかかっていたので、どうしても必要な場合をべつにすれば、誰かに会ったりどこかに出かけたりするような余裕をもたなかった」と振り返る。この回顧には、本当ならケイシーのもとに「出かけ」ていって「会ったり」すべきだったが、仕事で忙しかった当時としてはそうすることが「どうしても必要な場合」とは思えなかったという、語る現在の「僕」の言い訳を読み取ることも可能だろう。半年のあいだ、「僕」はケイシーの心痛を看過してしまった。そのことを、衰弱した様子のケイシーとの再会を経た現在の「僕」は、少なからず後悔していると捉えられるのである。再会の際、ケイシーが「ジェレミーはもうレキシントンには帰ってこないかもしれないな」と「首を軽く左右に振りながら沈んだ声」で訴えたことを考えれば、なおさらだろう。

このようにケイシーにとってジェレミーの不在こそが「びっくりするくらい老け込んで」しまうほどつらい深刻な出来事だったとすれば、やはりジェレミーとは、ケイシーの伴侶と言っていい存在だったと見なさなければならない。

そして物語の前半、「僕」はケイシーの邸宅で留守番をする。ケイシーは仕事で「一週間ほどロンドンに行かなくてはならな」くなり、ジェレミーも体の悪い母親のもとに行っていたために、まだ「知り合ってから半年ばかり」でしかない外国人作家の「僕」に留守番を頼んだ。いわく、「悪いけれど、君しか思いつけなかったんだ」と。ここに、すでに指摘があるとおり「「ケイシー」の孤独な姿」[6]を見て取ることは簡単だが、では、なぜケイシーはそれほどまでに孤独なのか。

たしかにケイシーは、「兄弟がなく、子供のころに母親を亡くし」、「十五年前に父親が膵臓癌で死ん」で家族がいない。また、格式が高い「家やさまざまな財産」の相続人としては、雇いの留守番は信用できなかったのかもしれない。しかし「ボストン郊外の高級住宅地の、そのまた由緒ある一画にあっても、それはひときわ人目を引く立派な家」、「建てられてから少なくとも百年はたっているだろう」という「三階建ての大きな古い家」に暮らすケイシーには、近隣に留守番を頼める親戚や親しい隣人がいてもおかしくはない。「建築家」の仕事をしているばかりか、日頃から「外見に細かく気を遣」い、「育ちもよく、教養も」あり、「おしつけがましいところのない」人柄であれば、学生時代や仕事上の親しい友人たちも大勢いるはずだ。とくにケイシーの邸宅にパーティーが開けるほど大きな居間や客室があることは、ケイシーの孤独をより不自然なものとして映し出す。

この不可解な孤独については、作品の舞台であろう一九九〇年代前半のアメリカの社会状況を解釈の補助線とすれば、おのずと理解されてくるのではないか。いま、舞台を九〇年代前半と述べたが、本作の冒頭に「数年前に実際に起こったこと」とあることから、舞台はおよそ作品の初出年である九六年の「数年前」と仮定できる。だが、そればかりでなく、語り手の「僕」が「実際に起こったこと」、「事実」として語っていく、この虚と実を跨ぐ小説の語りの質を考慮すれば、「マサチューセッツ州ケンブリッジに、二年ばかり住んでいた」「僕」と同様、作者の「村上春樹」が九三年七月から九五年五月にかけて現地に滞在していた事実も加味できる。つまり舞台は、九三年か九四年ということになる。そして、この九〇年代前半のアメリカのゲイについて語るうえで避けて通れないのが、エイズパニックという、おびただしい犠牲者を生んだ歴史的な出来事である。

エイズパニックは、一九八一年四月にアメリカ疾病管理予防センターがアメリカのゲイ男性の間で流行している「奇病」を報告したことに始まる。この「奇病」が八二年には「エイズ（ＡＩＤＳ）」すなわち「後天性免疫不全症候群」と命名され、翌年には原因になる「ヒト免疫不全ウイルス（ＨＩＶ）」が特定された。だが、ウイルスの正体が解明され、感染が必ずしも同性愛者に限定されないことが確認されたあとも、アメリカではゲイへの嫌悪を隠さないロナルド・レーガン政権の意図的な無策によって、八〇年代から九〇年代初頭にかけて急速に感染の拡大が進み、多くのゲイ男性が命を落とすことになった。すでに八〇年代末にはエイズで死亡したアメリカ人の数は、朝鮮戦争（一九五〇—五三年）とベトナム戦争（一九五五—七五年）でのアメリカ人戦死者の合計数を上回り、その多くをゲイ男性が占めていたとされている。(7) こうした経緯から、八〇年代から九〇年代のアメリカでは、ゲイはエイズと直接的に結び付けられ、〈不道徳な病気の感染源〉あるいは〈乱交してエイズを広めるゲイ〉といったスキャンダラスなイメージが蔓延し、ゲイ男性たちは社会の強い偏見や差別に晒されることになった。そのため恥ずべきもの、自業自得と見なされた彼らの死は、公に哀悼されることさえ難しい状況もあったという。(8)

こうした〈ゲイのエイズ化〉とも言うべき激しい偏見と抑圧を抱え込んでいたアメリカ社会の状況(9)に照らせば、ゲイであるケイシーにとって、留守番を頼める相手がジェレミー以外に「僕」しかいなかったのは不思議ではなくなる。周囲の偏見のために、親戚をはじめ大半の知己との交友が絶たれていたと読めるからである。というよりも、そのように読まないかぎり、ケイシーの孤独の不可解さが置き去りにされてしまうにちがいない。

たしかに、マサチューセッツ州自体は、一九八九年にゲイ差別の禁止を先駆的に立法化し、「どの地域でもレズビアンやゲイ男性の家族が隣人に対して性的指向をオープンにしやすい土地柄」[10]ではあった。だからジェレミーとの同居や連れ立ってのコンサート鑑賞など、彼らの関係は比較的オープンにできたかもしれない。だが、同州はゲイの権利に反対する保守的宗教勢力が強い、カトリック寄りの州でもあることから、法整備後も実際にはさまざまな偏見や差別があったと報告されている。[11]当然、先行研究にあるような「ゲイであるからこそ企業や組織に属する機会の少ない「建築家」と「調律師」という職業を選択している」[12]という解釈も十分に成り立つ。こうしたゲイ男性にとって過酷な差別的・抑圧的なアメリカのエイズパニックの社会状況を想起してみるとき、ジェレミーという特定のパートナーと愛し合い、支え合う関係が、ケイシーの生にとってきわめて大きな意味をもっていたことが改めて見えてくる。

2　眠りのあとで

後半、「僕」と再会したケイシーは、父親と自分とに共通する長い眠りの不思議な体験について述べたあと、次のように言う。

僕の言っていることはわかるかな？　つまりある種のものごとは、別のかたちをとるんだ。それは別のかたちをとらずにはいられないんだ

（三七ページ）

ケイシーの語りに即すなら、「ある種のものごと」とは最愛の者を喪失した深い悲しみであり、それが「別のかたちをとる」というのは、具体的には次の三つの出来事を指しているだろう(13)。第一に、ケイシーの母親の死後に父親が三週間眠り続けたこと、第二に、父親の死後にケイシーが約二週間眠り続けたこと、そして第三に、ジェレミーが彼の母親の死後に星座の話しかしなくなり、母親が暮らしていたウェスト・ヴァージニアに帰ってしまったことである。これらは佐野正俊の言葉を借りれば、「ことばにしようがない、涙にもならないほどの〈痛烈〉さを持つ〈想い〉(14)」の表れと見ていい。中野和典はさらにそうした「別のかたち」の表れを、前章でも触れたフロイトが言う「喪の作業」、すなわち最愛の人がいない現実へと立ち返るために「死者との結びつきからリビドーを解き放つべく〈長い時間をかけて、備給エネルギーを多量に消費しながら、一歩ずつ実現していく〉営み(15)」と位置づけている。

これらを踏まえて、眠りをめぐってケイシーが語ったことを再文脈化してみよう。

ケイシーはまず、自らに起きた奇妙な眠りについて次のように説明している。

僕は父を愛していた。世界中の誰よりも父のことを愛していた。尊敬もしていたけれど、それ以上に精神的に感情的に強く結びついていた。それで不思議な話なんだけれど、父が死んだとき、僕もまた、母が亡くなったときの父とまったく同じように、ベッドに入っていつまでもこんこんと眠り続けたんだ。まるで特別な血統の儀式でも継承するみたいにね。

（三六―三七ページ）

このようにケイシーは「世界中の誰よりも父のことを愛していた」ことを強調しながら、その特別な愛情こそが「母が亡くなったときの父とまったく同じよう」な「不思議な」眠り、すなわち喪の作業を引き起こしたと語る。このことを確認したうえで、とくに注目したいのは、「特別な血統の儀式」とされるような父親とケイシーに共通する〈眠る行為〉それ自体ではなく、「母が亡くなったときの父とまったく同じ」とされているケイシーと父親に共通する〈眠りの意味合い〉のほうである。

たぶんぜんぶで二週間くらいだったと思う。僕はそのあいだ眠って、眠って、眠って……、時間が腐って溶けてなくなってしまうまで眠った。いくらでも際限なく眠ることができた。いくら眠っても眠り足りなかった。そのときには、眠りの世界が僕にとってのほんとうの世界で、現実の世界はむなしい仮初めの世界に過ぎなかった。それは色彩を欠いた浅薄な世界だった。そんな世界でこれ以上生きていたくなんかないとさえ思った。母が亡くなったときに父が感じ

ていたはずのことを、僕はそこでようやく理解することができたというわけさ。（三七ページ）

眠りのなかで「現実の世界」を「むなしい仮初めの世界」としか捉えられない感覚は、まさに喪失による悲嘆のただなかで喪の作業のプロセスにあることを示している。重要なのはケイシーがそのような眠りの経験を経て、「母が亡くなったときに父が感じていたはずのことを、僕はそこでようやく理解することができた」と打ち明けていることである。

ケイシーによれば、父親は亡妻を「いつくしみ、とても大事にしていた」。それは「おそらく息子の僕よりも、母の方をずっと深く愛していたと思うよ」とケイシーに言わしめるほどの強い愛し方だったことを想起したい。言うまでもなく、この深い愛情と表裏の関係にあるのが、現実否定としての長い眠りにつながる、喪失による痛切な悲嘆である。先の引用では、そのような「母が亡くなったときに父が感じていたはずのこと」を、ケイシーは同じ眠りの経験を通して「ようやく理解することができた」と語っている。言い換えればそれは、父親が妻に注いでいたのと同じ種類の強く深い愛情を、ケイシーもまた父親に対して向けていたことを意味する。眠りからの目覚めとは、そのような愛のかたちの目醒めにほかならなかった。ケイシーが「僕は父を愛していた」と述べるとき、それは親子の愛情というよりも、むしろ近親相姦的・同性愛的な愛情だったと捉え直せるのである。[16]

前章で『ノルウェイの森』の直子やレイコさんに看取できたように、それらの欲望のかたちは、村上春樹文学では決して珍しくはない。村上の小説に男女を問わず同性愛者がたびたび登場することは、すでに黒岩裕市が『ダンス・ダンス・ダンス』（講談社、一九八八年）や『スプートニクの恋人』（講談社、一九九九年）、「偶然の旅人」（「新潮」二〇〇五年三月号、新潮社）などを取り上げて指摘している。[17] また近親相姦のモチーフのほうも、主人公の妻とその兄との近親相姦の気配を漂わせる『ねじまき鳥クロニクル』（新潮社、一九九四―九五年）をはじめ、母親に性的欲望を抱く青年を主人公にした「神の子どもたちはみな踊る」（「新潮」一九九九年十月号、新潮社）や、少年が母親や姉との性的関係を父親から予言される『海辺のカフカ』（新潮社、二〇〇二年）などを挙げることができる。

そうだとすれば、ケイシーが「母が亡くなったときに父が感じていたはずのことを、僕はそこでようやく理解することができた」と口にした直後に語る、「僕の言っていることはわかるかな？　つまりある種のものごとは、別のかたちをとるんだ。それは別のかたちをとらずにはいられないんだ」という前述の謎めいた言葉は、自らのセクシュアリティへの言及とも考えられてくる。この言葉が暗示するのは、父親への特別な愛情――あたかも夫が最愛の妻に注ぐような愛情――という容認しがたい「ある種のものごと」が、父親の喪失によって引き起こされた長い眠り＝喪の作業という「別のかたち」になることで初めてケイシーのなかで明確になったということ、さらには、ケイシーのゲイ・アイデンティティという「ある種のものごと」は、父親やジェレミーに関するごく暗示的な「別のかたち」の物語によってしか、一時滞在中の外国人にすぎない「僕」にさえ語ることができないということだったのではないか。つまりケイシーの言葉の暗示性・曖昧性には、当時ゲイ男性が置かれていたエイズパニック下の抑圧状況が、むしろ如実に映し出されていると読み直せるのである。

ケイシーの語りを、そのように亡父への愛情、そしてジェレミーへの愛情というゲイ・アイデンティティの告白と読み替えたうえで改めて目を向けたいのが次の言葉だ。

「ひとつだけ言えることがある」とケイシーは顔を上げ、いつもの穏やかなスタイリッシュな微笑みを口元に浮かべて言った。「僕が今ここで死んでも、世界中の誰も、僕のためにそんなに深く眠ってはくれない」（三七ページ）

従来これらの言葉については、やがてくるだろう自らの死を嘆き、その存在を記憶に留めおく家族や後継者をもたないケイシーの孤独な境遇の反映と見なされることはあっても、(18) 最後になぜ彼が唐突に自らの死に言及したのかについては考察されることがなかった。だが、ひとたび前述した一九九〇年代前半のアメリカの社会状況に鑑みれば、ジェレミーという人生の同伴者を失ったいま、自分の死に悲嘆し、喪の作業を通じて哀悼を捧げてくれる者がいないというその断言は、単に抽象的な意味での孤独の反映ではないことになる。

マリタ・スターケンによれば、一九九〇年代に入ると、ゲイ男性にとってエイズが「日常生活の一部分であるとみなされるように」なり、死と隣り合わせの「ゲイ・コミュニティのなかでのエイズの現実とは、つねに喪に服した状態(19)」だったとされる。さらにダグラス・クリンプはこうした喪にゲイ男性自身による悔い改め、すなわち「道徳的な自己卑下」としての同性愛嫌悪が否応なしに張り付いていたことを指摘している。[20]実際、アメリカの日本近代文学研究者で、九七年には風間孝や河口和也とともに『ゲイ・スタディーズ』（青土社）を刊行したキース・ヴィンセントは、九〇年代前半に自らがアメリカで暮らすゲイとして抱えた心境を次のように回顧している。


一九九〇年代初めというのはとてもキラキラした楽しい時代〔キースがニューヨークの大学で日本文学を勉強しはじめ、ゲイとしてカムアウトした二十代前半の時代：引用者注〕でしたが、同時に若いゲイにとっては恐ろしい時代でもありました。エイズ真っ盛りの時代であったためです。（略）私たちはみんないつもこの病気〔エイズ：引用者注〕の亡霊に取り憑かれていました。（略）あの時代を振り返ると、本当に恐怖のことしか憶えていません。ただし、いまの私にとって、それは非理性的な話だとも言えます。私は危険なセックスはしませんでしたし、麻薬の静脈注射もやっていませんでした。ＨＩＶ感染の危険のある輸血もやっていません。

（略）

エイズのこととなるとどこからか、あの昔ながらの言葉「ホモセクシュアルは死に至る罪である」という言葉が湧き出てきて、ゲイであるということは惨めな人生を送ってすぐに死ぬしかない、と思っていました。自分がゲイだということ、つまりやがてはエイズになるということだと、短絡的に考えていたわけです。[21]

無論、ヴィンセントはケイシーとは世代や境遇がまったく異なる。だが、当時のアメリカのゲイ男性が多くのゲイの死を目の当たりにし、さらにゲイのエイズ化とも言える社会の厳しいまなざしを内面化して、いかにエイズによる死の激しい恐怖やそれにかかる同性愛嫌悪を抱え込まざるをえなかったかがわかる貴重な証言であることに変わりはない。

以上を参考にするなら、ケイシーもまた同じような心情を抱えていた可能性が見えてくる。すでに触れたように、ジェレミーとの同棲生活を経てもなお、ごく暗示的にしか自身の同性愛セクシュアリティについて語れなかったことはその傍証と理解できる。

ゲイであることの後ろめたさをともないながら、誰にも嘆かれない死を遂げるという自らの未来を、「ひとつだけ言えること」として、諦念を示すかのような「微笑み」を浮かべて口にする。仮にそのような解釈が可能だとしたら、ここに立ち現れるケイシーの苦悩と絶望とは、いかばかりのものか。そして、そのような苦悩と絶望が、ゲイ男性の死が公的な悲嘆の対象になりがたかった当時のゲイ・アメリカの状況を表象するならば、それはエイズパニックによって剝き出しになったセクシュアリティ規範をめぐる、アメリカの生政治の大いなる暴力それ自体に対する告発とも受け取れるにちがいない。

3　パーティーに参加しない「僕」

ここまでの読解の文脈から、小説前半の「僕」の幽霊体験を読み直すとどうなるだろうか。

これまで「僕」が語る「真夜中ににぎやかなパーティーを開いていた得体の知れない数多くの幽霊たち」については、じつにさまざまな解釈が与えられてきた。

早くはケイシーの亡き父親を含めた幽霊たちであるという解釈[22]にはじまり、「父のジャズコレクションへの情熱[23]」が変容したもの、「「ケイシー」の父やジャズ・レコードの精霊[24]」たち、死者になった「「ニューイングランド」への初期入植者たち[25]」、あるいは「「僕」の夢」の産物[26]や、「夢」などではなく「僕」が実際に踏み込んだ「他界」にいる「死者たち[27]」ではないかといった見解が示されてきた。また小説後半で語られるのちのケイシーの衰弱ぶりにつなげて、ケイシーや父親の生命力を奪い取る「悪夢[28]」、あるいは、ケイシーが現在に生きていないことを暗示する「一族の過去の栄華の名残[29]」であるといった解釈もある。

結論から言えば、「僕」が実際には幽霊を目撃していないことから、それをどのようにも解釈できる。ただ、幽霊の存在を知覚し語るという一連の物事が、ケイシーではなく「僕」によってなされるという事実は見逃すべきではない。すでに指摘されているように、「僕」が唯一、「「幽霊譚」と「ケイシーの告白」の両者を、自らの言説によって接合させる者[30]」であるとすると、幽霊はケイシーばかりでなく、「僕」個人とも関連があると考えられるからだ。

実際、そのことは各所で暗示されている。まず思い出したいのは、留守番の初日に「僕」がケイシーの邸宅の音楽室で文章を書いていたとき、「まるでぴったりとサイズの合ったひとがたに自分を埋め込んだような心持ち」になり、「長い時間をかけて丁寧に作り上げられたとくべつな親密さのようなもの」を感じたことである。「僕」がそう感じた音楽室とその晩幽霊たちが参会する居間とは「ドアのない丈の高い戸口で仕切られ」た連続した空間だったことを考え合わせれば、秋枝（青木）美保が述べる「この家の差し出す「ひとがた」にぴったりはまってしまった「僕」だからこそ、あの幽霊へのニアミスは生じた」[31]という解釈は的確と言わなければならない。「僕」は自分の身体がその一部と化したような邸宅内、いわば「僕」という存在の内部ともいうべきその場所で幽霊の気配を感じたとき、「つまり、彼らはどこからも入っては来なかったのだ」と確信する。この傍点の強調が意味するのは、「彼ら」幽霊という「僕」にとって了解しえない他者たちが決して外部からの訪問者ではないということだ。「僕」の内部から現出した「彼ら」、それは「僕」のなかに棲まう内なる他者とも言い換えられる。だからこそ深夜に幽霊たちの物音を聞きながら、「僕は玄関ホールのベンチの上に、まるで魅入られたように一人でじっと座りこんで」、「怖さを越えた何か」、「妙に深く、茫漠としたもの」を感じずにはいられない。そして、のちに「このこと〔幽霊の出現：引用者注〕はケイシーには言わない方がいいような気がし」て、口を閉ざすことにもなる。

　では、この内なる他者とは何者だろうか。それは当然、もう一人の「僕」自身とも言い換えられるだろう。加えて、それは屋敷の内部で出現することから、屋敷の主人の内面性にも通じているはずである。ケイシーの内奥に棲まい、孤独なはずのケイシーの邸宅のパーティーに集って愉しそうにさんざめく幽霊たち、それはケイシーの告白に関するここまでの解釈からすれば、ケイシーの心をとらえて離さないエイズパニック下のゲイ男性たち、すなわち公的な悲嘆さえ許されなかった死者＝亡霊としてのゲイ男性たちや、そのような死者になる多大なリスクを負ったゲイ男性たちという、いわば亡霊的な存在たちにほかならない。無論、そのなかにはケイシーやジェレミーも含まれることになる。

留守番の最初の夜、「僕」の内奥は屋敷を媒介としてケイシーの内奥と限りなくシンクロした。そのとき出現した内なる他者、「親密さ」を感じずにいられなかった幽霊たちとは、言ってみれば、「僕」のなかにクローズされた同性愛セクシュアリティ――超自我の規制が緩んだ深夜の夢うつつのなかで「僕」の心の奥底から湧出した同性愛セクシュアリティ――の可能性そのものだったのではないか。つまり、このときの「僕」自身とは、「彼ら」＝幽霊になる可能性そのものでもあるのだ。

ところが、「僕」は居間（内奥）の扉を開《オープンにする》くことはなく、幽霊たちから歓待されることはなかった。

僕は扉の隙間から洩れてくる会話の断片を聞き取ろうと耳を澄ませた。でも駄目だった。会話は渾然一体として、単語ひとつ識別できない。言葉であり、会話であることはわかるのだけれど、それはまるでぶ厚い塗り壁みたいに僕の前にあった。そこには僕が入っていく余地はないようだ。（二七ページ）

結局「僕」は、このように幽霊たちの会話を「単語ひとつ識別できない」、「まるでぶ厚い塗り壁みたい」、「僕が入っていく余地はないようだ」などと判断し、自らの可能性に蓋《クローズ》をしてしまった。

これが「僕」の生と、その可能性として存したゲイ・アイデンティティとの距離感を表しているのはもはや言うまでもないだろう。(32)

4 記録と距離

自らのゲイである可能性と距離をとった「僕」はしかし、ケイシーの記憶を呼び起こし、それをこの小説テクストとして語ろうとしている。冒頭にはこうある。

これは数年前に実際に起こったことである。事情があって、人物の名前だけは変えたけれど、それ以外は事実だ。（一一ページ）

物語を「実際に起こったこと」「事実」として読者に提示するこの手法には、ゲイとしてのケイシーの生を記録／記憶しようとする、「僕」の強い意思を酌み取ることも可能である。そうした「僕」の記録／記憶する役割の引き受けは、作中では父親からケイシーへと継承された「見事なレコード・コレクションの恩恵」に、「僕」がたびたび与ってきたことにすでに象徴的に表れていた。松本常彦が鋭く指摘したように、本作でのレコードとは、音盤のほかに「record（記録、記念、経歴）」として見いだされるべきものだからだ。(33)

加えて右の引用で「事情があって、人物の名前だけは変えた」と断り書きしているように、仮名を使わなければならなかったのは、「英語に翻訳されて、アメリカの雑誌に掲載され」ることもあるという、アメリカでそれなりに知名度があるらしい日本人作家の「僕」のこの短篇小説で、たとえ暗示的であるにせよ、アメリカ人男性の同性愛関係を実名で記すことへの配慮がはたらいたためとも考えられる。作中で「ケイシー」や「ジェレミー」と称される人たちにとっては、実名の記載は「僕」による勝手なセクシュアリティの暴露、つまりアウティングになりかねないからである。とくに「ケンブリッジに、二年ばかり住んでいた」「僕」が、実名で語ることに対するゲイ男性たちの社会的リスクを肌で感じ取っていたとしても不思議ではない。そうだとすると、「僕」がケイシーのセクシュアリティや彼のパートナー関係について明示的に語らないのも、無関心によるものではなく、語る現在の「僕」の配慮によるものと読み直すこともできる。

すでに中野和典は、作家である「僕」の語りこそ、ケイシーの生をこの小説のかたちで、ケイシーの死後もなお記録／記憶としてよみがえらせる試みであるという卓見を示している。そしてそこに中野は、「無名の死者を果てしなく生み出し続ける世界の成り立ちに抗おうとする」(34)という本作の普遍的な主題を見て取っている。ただ、ここまで論じてきたように、この小説テクストはそのように普遍的な読みへと解釈を広げる以前に、より具体的に、一九九〇年代前半のアメリカで暮らすゲイ男性たち、当時アメリカでエイズパニックのためにいわば無名の死者にならざるをえなかった彼らに関する記憶の死に抗する営み、と読まれてもいいのではないだろうか(35)。

とはいえ、そう考えたときに問題になるのは、結末で「僕」が幽霊とケイシーをめぐる一連の出来事をすでに遠いものと感じていることである。

でもそれらはみんなひどく遠い過去に、ひどく遠い場所で起こった出来事のように感じられる。ついこのあいだ経験したばかりのことなのに。

これまで誰かにこの話をしたことはない。考えてみればかなり奇妙な話であるはずなのに、おそらくはその遠さの故に、僕にはそれがちっとも奇妙なことに思えないのだ。（三八ページ）

前述のように「僕」が仮名を用いる配慮をしたとすれば、そのように語る「僕」の念頭にはアメリカのエイズパニックの記憶が少なからずあると考えられる。ならば、なぜ「僕」はそうした数年前の記憶に「遠さ」を感じてしまうのか。

それはこの「遠さ」に打たれた傍点が、語りの現在が本作の発表年、すなわち一九九六年であることを強調する符牒と捉えれば推し量ることができる。

一九九六年は、少なくとも先進国アメリカのゲイ男性たちにとっては画期の年にあたる。この年の七月に、抗ＨＩＶ薬剤の併用療法（カクテル療法）の有効性が国際エイズ会議で発表され、ＨＩＶの活動を抑える治療法が確立したからだ。これによって、先進国ではＨＩＶ感染者がエイズを発病せず、長期に生存することが可能になっていった。[36]これがいかに歴史的な出来事だったかは、当時の喜びをアメリカの日本近代文学研究者のジョン・トリートが、「私たちゲイ男性たちは、まるでヨーロッパ戦勝記念日の両親や祖父母のように、街路で踊りまわった[37]」と回想していることからもわかる。だが、より注視すべきは、トリートが続けてこのように述べることだ。

だが、この祝祭の直後、ゲイ男性がそれまで暮らしてきた、そしてゲイ男性の一部がいまだ生活のなかで味わう、恐怖というものに目を向ける読者は激減した。

一九八五年から九五年の十年間に出版されたエイズに関する最高の物語、小説および回顧録は、エイズで臨死だった男性たちによって書かれ、そしてそのことは彼らの沈黙を保証することになった。(38)

要するに一九九六年の治療法の確立は、ゲイ・アメリカの殺伐とした時代の終焉を意味すると同時に、他方で、エイズ化されたゲイ男性の恐怖や絶望を記録してきたエイズ文学の終焉をも意味したのである。それはトリートが現在において「だれがいまさらエイズ文学など読むだろうか(39)」と問いかけなければならないほど、急速にエイズパニック下のゲイ男性の大量死や絶望に対する人々の関心をそぎ、その記憶を抹消していくことにもつながった。九六年十月ごろの時点から回想して語る作家の「僕」にしても、「ついこのあいだ経験したばかり」のゲイのエイズ化をめぐる記憶を「みんなひどく遠い過去に、ひどく遠い場所で起こった出来事」と感じるのは、ゆえなきことではないのだ。非当事者であれば、なおさらそうだろう。九六年を生きる非当事者の「僕」からすれば、ケイシーの明確な言葉にできない深い苦悩は急速に過去の遺物になりつつあるのだ。

さらに、「僕」がその「遠さ」ゆえに「ちっとも奇妙なことに思えない」心境に至って、初めてケイシーや幽霊のことを語り出せたことに留意したい。「これまで誰かにこの話をしたことはなかったその出来事を、「僕」はようやく語り出すことができるようになった。それは過去に、幽霊の出現を「ケイシーには言わない方がいいような気がし」て口を閉ざした心境とは明らかに異なる。前述のように、当時そのようにケイシーにも打ち明けなかった理由が、幽霊がまぎれもなく可能性としてのもう一人の「僕」、すなわち同性愛セクシュアリティにコミットできる「僕」だったからだとすれば、幽霊について公然と語れるようになったいま、「僕」はそのような可能性から完全に遠ざかってしまっていると考えていい。

エイズによる死の恐怖が薄らぐ時代の到来、それは「僕」に、ケイシーらとの間に新たな距離を生じさせてしまったのではないか。非当事者だった日本人作家の「僕」は、エイズパニック下のアメリカのゲイ当事者と直接交流するなかで、たとえ自覚的ではないにせよ、自らの可能性としての同性愛セクシュアリティを呼び起こされると同時に、多かれ少なかれゲイ抑圧とその死にかかる自らの責任を喚起されたはずだ。だが治療法が確立されたいま、死の恐怖を抱えたケイシーらアメリカのゲイ男性たちに対して、日本の非当事者である自分の責任が喚起されることもなくなってしまった。責任から解放された非当事者の「僕」は、彼らからは心理的に遠く距離を置き、幽霊や眠りのことをやすやすと一つの体験談として語り出すことができる。おそらく、レコード・コレクションを介して繰り返しケイシーやジェレミーと親交し、留守番を引き受けた「僕」が幽霊たちとの邂逅を果たしそうになったあの奇妙な晩こそ、唯一、「僕」がケイシーらゲイ男性たちの生や痛みにもっとも共感し近づきえたときだったのではないだろうか。

その意味では、ともに留守番をしていたケイシーの飼い犬マイルズは、「僕」と好対照をなしている。真夜中、幽霊たちの盛大な物音を耳にした「僕」はマイルズのことが気にかかり、寝床を確認しにいく。

犬はどうしたんだろう？

そこで初めて、マイルズの姿が見えないことに気づいた。犬はいつもの寝床である毛布の上にはいなかった。いったいあいつはどこに行ってしまったんだ？　もし誰かが夜中に家の中に入り込んできたのなら、少なくとも吠えるか何かしたって良さそうなものじゃないか。床にかがんで、毛だらけの毛布のへこみに手をやってみた。暖かみは残っていなかった。犬はどうやらずっと前に、寝床を出てどこかに行ってしまったらしかった。

（二六ページ）

このように「吠えるか何か」もせず、「ずっと前に、寝床を出てどこかに行ってしまった」らしきマイルズが、「僕」とは異なって、幽霊たちの訪れを歓待し、彼らの傍らでパーティーに参加していたことは想像に難くない。思い起こせば、この「ひどく寂しがりや」で「長時間一人きりでいることができない」「大型のマスチフ犬」は、いつもケイシーとジェレミーの傍らで暮らしていた。当然、動物であるがゆえに、少なくとも犬自身は人間が取り決めた性別二分法的なジェンダー規範や異性愛規範とは無関係な生を生きている。その意味で、動物はいわばクィアな生を表象しうるのである。実際「僕」の語りのなかで、名前こそマイルズという雄らしいものではあれ、とくに性別に関する明確な言及がないのは、動物であるためにジェンダー化に意味が見いだされないからと言っていい。

性別もセクシュアリティも問われない犬のマイルズ、寂しがりやで眠るとき以外は「必ず誰かのそばにいて、どこか身体の一部を、気取られないように相手にそっとくっつけている」このマイルズは、だからこそ、伴侶動物としてケイシーらゲイ男性たちに寄り添い、ときにその体温で彼らの心を温めていたと捉えることもできる。たとえばそのことは、「僕」が真夜中に孤独なままに幽霊たちの気配に包まれて、「マイルズにそばにいてほしかった。大きな犬の首に手をまわし、そのにおいを嗅ぎ、温かみを皮膚に感じていたかった」と思ったことにも暗示されている。そのようなマイルズが、クィアな亡霊的存在たちがさんざめくパーティーに参加していないはずはないだろう。

話をもとに戻そう。ケイシーのことを回顧的に語る現在の「僕」は、もはや「奇妙なこと」＝〈不気味なもの（Das Unheimliche）〉（ジークムント・フロイト）としての幽霊たち、すなわち自らが抑圧し周縁化した内なる他者たちから個人的に呼びかけられることもない。そのことは、すでにケイシーからジェレミーとの別れについて聞いたときに、「気の毒だね（I'm really sorry）」と「誰に対してそう言っているのか、自分でもよくわからな」い程度にしか応答できなかったことに兆《きざ》されてもいたと言える。そうだとすれば「僕」の語りが映し出すケイシーらへの配慮とは、非当事者による共感というよりも、普遍的な寛容の態度[40]でしかないことになる。こうした他者一般への寛容の倫理が、個人的な共感に基づいて個々人としての他者にコミットする共生の倫理とは別種のものであることは言うまでもない。この先、「僕」がケイシーと再会し、彼の人生に積極的に関わっていくことはおそらくないだろう。犬のマイルズのように、ケイシーの傍らで寄り添うことは決してないのだ。少なくとも「僕」の結末の語りには、そのような非当事者の相貌が揺曳している。

このように、クィア・リーディングの観点から歴史的文脈を重視して読み直すとき、本作はエイズパニック時代のアメリカのゲイ男性の過酷な記憶を浮かび上がらせると同時に、エイズパニック下のゲイ男性たちとそれを記録／記憶する非当事者の関係性を改めてあらわにし、問い直す小説としても位置づけられるのである。

おわりに

以上のような読解可能性を潜在させた「レキシントンの幽霊」という小説テクストは、HIV／エイズに関する日本語文学における従来の表現を顧みたとき、見過ごせない重要な意義をもつように思われる。

すでに指摘されてきたように、日本でエイズパニックが起きた一九八〇年代後半から九〇年代に発表された非当事者の作家による日本語の小説は、HIV／エイズを恐怖や嫌悪と結び付けるだけでなく、それを過剰に聖化したり、乱交への処罰と見なしたり、あるいは真実の愛を主題にロマン化したり、同性愛者と差別的に結び付けたりするものばかりだった。(41) そのために高橋敏夫は九九年の論考で、「エイズから社会を、性を、国家を、そして物語を問いなおす試み」としての「エイズ文学」が日本にはまだ現れていないという見方を示していた[42]。そうした文壇状況にあって、ゲイ男性とエイズを安易なイメージでつなげることなく、ゲイのエイズ化とそれによるゲイの大量死を招いたアメリカの生政治を告発し、さらにはそうした出来事を記録化／記憶化する日本の非当事者の問題性をも喚起する可能性を秘めた「レキシントンの幽霊」とは、少なくとも同時代には類のない日本語のエイズ文学と見なせるのではないだろうか。

マサチューセッツ州レキシントンは、一七七五年、アメリカ独立戦争が始まった歴史的な場所だ。だが、ゲイ・アメリカの歴史的文脈からすれば、このマサチューセッツこそが二〇〇四年にアメリカで初めて同性婚を合法化した州にあたる。その意味で現在からすると、ゲイ抑圧をめぐるケイシーの絶望はさらに遠いものになっている。

たしかに同性婚の合法化はアメリカのゲイ男性の人権を保障し、その憂いを掃う出来事ではあった。しかし一方で、そのような同性婚の合法化はゲイ男性たちを、国家の生政治による甚大な被害の記憶からさらに遠ざけた面も否めない。そしてあまつさえ、彼らの間に新自由主義と結び付いた「新しいホモノーマティヴィティ」、すなわち同性愛者が異性愛規範の価値観や制度に馴致することで市民社会に包摂されようとする脱政治的な姿勢をも生み出したことは、すでに批判の対象になっている[43]。この問題は、エイズパニックの記憶を忘却したまま、ＬＧＢＴ人権運動への関心の高まりのなかで、新自由主義的な経済的利益と結び付きながら同性愛者をめぐる関心を同性婚の承認へと向けるきらいがある、現在の日本社会にも当てはまるだろう。いま、「レキシントンの幽霊」をエイズ文学として読み直し、ふたたびエイズパニックの記憶に向き合うことは、異性愛主義社会のゲイ抑圧をめぐる歴史の忘却に立ち向かう方途でもあると言える。

＊小説の引用は村上春樹『レキシントンの幽霊』（〔文春文庫〕文藝春秋、一九九九年）による。

注

（1）どちらのバージョンが先行して書かれたかについては諸説あるが、ここでは単行本（『レキシントンの幽霊』文藝春秋、一九九六年）の「あとがき」の「単行本化にあたって加筆した」（二三五ページ）という村上春樹の自作解説に従う。

（2）『精選現代文』（大修館書店、一九九九年）、『新編現代文』（三省堂、二〇〇四年）、『精選現代文〔改訂版〕』（大修館書店、二〇〇八年）、『高等学校現代文〔改訂版〕』（三省堂、二〇〇八年）など。

（3）早くは、佐野正俊「村上春樹「レキシントンの幽霊」の教材研究のために――「別のかたちをとらずにはいられない」「ものごと」をめぐって」（「日本文学」第四十八巻第一号、日本文学協会、一九九九年一月）七九ページ、田中実「『レキシントンの幽霊』の正体」（「京都府私立学校図書館協議会会報」第四十八号、京都府私立学校図書館協議会、一九九九年四月）二一ページ、秋枝（青木）美保「村上春樹「レキシントンの幽霊」論――「目じるしのない悪夢」からの帰還」（「日本語文化研究」第二号、比治山大学日本語文化学会、一九九九年十二月）一六ページ。

（4）中野和典「物語と記憶――村上春樹「レキシントンの幽霊」論」（「九大日文」第十三号、九州大学日本語文学会、二〇〇九年三月）一三二ページ、脚注十六、加藤郁夫「教材研究としての『レキシントンの幽霊』（村上春樹）論――ショート・バージョンを中心に」（「研究紀要」第十五号、「読み」の授業研究会、二〇一三年八月）五九ページ、脚注十にも同様の指摘がある。
（5）前掲「村上春樹「レキシントンの幽霊」論」一五ページ
（6）馬場重行「「新しい文学教育の地平」を拓くために――村上春樹「レキシントンの幽霊」を例として」「米沢国語国文」第三十三号、山形県立米沢女子短期大学国語国文学会、二〇〇四年十二月、七〇ページ
（7）世界保健機構『エイズ、その実像』エイズ予防財団監訳、笹川記念保健協力財団、一九九四年（原著：一九九四年）(http://www.hokenkai.or.jp/2/2-5/2-55/2-55-9.html)［二〇一七年十二月五日アクセス］
（8）アメリカのエイズパニックとゲイの問題については、レオ・ベルサーニ「直腸は墓場か？」（酒井隆史訳、「批評空間」第II期第八号、太田出版、一九九六年一月）、田崎英明編『エイズなんてこわくない――ゲイ／エイズ・アクティヴィズムとはなにか？』（「文芸スペシャル」第三巻）、河出書房新社、一九九三年）、マリタ・スターケン『アメリカという記憶――ベトナム戦争、エイズ、記念碑的表象』（岩崎稔／杉山茂／千田有紀／高橋明史／平山陽洋訳、未来社、二〇〇四年〔原著：一九九七年〕）などを参考にした。
（9）一九九〇年代半ばにもこのような偏見が継続していたことは、九五年のマイケル・ワーナーの論考の次の表現からもわかる。「ストレート〔異性愛者〕の世界の眼からみれば、ゲイとはまだエイズを意味しているらしい。カムアウトするということは、エイズのなかにはいっていく（カムイン）することなのである」（前掲『アメリカという記憶』二七四―二七五ページからの再引用）
（10）ジョージ・チョーンシー『同性婚――ゲイの権利をめぐるアメリカ現代史』上杉富之／村上隆則訳

（世界人権問題叢書）、明石書店、二〇〇六年、九三、一八三ページ（原著：二〇〇四年）
(11) 同書一七五ページ
(12) 前掲「村上春樹「レキシントンの幽霊」の教材研究のために」七九ページ
(13) 前掲「物語と記憶」一二三ページ
(14) 前掲「村上春樹「レキシントンの幽霊」の教材研究のために」八〇ページ
(15) 前掲「物語と記憶」一二四ページ
(16) 秋枝（青木）美保は、「ケイシーは、（略）失われた父への固着した愛を持つファザーコンプレックスらしく思われ、その特徴として、同性への愛着を持つ傾向にある」（前掲「村上春樹「レキシントンの幽霊」論」一六ページ）という解釈を示し、秋草俊一郎もまた、「ケイシーが同性の同居人を求めるようになったのも、父親への深い愛情からきたもの」（秋草俊一郎「「レキシントンの幽霊」異聞」「早稲田文学」〔第十次〕第六号、早稲田文学会、二〇一三年九月、四六九ページ）としている。しかしここでは、息子の父親への愛情を短絡的にゲイ・セクシュアリティの起源と見なしてしまうことは避けたい。したがって本章では、ケイシーのジェレミーに対する愛情が、必ずしも父親への愛情の延長（代替）ではないという立場をとることを断っておく。
(17) 黒岩裕市『ゲイの可視化を読む――現代文学に描かれる〈性の多様性〉？』晃洋書房、二〇一六年、二七―二九ページ
(18) 前掲「物語と記憶」一二八ページ
(19) 前掲『アメリカという記憶』二七九ページ
(20) 前掲「喪失にあって語るということ」一八二ページからの再引用。
(21) キース・ヴィンセント「クィア・セオリーと翻訳」「語文」第百四十七号、日本大学国文学会、二

〇一三年十二月、二ページ
(22) 前掲「村上春樹「レキシントンの幽霊」の教材研究のために」八一ページ
(23) 前掲「『レキシントンの幽霊』の正体」二三ページ
(24) 前掲「「新しい文学教育の地平」を拓くために」七〇ページ
(25) 山﨑正純「村上春樹「レキシントンの幽霊」試論――甦りの挫折」「言語文化学研究 日本語日本文学編」第十四号、大阪府立大学人間社会学部言語文化学科、二〇一九年三月、四三ページ
(26) 田中実「ダイジェスト版「一〇〇%の愛」の裏切り――村上春樹『レキシントンの幽霊』の深層批評」「国文学 解釈と鑑賞」第七十六巻第七号、ぎょうせい、二〇一一年七月、二八ページ
(27) 飯島洋「国語教材としての「レキシントンの幽霊」――他界を考える」「金沢大学人間社会研究域学校教育系紀要」第十号、金沢大学人間社会研究域学校教育系、二〇一八年三月、四ページ
(28) 前掲「村上春樹「レキシントンの幽霊」論」一五ページ
(29) 木股知史「「レキシントンの幽霊」論――村上春樹の短編技法」「甲南大学紀要 文学編」第百四十八号、甲南大学文学部、二〇〇七年三月、一六一ページ
(30) 駒ヶ嶺泰暁「「レキシントンの幽霊」論――「僕」は「オールドマネー」の途絶に、どのように立ち会ったのか」、宇佐美毅／千田洋幸編『村上春樹と一九九〇年代』所収、おうふう、二〇一二年、二〇一ページ
(31) 前掲「村上春樹「レキシントンの幽霊」論」一七ページ
(32)「僕」はこの幽霊のパーティーを「不思議な真夜中のパーティー」とも語っている。この表現からは、一九七〇年のアメリカ映画『真夜中のパーティー（原題：The Boys in the Band)』（監督：ウィリアム・フリードキン、配給：ナショナル・ジェネラル・ピクチャーズ）が連想されるだろう。マー

ト・クロウリーの戯曲を映画化したこの『真夜中のパーティー』は、さまざまな背景をもった九人のゲイとバイセクシュアルの男性たちが、そのうちの一人の家で催した夜のパーティーに集うというものである。また彼らのなかの一人は、その晩に偶然訪れた、妻子がいる同性愛嫌悪者で、もともと招かれざる客だったものの、やがて彼もまた、学生時代には男友達とひそかに肉体関係をもっていたことが明らかになっていく。アメリカの性的マイノリティの歴史上、六九年六月に起きたいわゆる「ストーンウォール・インの暴動」以降、ゲイの解放主義的な運動が急速に進んでいくが、なかでもこの映画はその重要な画期を表象するものと位置づけられている（河口和也「アメリカ合衆国のゲイ解放運動の表象に向けて——『真夜中のパーティ』から『ミルク』まで」、菅野優香編著『クィア・シネマ・スタディーズ』所収、晃洋書房、二〇二一年、三〇—三六ページ）。そして、そのような解放運動も、八〇年代以降のエイズパニックによって暗黒の時代を迎えることになる。本章のように「レキシントンの幽霊」をエイズパニック下のゲイ男性たちが亡霊となって真夜中のパーティーを開いている設定——また、招かれざる客の異性愛主義者の「僕」がパーティーに参加しない設定——として読むとき、本作は映画『真夜中のパーティー』のパロディーとして、アメリカのゲイの歴史的文脈のなかでさらなる解釈の広がりを見せると言える。

(33) 松本常彦「「氷男」——『レキシントンの幽霊』所収 密輸のためのレッスン」、前掲「国文学 解釈と教材の研究」一九九八年二月臨時増刊号、一七〇ページ

(34) 前掲「物語と記憶」一二九ページ。中野は、「やがて無名の死者になることを避けられないという意味では、ケイシーとほとんどの人間との間に本質的な違いはない」（一二八ページ）とし、ケイシーにやがては訪れる孤独な死を一般化して捉えている。

(35) スターケンが指摘するように、アメリカで「エイズの流行は（略）記憶についての、そして想起と

忘却の問題についてのおびただしい数の言説を生みだし」（前掲『アメリカという記憶』二四二ページ）た。

（36）大池真知子「日本の小説とＨＩＶ／エイズ」（「広島大学大学院総合科学研究科紀要Ⅲ 文明科学研究」第九巻、広島大学大学院総合科学研究科、二〇一四年十二月）によれば、当初は薬価が高額で、治療を受けられるのは先進国の陽性者と途上国のごく一部の陽性者に限られたとされる。

（37）John Whittier Treat, "Is AIDS Literature Dead?" ("THE BLOG," 06/02/2015 01:20 pm EDT, *HuffPost* [http://www.huffpost.com/entry/is-aids-literature-dead_b_7488668]［二〇二二年十二月十三日アクセス］）を、トリートの許可を得て、著者とクリス・ローウィが私訳したものからの引用。

（38）同記事

（39）同記事の冒頭でトリートは以下のように問いかけている。"Does anyone read fiction about AIDS anymore?,"

（40）ウェンディ・ブラウン『寛容の帝国――現代リベラリズム批判』（向山恭一訳［叢書サピエンティア］、法政大学出版局、二〇一〇年［原著：二〇〇六年］）は、リベラルな社会で多様性を許容する「寛容」の態度が、むしろ差異化された格下の存在を作り上げ、自らをリベラルで優位な主体として立ち上げる機能を果たしていることを明らかにしている。そのような寛容は、人々の差異を形作る権力や規範性と分かちがたく結び付きながら、その差異を普遍化し、脱政治化してしまうとされている。

（41）木村功『病の言語表象』（［和泉選書］、和泉書院、二〇一六年）の第四章「エイズの表象」と第五章「エイズのイデオロギー」は、日本の現代小説におけるＨＩＶ感染者やエイズ患者の描き方について、むやみに聖化されたり（島田雅彦『未確認尾行物体』文藝春秋、一九八七年）、負のイメージが付与されたり（大江健三郎『治療塔』「へるめす」一九八九年七月―九〇年三月号、岩波書店）、聖化・処罰化・ロマン化されたり（瀬戸内寂聴『愛死』「読売新聞」一九九三年十一月四日―九四年九月五日付、山本文緒『きっと、君は泣く』〔カッパ・ノベルス〕、光文社、一九九三年）、あるいは差別的なまなざしが潜在していたり（吉本ばなな『ＳＬＹ』幻冬舎、一九九六年）してきたことを批判的に論じている。また、木村は、村上龍『ＫＹＯＫＯ』（集英社、一九九五年）が主人公によるエイズ患者との共生を描く点で評価できるものの、その「ＨＩＶ／エイズの現実認識」の「限界」も指摘している。他方、大池（前掲「日本の小説とＨＩＶ／エイズ」）は、そうした木村の主張を認めつつも、『愛死』を「日本のエイズ小説の到達点」と評価している。これらの論考には言及がないが、乱交するゲイ男性とエイズとを差別的に結び付けた同時代の小説として、筒井康隆『文学部唯野教授』（「へるめす」第十二号―第二十一号、岩波書店、一九八七年九月―八九年九月）を挙げておく。

（42）高橋敏夫「エイズをめぐる物語・性・国家」「国文学　解釈と教材の研究」第四十四巻第一号、学燈社、一九九九年一月、八三ページ

（43）Lisa Duggan, *The Twilight of Equality?: Neoliberalism, Cultural Politics, and the Attack on Democracy*, Beacon Press, 2003, chapter. 3.

第4章 村上春樹「七番目の男」――トラウマを語る男

はじめに

本書では、『ノルウェイの森』や「レキシントンの幽霊」を取り上げて、村上春樹文学に現れる、クィアな欲望が秘匿された語りを分析してきた。すでに見てきたとおり、本人でも理解しがたい欲望や出来事について語られる場合、往々にして言葉の字義を超え出る語りが生み出される。それがトラウマティックな出来事についてであればなおさらだろう。そう考えれば、「レキシントンの幽霊」のなかでケイシーが放った、「ある種のものごとは、別のかたちをとるんだ。それは別のかたちをとらずにはいられないんだ」という謎めいた言葉は、トラウマを語る行為そのものにつきまとう困難な宿命を表現したものとも考えられる。

本章では、そうしたトラウマ体験について語ることが明確に主題化されている村上春樹の小説を取り上げてみたい。「レキシントンの幽霊」と同時期に発表された「七番目の男」である。この作品は、「文藝春秋」一九九六年二月号（文藝春秋）に掲載され、同年十一月には短篇集『レキシントンの幽霊』（文藝春秋）に収録されている。「レキシントンの幽霊」と同様、過去、高校の国語教科書にも採録されている。(1)まずはあらすじを確認しておこう。

午後十時を回ったある夜、集まった人々の前で七番目の話者である「五十代の半ば」くらいの「男」＝「私」が、自分に起きた奇妙な出来事を語り始める。

Ｓ県の海辺の町で生まれ育った「私」には、子どものころ「Ｋ」という親友がいた。「Ｋ」は体が弱く、言葉に障害があったが、絵の才能に恵まれていた。「私」が「十歳の年」の九月、町に巨大な台風が到来した。町が台風の目に入ったときに散歩に出た「私」は、途中で「Ｋ」とその飼い犬とに会い、彼らと一緒に海岸まで足を延ばす。すると突然の大波に襲われる。早くに危険を察知した「私」は逃げきれたが、「Ｋ」と犬は波にのみ込まれてしまった。さらに大きな波が「私」に襲いかかったとき、奇妙なことが起きる。「私」の目の前で波が静止し、その波頭に「Ｋ」の姿を見たのだ。「Ｋ」の口は「大きくにやりと開かれ」、その「冷たく凍った一対のまなざし」は「私」へと向けられていた。恐怖を覚えた「私」は意識を失う。

この事故以降、「Ｋ」の悪夢を見ては恐怖を抱くようになった「私」は、一人で長野県の親戚の家に移住する。以来、「私」は長らく故郷の町に戻らずにいた。しかし四十年以上たって父が亡くなり、実家の整理の際に送られてきたもののなかに、「Ｋ」が描いた風景画の一束を見つけることで転機が訪れる。それらを眺めているうちに恐怖から解放され、帰郷することを決めたのである。やがて事故現場の海岸を訪れた「私」は、自分がこれまでの恐怖から回復していることに改めて気づく。

こうした経験を話し終えた「私」は、話を聞いている人々に向かって、「人生で真実怖いのは、恐怖そのものでは」なく、「なによりも怖いのは、その恐怖に背中を向け、目を閉じてしまうこと」だと語った。

以上を要約するなら、この小説はすでに言われてきたとおり、幼いころに親友を見殺しにした男性の、「心的外傷（トラウマ）体験とその後の苦しみ、さらにそこからの回復」(2) を描いた作品とまとめられる。これについて、本作のもっとも早い分析である永井聖剛による国語教科書の指導書は、そのような語られる内容以上に、語る行為それ自体に力点を置いている。すなわち、「私」が「Kの死にまつわる辛い過去を物語ることによって、それを過去のものとして対象化するとともに、そのマイナスの記憶を、生き抜くための別のプラスの物語に書き換える」(3) ことにこそ重要な主題があるというのである。ただ、この論は、のちに「「私」における「回復」はあくまでも「K」の絵との再会の場においてであった」といった理由から批判されることになった。(4) たしかにトラウマから回復を遂げたあとにその晩の語りがあるとすれば、物語る行為そのものに自己回復の方途を捉えた永井論は誤っていることになる。

しかし、ここでは改めて、永井が焦点を当てた語る行為に目を向けてみたい。なぜなら後述するように、「私」が語る内容やその語り口には、単なる過去の体験談や怪談話(5) を超え出る不可解さが散見されるからだ。(6)この不可解さこそ、「私」がいまだトラウマから回復していない証左として捉えられるのではないか。本章では、「私」の語りをジェンダーとトラウマが連関する場として読み直すことで、「七番目の男」という小説のなかにトラウマを物語ることの困難がどのように主題化され、方法化されていたかを考察してみたい。

1　「K」と「私」

「私」の物語のなかでもっとも不可解なのは、言うまでもなく大波をめぐる出来事である。だが、じつはその出来事を取り囲むように、「私」が語ることにはさまざまに不可解な部分が点在している。まず目を引くのが「K」に関することだ。

「K」は「私より一学年下」の親友だった。「言葉に障害があって、うまく口をきくことができず、「体も弱」かったこの「K」に対して、「大柄で、運動も得意で」「みんなに一目置かれていた」「私」は、いつも「K」の「保護者的な立場」にあった。二人は「喧嘩ひとつしたこと」がない、「まるで兄弟同様といってもいいような間柄」だった。それは「年が六歳も離れ」た実の兄に比べても、「より温かい肉親的な愛情を抱く」唯一の相手だった。

小学生の「私」が、なぜこの「K」と親友だったかと言えば、それは「なんといっても彼が優しい美しい心を持っていた」からだ。ただ、この肝心の「優しい美しい心」がどういったものなのかは具体的に明かされていない。

ほかにも「K」に関する説明には奇妙な点が見られる。「K」は言語障害のせいで学校の成績は悪かったものの、しかし「絵が滅法巧く、鉛筆と絵の具を持たせると先生も舌を巻くような見事な、生命力にあふれた絵を描き」、その腕前は「何度もコンクールに入賞したり、表彰されたことがあ」るほどだった。実際、「私」は久しぶりに「K」の絵を目にしたとき、「記憶していたよりも、それらの絵はずっと巧く、また芸術的にも優れたもの」だと感じた。「Kという少年の深い心情のようなものをひしひしと感じとることができ」たその絵については、「今にして思えば、それが純粋な才能というものだったのでしょう」、「そのまま成長していたら、おそらく画家として名をなしていたのではないかと私は思っています」と語っている。しかし、これらの言葉は、たとえコンクールで何度も表彰されたからといって、まだ小学生だった「K」の絵に対する賛辞としてはいささか過剰と言うべきではないだろうか。

「私」の語りにこうした過剰さが湧出するのは、おそらく「私」が「Kの絵の中に、汚れのない穏やかな魂しか見いだすことができなかった」からだと推察できる。この無垢な「魂」とは、前述の「優しい美しい心」と等しいと考えていい。だが、繰り返し問おう。「K」に見いだされるそのような「汚れのない穏やかな魂」や「優しい美しい心」とは一体何だろうか。

「私」は、「K」の絵と再会した際、「彼がどのようなまなざしをもってまわりの世界を見ていたかを、私はまるで我がことのように切実に理解することができ」たとされる。理由はドラマティックな口調でこう説明されている。「そうです、それは少年時代の私自身のまなざしでもあったのです」

──。

つまり「K」に見いだされる無垢な「魂」や「心」とは、少年時代の「私」自らに見いだされるべきものだったことを強調しているのである。その意味で松本常彦が言う、「私」にとって「Kが自らの「少年時代」(時間)そのものの表象である」[7]という理解は妥当だろう。ただし「私」の語りの不可解さを梃子に、さらに解釈の歩を進めることができる。

そもそも「私」のもとに届けられた「K」の絵は、実家の物置に保管されていたものだった。

その前の年に父が癌で亡くなって、兄が財産処分のために生家を売却したのですが、物置を整理したときに私の子供時代のもちものがまとめて段ボール箱に詰めてあったのがみつかり、それが私のところに送り届けられてきました。大部分は無用ながらくたでしたが、中にKが描いて私にくれた絵が一束あり、それがたまたま私の目に触れることになりました。おそらく両親が私のために、記念品としてとっておいてくれたのでしょう。私は恐怖のために思わず息が詰まりそうになりました。絵の中から、Kの魂が目の前に蘇ってきそうな気がしたのです。

(一七〇―一七一ページ)

ここで留意すべきは、「私の子供時代のもちものがまとめて段ボール箱に詰めてあった」なかに、なぜ両親が「K」の絵をも保管していたのか、ということだ。右の引用で、それを見た「私」が「恐怖のために思わず息が詰まりそうになりました」と語っているように、「私」にとって「K」に関する記憶こそトラウマの原因であることは、両親にも十分に共有されていたはずだ。

「私」が語るところによれば、「K」の事故直後、「一週間のあい《（ママ）》だベッドに横」になる「私」の深刻な状態を見た父親は、「私の意識が烈しいショックと高熱のために永遠に損なわれてしまうのではないかと、真剣に心配していた」。その後も「私」は「精神的なショックから立ち直ることができ」ず、「学校にも行かず、食事もろくにとらず、ただ横になって毎日天井をじっと見上げて」いる日々が続き、「数週間ののち」にようやく日常的な生活を取り戻した。ところが、それでも「何もかもが元通りになったわけでは」なく、「K」に関する悪夢に恐怖し続けることになる。そこで、ついに「私」は両親にこう訴える。

> 目の前でKが波にさらわれた海岸でこのまま暮らし続けることはできないし、知ってのとおり自分は毎晩のように悪夢にうなされている。少しでも遠くここから離れたい。そうしなければ気がふれてしまうかもしれない。
>
> （一六八ページ）

引用部に「知ってのとおり」とあることから、「毎晩のように悪夢にうなされ」るほどの「私」の癒やしがたいトラウマを、両親が把握していたことは間違いない。だからこそ「私の両親も、私の前ではその事件に触れないようにしてい」たのだろう。しかしそうだとすれば、たとえ息子の親友の絵を勝手に処分するわけにいかないと配慮したにせよ、両親が「私」のあまりに深いトラウマを呼び起こしかねない絵を「私の子供時代のもちもの」と一緒くたにして保管し続けたことは奇妙なことに思える。

同様に、先の引用の「両親が私のために、記念品としてとっておいてくれた」という表現についても疑問が生じる。それらの絵は、「私」に深刻な精神的打撃を与えかねない「K」の〈遺品〉であっても、決して「記念品」と認識されるべきものではなかったはずだからだ。「私」の語りは不可解な綻びを見せている。

ここで改めて、のちに「私」が「K」のまなざしに少年時代の自分のそれを重ね見ていること、そして「私」の語りが繰り返し「K」の心の美しさと芸術的な才能とを断定するものだったことを思い返したい。そうした語りの過剰さと、両親が保管していた不可解な「記念品」の存在を考え合わせるとき、「私」が熱心に語る親友が、まぎれもなく少年時代の「私」その人のことだと思い至るのは決して難しいことではないだろう。そうだとすれば、両親がその絵（実際は「私」が描いた絵）を「私の子供時代のもちもの」、あるいは「記念品」として保管しておくのは何ら不思議ではないことになる。

本作の冒頭部には、現在の「私」について、「何かをうまく言い出しかねるときによく人の浮かべる表情」が「ずっと昔からそこにあったように、とてもよく顔に馴染んでいた」とある。この顔に染み付いた「何かをうまく言い出しかねる」表情こそ、「K」のものとして語られた、かつての「私」自身の言語障害の痕跡なのではないか。

これは一見、あまりに穿った解釈と思われるかもしれない。しかし自我の同一性が損なわれた解離的・投射的な語りは、本書の第2章で論じたとおり、『ノルウェイの森』のレイコさんの語りにも読み取れるものだった。「私」もまた過去の自己像を迂回するために、語りのなかに「K」の存在を作り出したと考えることができるのである。

2　男性性《マスキュリニティ》の呪縛

「私」と家族との関係が希薄であることは、先行論文でもすでに指摘されてきた。(8)「K」ではなく、実際は「私」本人が体が弱く、言葉に障害があり、「学校の成績はあまり芳しくなく、授業についていくのがやっと」だったとしたら、その理由も浮かび上がってくる。

たとえば、「私」は兄とは「気心を通じ合わせることができず」にいたとされているが、小さな町の「開業医」の長男だったこの兄には、幼いころから家業を継ぐことが意識されていた可能性がある。それは、台風の日に兄が父親とともに「朝から家中の雨戸を釘付けしてまわ」った様子に象徴的でもある。医師を目指す長男と、障害のために落ちこぼれていた次男の「私」。彼ら二人の兄弟が「人間的にもそれほど相性がよく」なかったのは、この非対称性によるものかもしれないのだ。

このような文脈からすると、父親が「この十年ばかりのあいだでは最大級」の台風が襲った日にもかかわらず、気軽に「私」の外出を許したのも、また、のちに深いトラウマを抱えた子どもの「私」を一人だけで小諸にやり、「ときどき私に会いにやってくるだけ」だったのも、この父親にとって後継者である長男こそが重視されていたためではないかと推察されてくる。

もちろん、外出を許した父親の考えがたい軽率さからすれば、そもそも台風の到来自体、実際の出来事だったのかどうかを疑うこともできる。「波」の出来事と同様、台風の到来もあくまで「私」によって語られたことにすぎないからだ。いずれにせよ、注目すべきは出来事の虚実ではなく、現在の「私」によってそれらの出来事が語られているという事実のほうである。少なくとも右のような挿話は、兄だけでなく父親も幼い自分にさほど注意を払ってくれていなかったという、語る現在の「私」が抱く印象を知らせてくれる。

また、「K」こそが「私」だとしたら、言葉の障害などによって友達作りも困難だったにちがいない。家族やほかの子どもたちから関心が払われなかった「私」は、だからこそ「物心ついた頃から親しくつきあっていた仲の良い友だち」として、唯一架空の「K」だけを語ることになる。そう考えるとき、「K」と「学校に一緒に通い、学校から帰るといつも二人で遊んで」いたという語りは、むしろ当時の「私」の疎外感や孤独感を映し出していることになる。

当然、絵をよく描いていたのも「私」自身だったと解釈できる。「私」の回想によれば、「K」が「好んで描いたのは風景画で、近くの海岸に行っては飽きずに海の風景を写生して」いた。この習慣があったからこそ、嵐があったとされる日、父親の注意に反して「私」は「ちょっと海を見に行く」ために「家から二百メートルばかり歩いたところ」にまで足を延ばしたのではないか。そしてその途中で「K」に会ったとされている。

道を歩いていると、Kが私の姿を見つけて外に出てきました。どこに行くのだとKは尋ねました。私がちょっと海を見に行くんだと答えますと、Kは何も言わずに私のあとをついてきました。Kの家には小さな白い犬がいて、その犬も私たちのあとを追ってついてきました。

（一五六ページ）


「K」が架空にすぎないとすると、ここで語られる「小さな白い犬」の存在は無視できないものになる。幼い子どもの傍らにある唯一の親友にしてその幼少期を象徴する「小さな白い犬」は、村上春樹の別の短篇小説「土の中の彼女の小さな犬」（「すばる」一九八二年十一月号、集英社）にも見られるモチーフだ。これを考え合わせれば、右の引用で「私の姿を見つけて外に出て」きて一緒に海岸に向かったのは、実際は「私」の家で飼っていた「小さな白い犬」だったと捉えることも可能だろう。言葉に障害があろうとも、飼い犬とのやりとりであれば実際の発話は必要ではない。また、従順な飼い犬に対してならば、「保護者的な立場」でもいられる。いつも「何も言わずに私のあとをついてき」ていたのは、この犬だったのではないだろうか。(9)「私」の語りのなかに現れる「K」は、幼い日の「私」自身でありながら、ときにその傍らにあった「小さな白い犬」とも重なり合うのである。

　こうした「私」の子ども時代としての「K」（と犬）を奪い去ったのが「波」の出来事ということになるが、ならば、その出来事とは何だったのか。現在の「私」が語る身ぶりは解釈の手がかりを与えてくれるだろう。

「私」は、小諸に移住したのちに「長野市にある理工科系の大学を卒業して、地元の精密機械の会社に就職し」、「今でも長野に暮らし続けて」いると語ったうえで、現在の自分についてこう述べている。

私はごく当たり前の人間として働き、生活しています。ご覧のとおり、取り立てて人と変わったところはありません。決して人付き合いがいい方ではありませんが、山に登るのが好きで、その関係で親しくしている友だちも何人かはおります。（一六九ページ）

ここでは、現在の「私」が「取り立てて人と変わったところ」がない「ごく当たり前の人間」であることが強調されている。別の見方をすれば、聞き手に対して、あえてそのように強調しなければならないほど、「ごく当たり前の人間」であることが強迫観念としてあると見なせる。当然そうした観念は、「私自身にさえ今でもうまく納得できない」ほどトラウマティックな「波」の出来事を源泉としている。「ごく当たり前の人間」として過ごした移住先を「長野県」「小諸の近く」「長野市」と固有名で語る一方で、故郷を「S県」と語ることを、[10]そこでの出来事を匿名化し消去したい心理の表出と捉えるならば、故郷で負ったトラウマがいまなお現在の「私」に残存することは明らかである。

ここで注視すべきは、「私」が自らを「ごく当たり前の人間」と強調しながら、「結婚しなかったのは、おそらくその〔「K」の悪夢に苦しんできた：引用者注〕せいかもしれませんね」と語ることだ。そればかりか、「私にはこれまでに好きになった女性も何人かおりました。しかし誰とも一夜をともにしたことはありません」とまで告白する。

自らの婚姻の有無、ましてや女性との性的体験の有無は、特別な事情がないかぎり、不特定多数の人々の前で話すような事柄ではない。だが「私」は、「誰も彼の名前を知らなかった」とされる場で、「K」に関するトラウマのせいでそれらがかなわなかったとわざわざ口にする。曰く、「夜中の二時か三時に大声を張り上げて、そばにいる誰かを起こしたくはなかった」から、あるいは、「それ〔恐怖：引用者注〕を誰かと共有することなどまったく不可能なことだった」からというふうに。ただ、この説明は理由づけとして必ずしも説得力があるものではない。

過度とも言える――したがって言い訳めいている――こうした説明は、「私」が「ごく当たり前の人間」であるうえで、とくに独身であること、女性との性的経験がないことに対して後ろめたさを抱いていることを示唆する。そのようないわば異性愛規範に適合することへの強迫観念とは、より端的には男性性《マスキュリニティ》への欲望と言い換えてもいい。

男性をジェンダー化された存在と見なしてその「男性性（masculinities）」を検討する研究は、日本ではフェミニズムをめぐる議論の成熟を背景として、一九八〇年代後半から始まった。とくにジェンダー研究の一環としてアカデミックな研究が進められたのは、二〇〇〇年代に入ってからだ。(11)なかでも多大な影響を与えたのがオーストラリアの社会学者レイウィン・コンネルの先駆的考察で、この考察では、男性性を女性性に対置させて単一的に思考するのではなく、男性性それ自体の複数性と階層性を検討することの重要性が説かれている。コンネルは、社会で男性の「理想」としてもっとも支持される規範的なあり方を、とくに「ヘゲモニックな男性性（hegemonic masculinity）」と名づけて、この「ヘゲモニックな男性性」というジェンダー実践こそが男性の支配的地位と女性を従属させる家父長制とを維持・再生産していることを分析している。そして「ヘゲモニックな男性性」の存立の基盤とされるのが、ほかでもない結婚制度を前提とした異性愛規範、すなわち女性との恋愛や結婚の実現である。(12)

こうした研究を視座とすると、女性関係についての「私」の過剰な自己表明は、「ヘゲモニックな男性性」への欲望と劣等感の存在を知らせるものと見なせるだろう。この文脈では、精密機械の会社の勤め人で、山登りが趣味であるという自己紹介もまた、自らの「ごく当たり前」の男性性を示そうとしたものだったと理解されてくる。

「私」は約四十年ぶりに訪れた故郷について、「一九六〇年代の高度成長期に近郊に工業都市が出現したせいで、あたりの風景は大きな変貌を遂げて」いたと語っていた。ここから「私」の子ども時代が高度成長期以前だったとわかる。その時代の地方の町が、都市部に比べてより保守的な「ヘゲモニックな男性性」と、いわゆる〈男は仕事、女は家事・育児〉といった性別役割分業とを規範化していたと推察するのは難しいことではない。

実際、「私」の両親も、嵐の日に「家中の雨戸を釘付けしてまわ」る医者の父親と、「台所に立って忙しくおにぎり」を作る母親というように、典型的に性別役割分業化されていたことがうかがえる。現在の「私」が自分について語るうえで、交際歴や婚姻歴だけでなく、就労の状況や外向的な印象を与える山登りという趣味を挙げるのは、いわゆる一家の大黒柱として賃金労働や力仕事を担っていた頼もしい父親像こそが、「私」にとって理想的な「ヘゲモニックな男性性」を表象するものだったからではないかと理解できる。たとえば、台風の日に「K」に言った「ちょっとでも風が吹いてきたら、すぐに家に戻るんだよ」という一言が、外出時に父親から言われた「でも少しでも風が吹き始めたら、すぐに戻ってきなさい」の反復であることは一目瞭然だが(13)、こうした口真似には当然、父親への同一化願望を透視できる。父親に比べて母親への言及が極端に少ないことも、「私」の欲望のベクトルが父親へと向いていることの証左と言っていい。

ところが子ども時代の体の弱さや言葉の障害、そして学業不振は、「ヘゲモニックな男性性」とは相いれない。加えて「K」のものとして説明される「痩せて色白で、まるで女の子のようなきれいな顔立ち」が「私」自身の相貌だったとすれば、外見的にも男性性と隔たっていたことになる。現在の「私」が「髪は短く」、「口ひげをはやして」いるのは、あるいはそれを補塡するものと読めるかもしれないのだ。

このように、そもそも「ヘゲモニックな男性性」の様態とは距離があったとおぼしき「私」は、前述のように、さらに「波」のトラウマティックな出来事を経た現在、過去の自分を架空の「K」として語り、かつ現在の異性関係について言い訳を述べるほど「ヘゲモニックな男性性」に対する劣等感もしくは強迫観念を抱え込んでしまっている。「私」にそれほどの男性性への呪縛をもたらしたのが「波」の出来事だったとしたら、それをどのように解釈し直せるだろうか。

3　「波」の出来事

言うまでもなく「K」をのみ込んだ、高さが「三階建てのビルくらい」もあった「波」、「私のすぐ前」で「宙に浮かんだままふっと停止し」てその「波がしら」に「Kの姿」を見せた「波」が、現実の波だったとは思えない。

どうしてそんなことが起こったのか、正直に申し上げまして、私自身にさえ今でもうまく納得できないのです。もちろん説明もできません。しかしそれは幻でも錯覚でもありません。嘘偽りなく実際にそのとき起こったことなのです。（一六三―一六四ページ）

このように「私」は、自分の身に降りかかった過去のトラウマティックな出来事の記憶を、説明もつかないままに物語ることに終始する。そのため出来事の意味を把握する糸口は、それを字義どおりに捉えることには見いだせない。ここでは、語る「私」が何か別のことを言おうとしていると考えたほうがいい。つまり、「私」の深いトラウマの様相は、聞き手（読み手）が相手に注意深く寄り添っておこなう解釈によってしか導き出せないことになる。ここでは考えられる可能性として、一つの解釈を示してみたい。

嵐の日、「私」が「K」とともにいた様子は、「当時の私の背丈ほどの高さの防波堤があり、階段を上って私たちは海岸に出ました」、あるいは「私たちはしばらく防波堤の上に座って、そのような光景を声もなく眺めていました」などと語られている。つまり、海岸での様子を語る際には、主語が「私」という一人称単数から「私たち」という一人称複数へと移行するのだ。だが、いよいよ「波」が襲う段になると次のように変化する。

間違いありません。その波はたしかに生命を持っているのです。波はここにいる私の姿を明確に捉え、今から私をその掌中に収めようとしているのです。ちょうど大きな肉食獣が私に焦点を定めて、その鋭い歯で私を食いちぎることを夢見ながら、草原のどこかで息を潜めているみたいにです。逃げなくては、と私は思いました。

（一五八ページ）

すでに触れたように、当時海岸には一人称複数としての「私たち」がいて、「波」は実際には「K」に襲いかかった。にもかかわらず、右の引用では、恐るべき「波」が「ここにいる私」だけを狙っていたかのように語られている。こうした語りの揺らぎからも「K」が「私」自身だったことがうかがえるが、とくに注目したいのは、その「波」を「鋭い歯で私を食いちぎることを夢見る「大きな肉食獣」と喩えていることである。「間違いありません」という断定に続けて「たしかに生命を持っている」と傍点で強調して語られる、そのような「私」に襲いかからんとする「波」が、実際には意思をもった人間の暴力だったことは容易に想像がつく。

「まるで全速力で走ってくる無慈悲な機関車に正面から衝突するよう」に否応なしに「K」をのみ込んだとされるその暴力が、幼かった「私」にとって圧倒的だったことは疑いようがない。そればかりか、「一瞬のうちに私の背筋を凍らせ」た「波」の気配が「まるで爬虫類の肌触りみたい」だったという形容には、先の「大きな肉食獣」の比喩と相まって、その暴力がいかに「私」の身体を感覚的におぞましく侵襲するものだったかが表されている。この観点からすれば、「私」の語りの冒頭と最後のほうにある「シャツの襟に手をやった」という不思議な癖は、当時を物語るうえでよみがえった、首のあたりに加えられた暴力被害のトラウマ的な感覚によるものの可能性がある。「どうしてそんなことが起こったのか」を「今でもうまく納得でき」ず「説明もでき」ない、このいまもって「私」の身体感覚を侵襲し続ける言語化不可能なほどのトラウマティックな出来事。ここまでに見た数々の暗示に加えて、「私」が四十年以上も故郷の町に戻らず、[14]「海というものに一切近寄らないようにして」きたほど長期的に深いトラウマを抱え込んだこと、また、「恐怖」のために「好きになった女性」たちとの性行為が困難だった様子を考え合わせるならば、その暴力的な出来事に性的被害の暗示を読み取ることは決して的外れとは言えないだろう。

トラウマ研究者の宮地尚子は、「語られにくく取り扱いが難しい性的虐待のなかでも、被害者が男児となるとさらに周縁[15]」化され、不可視化されてしまうことを指摘している。被害者は女性だけであるという前提によって、男性への性的被害が深刻なまでに社会的に否認されてきたからだ。一般的に男性への性的被害については、「男性が性的被害に遭うはずがない」、「もし遭ったとしても抵抗して防げるはずだ」、「性的被害に遭っても傷つかない」といった誤った認識が、長らく社会に行き渡ってきた。[16] だが当然のことながら女児であれ男児であれ、「セクシュアリティについて知識をもたない子どもは、危険な状況に追い込まれていることや、虐待の最中も何がおきているかわからない。それらのことに性差はない[17]」。また子どもでなくとも、女性と同様に男性もまた被害の際には「混乱や恐怖で固まってしまい、反撃などできなかったという証言が多い[18]」とされている。

「七番目の男」の語りに戻ると、たとえば一度目の「波」に「K」をさらわれたあと、「私」は「どこにも逃げ」ずに「まるで魅入られたように防波堤の上に立ちすくみ、それが襲いかかってくるのをじっと眺めて」いた。「私」はその理由をこう語っている。

Kがさらわれてしまった今となってはもう逃げても仕方ないと、そこで感じたような気がします。いや、あるいは私は圧倒的な恐怖の前でただ身がすくんでしまっていたのかもしれません。どちらだったのか、私にはよく思い出せないのです。（一六二―一六三ページ）

この「よく思い出せない」と言われる曖昧な混乱した語りからは、「波」と名指される暴力の「圧倒的な恐怖」を前に、当時の「私」がいかに事態を把握できずに心身が硬直し、「波」のなすがままにならざるをえなかったかがわかる。

性的被害をうかがわせる箇所はほかにもある。宮地によれば、「男児への性的虐待は体験自体の影響に加え、「男らしさ」の規範の押しつけが大きな弊害をもたら[19]」すとされる。男性は被害を受けたというリアリティを周囲から否認されがちであると同時に、被害者本人が「性的被害経験＝男性性の喪失」と捉えるために必要な支援を求めないばかりか、自らのジェンダー・アイデンティティに混乱をきたす傾向がある。[20]これを踏まえるなら、先に考察したような、現在の「私」の語りに垣間見られる「ヘゲモニックな男性性」への劣等感と欲望とは、幼少期の性的被害に端を発したものと読み直せるのではないだろうか。

もちろん作中の回想からは、幼い「私」への性的加害が男女どちらによっておこなわれたのか、また、それがどの程度のものだったかは定かではない。ただ、「女の子のようなきれいな顔立ち」で体が弱く、言葉に障害があり、いつも海辺で一人で夢中に絵を描いていた「私」が標的になりやすかったことは想像できる。この文脈で言えば、語る「私」の「右目のわき」にある「まるで細いナイフで突き刺したような小さな、しかし深い傷」とは、「鋭い歯で私を食いちぎ」ろうとした「波」と名指される暴力による心身の傷の象徴としても理解可能になる。

事件後に気を失った「私」は、気がつくと「父親の医院のベッドに横になっており」、父親から「お前は三日間ずっと寝ていた」と告げられた。このとき、「少し離れた場所から一部始終を見ていた近所の人が、倒れている私を抱いて家まで連れてきてくれた」ことから、父親は「私」の身に起きた被害をある程度把握していた可能性が高い。そのために、その後の一週間、ベッドの上で「何度も吐き、うなされ」て「深刻な状態」にある「私」を見て、父親は「私の意識が烈しいショックと高熱のために永遠に損なわれてしまうのではないかと、真剣に心配」し、のちに両親は「私の前ではその事件に触れないようにして」いたのではないだろうか。これ以降、「ほとんど半狂乱になって、毎日あてもなく海岸をうろうろと歩き回ったり、あるいは家にこもってお経を唱えて」いた

「Kの両親」もまた、もしかすると傷つけられた「私」の両親の姿であるかもしれない。のちに両親が移住先の「私」のもとを頻繁に訪れなかったのは、男児の「私」の身に起きた性的被害をありえないこととして、腫れ物に触るような感覚を抱き、出来事そのものを忘却したかったためだとも捉えられる。

4　トラウマの語り

角谷有一は「波」の出来事をめぐる語りについて、「私はずいぶん大きな声を出したつもりだったのですが」「私の声が耳に入らなかったのかもしれません」、「でも私の声は、自分で思っているほど大きくなかったのかもしれません」などと記憶が「後から考えたことによって次々に否定されて」いることを挙げ、「記憶の中にある現実の風景の中に、それ以後の四十数年間「男」が恐怖の中で幾度も反芻することによって、歪められ、変形されて作り出された風景が入り混じっ[21]」ていることを鋭く指摘している。何より注視すべきは、のちの「私」によるそれらの記憶の否定が、「私にはわかっていました。もしそうしようと思えば、私はKを助けることだってできたのです」という強い自責の念から発せられていることである。

先に触れたように、多くの場合、男性にとって性的被害の経験は男性性の喪失を意味する。と同時に、男性被害者は男性であるにもかかわらず性的被害から身を守れなかった自分に、拭えない自責感を抱え込みがちであるとされる。[22]四十年以上にもわたって「私」が抱え込んできたそのようなトラウマと自責感の深さがもっともあらわになるのが、次のくだりだろう。

私は波がこれからこちらにやってくるのを知っているし、Kは知らないのです。でも気がつくと私の足は、私のつもりとはまったく違った方向に向かっていました。私は防波堤に向かって一人で逃げ出していたのです。私をそうさせたのは、おそらくすさまじいまでの恐怖であったと思います。

（一六〇ページ）

語りのなかに現れる、これから起こることを「知っている」「私」、もしくは「防波堤に向かって一人で逃げ出していた」「私」とは、当時の幼かった「私」であるはずがない。ここまでの解釈からすれば、何も知らず逃げることさえできなかった「K」こそが、実際の「私」自身だったと捉えられるのであり、他方、回想のなかで「波」の到来を知っていて一人で逃げ出した「私」とは、当時のトラウマティックな記憶を繰り返し「K」を襲った出来事としてフラッシュバックし続けてきた「私」、すなわち出来事以後の「私」の意識にほかならない。当時「波」の気配に「逃げなくては」と思った「私」は、浜辺でかがみ込む「K」に向かって「もう行くぞ」と声をかけた。しかし、その声が「誰か別の人の声のように聞こえ」たと語られるのも、のちに繰り返し湧き上がる記憶のなかで発した自らの声だったからと考えられるだろう。

このように「私」の語りのなかには、トラウマティックな記憶のフラッシュバックと、深い自責の念による記憶の改変あるいは混乱を見て取れるのである。哲学研究者の小松原織香は『当事者は嘘をつく』で、当事者の立場から、性暴力というトラウマティックな被害を体験すると、往々にしてその記憶には断片化や削除、改変や捏造が生じること、言い換えれば、そのように「語り得ない過去」を記憶として抱かなければならないことこそ、過酷な被害体験をした当事者の実態であることを明らかにしている。[23]「私」の語りに見られる記憶の改変や混乱とは、まさにそのようなものとして捉えることができるのではないか。

　そうだとすれば、さらに「波」の出来事の際に「K」が「私」に見せた「耳まで裂けるくらい、大きくにやりと開かれ」た口と「冷たく凍った一対のまなざし」の顔の意味も読み解けるようになる。すなわち「私」自身の意味づけによると、救えなかった「私」を「恨んだり憎んだり」して責め立てるその「K」の恐ろしい相貌とは、被害を防げなかった当時の「私」をのちの「私」自身が責め立てるという、まぎれもない深い自責を表象するものと解釈できるようになるのである。

　ただし、繰り返し「私」に「笑いかけていた」と強調されるその相貌には、さらに別の解釈も加えられる。事件後、「にやりと笑いかけていたKの顔を、私はどうしても忘れることはできませんでした」と語っているように、この笑う「K」の亡霊は、のちに繰り返し夢のなかに現れては「私」を苦しめる。その夢は、「K」が「私の手首をきつく摑み、そのまま波の中にひきずりこん」だり、海で泳ぐ「私」の「右足」をつかんで水中に引きずり込んだりというものだった。とくに後者の夢については次のようにある。

氷のように冷たい手の感触を足首のまわりに感じます。その力は強く、振りほどくことができません。私はそのまま水中にひきずりこまれます。私はそこにKの顔を見ます。Kはあのときと同じように、顔がそのまま裂けてしまうような大きなにやりとした笑みを浮かべて、私をじいっと見ています。私は悲鳴を上げようとします。でも声は出てきません。水を飲むだけです。水は私の肺を満たします。

（一六八ページ）

このように海中に引きずり込まれる悪夢では、「K」の「冷たい手の感触」や強い力が「私」に襲いかかっても「振りほどくことができ」ず、さらに「大きなにやりとした笑み」と冷たい凝視に「悲鳴を上げようとし」ても声も出ない様子が語られている。このイメージは、力が弱く言葉に障害があった「私」が受けた性的被害の様子として捉えることも可能なのではないか。そのように読むとき、「私」に「冷たく凍った一対のまなざし」を向けながらも「大きなにやりとした笑み」を見せ続ける、第二の「波」やのちの悪夢として繰り返し「私」に襲いかかるそのおぞましい「K」の相貌とは、記憶として焼き付けられた加害者の相貌でもあったと解釈できる。

以上のように「波」の出来事を性的被害と読み直すとき、「私」の語りのなかで自己像から棄却され否認される「K」とは、無力で孤独なために性暴力を被り、決定的に男性性を損なってしまった過去の自分であると同時に、そのように「私」を傷つけた加害者の姿でもある、と捉えられるのである。

重要なのは、前者のイメージにおいて、「K」が忘却すべき傷ついた自己像というばかりでなく、性的被害によって損なわれた在りし日の、故郷の町で家族と「まず不自由のない」生活をし、海の絵を好んで描いていた無垢な子ども時代の自己像でもあるということだ。だからこそ、「回復」の体験を経て語られる「K」の肖像には、「汚れのない穏やかな魂」や「生き生きとした曇りのない目」がことさらに付与されることになる。

5 「私たち」のセラピー的空間

「昨年の春」、「K」の絵との再会によって、かつて海辺にいた「私たち」の「生き生きとした曇りのない目」に出会い直した「私」は、「波」のなかの「K」が、「私」を「憎んだり恨んだり」していたのではなく、「優しく微笑みかけて、永遠の別れを告げていたのではあるまいか」と考え直し、故郷の町に戻る。そこには、工業化のために町並みが「大きな変貌を遂げ」、父が亡くなった実家も「数ヵ月前に取り壊されて、むき出しの空き地」になり、「四十数年前にそんな事故があったことを記憶している人も、今ではほとんど残っていない」ような光景が広がっていた。「私」にとって、こうした町の変化は自分の過去の記憶の「すべては私が頭の中で作り上げた精密な幻影ではなかったかと思えたほど」であり、言い換えるなら故郷の町が抱えていた過去の出来事に関する集合的記憶の風化を意味したはずだ。この日、海辺に浮かぶ「小さな灰色の雲」を目にして、「それらの雲は私一人のために浮かんでいるように見え」たというのは、海での出来事の記憶がもはや「私」一人のものになったことを暗示している。こうして家族を含めた故郷の人たちの集合的記憶から解放された「私」は、自分の身に起きたはずの被害を、「K」の身に起きた「波」の出来事として、他者たちに向けて語り始めることになる。

常に深い自責を喚起する被害者の表象であると同時に、また加害者の相貌をもってもいた「K」から「永遠の別れ」を告げられ、また故郷の集合的記憶からも解放された「私」は、もはや「K」に「そちらの世界」、すなわち性的被害で傷つけられた記憶の世界に引きずり込まれることはなくなる。これこそが、「私の中の深い暗闇は既に消滅し」、「波」の出来事に対して、「もう何も恐れることはないのです。それは去ってしまった」と言える心境と見なせるのではないか。

そのように「救われ、回復を遂げ」た「私」は、「今、人生を改めて最初からやり直そうとして」いるとして、最後にこう述べる。

> 「私は考えるのですが、この私たちの人生で真実怖いのは、恐怖そのものではありません」、男は少しあとでそう言った。「恐怖はたしかにそこにあります。……それは様々なかたちをとって現れ、ときとして私たちの存在を圧倒します。しかしなによりも怖いのは、その恐怖に背中を向け、目を閉じてしまうことです。そうすることによって、私たちは自分の中にあるいちばん重要なものを、何かに譲り渡してしまうことになります。私の場合には——それは波でした」
>
> （一七七ページ）

説かれているのは、「恐怖」に正面から向き合うことによって「自分の中にあるいちばん重要なもの」を保持することの大切さである。この言葉どおり、たしかに「私」が語ったことは、「K」の亡霊との出会い直しによって「恐怖」を克服し、「波」の出来事によって損なわれていた本来の「人生」をやり直そうとしているというものだった。しかし、「私」の語りに内在するさまざまな綻びや揺らぎを見るかぎり、トラウマから「回復」を遂げたとは言いがたい。

もちろん、だからといって、この「回復」を決して低く見積もるべきではない。「回復」の体験談に続けて語られる、「そうです。救いを受けないまま、恐怖の暗がりのなかで悲鳴を発しながらこの人生を終えてしまう可能性だって、じゅうぶんあったのです」というくだりには、長年の深いトラウマのなかで自死していたかもしれない可能性が暗示されているからだ。(24)

また何より、たとえ隘路をさまよう語りにすぎないにせよ、この夜、「七番目の男」として体験を語ったこと自体に大きな意味があると考えられる。語りが額縁構造のこの小説では、外側の語りが一人称の語り手である「私」を「七番目の男」と名指し、「私」が語る様子や状況について説明を付している。小説の標題でもあるこの「七番目の男」とは、「その夜」の会合に「話をすることになっていた最後の人物」の「私」以外にすでに六人の話者たちがいたことを示している。(25)夜遅くまで繰り広げられる自己語りの会合で、「部屋の中に丸く輪になって座った人々」のなかに、それら六人の話者たちもいたことは想像に難くない。

それがどのような人物たちかは不明であるものの、話し手であり聞き手でもある彼らは、「私」が語ることについて「何も言わず、話の続きを待」ち、最後まで「誰も一言も口をきかなかった。

息づかいさえ聞こえなかった。姿勢を変えるものもいなかった」とされる。その熱心に耳を傾ける様子からは、すでに論じられてきたように、「私」が語るトラウマ体験が「聞き手すべてを貫く問題」(26)であり、その晩に「これに類する告白が相互になされていたこと」(27)をうかがわせる。

本章の最初で触れたとおり、永井聖剛は早くから「私」が語る行為の自己治癒性に焦点を当てていた。永井は、「他者に向かって自己について語ること」を「聞き手に共有＝承認してもらいたいという期待」と「自己を鼓舞しようとする意志」とに基づいたおこないと見なし、真摯な聞き手たちに向けられた「私」の語りを、「マイナスの記憶を、生き抜くための別のプラスの物語に書き換える」(28)行為と定位したのである。そして、こうした自己治癒のプロセスとしての語りが行き交う場を、高野光男はより端的に「心理療法的なトポス」(29)と表現している。

実際、アメリカの精神分析家のリチャード・B・ガートナーの先駆的な研究では、性的被害を受けた男性の回復において、セラピーとしてのグループ治療の有効性が示されている。ガートナーはセラピストとしての経験や多くの研究者の見解を踏まえて、とくにグループ治療の人数を八人までとする重要性を説き、(30)また参加者の仕事の都合に対する配慮だろうか、自身が実施するグループ治療を夜に設定している。(31)もちろんグループ治療にもさまざまな方法があるため一概には言えないものの、少なくともガートナーが示す方法だけみれば、それは「七番目の男」の会合と類似している。

そのようないわばセラピー的空間で、先の引用のとおり、「私」の語りが最後に「私たち」という一人称複数形の主語を用いて締めくくられていたことを思い出したい。もともと「K」との親密さを示す指標だったはずの一人称複数形が、その晩の聞き手たちとの親密さを示すそれへと変化し

ているこ とになる。そのうえで聞き手たちに向かって教訓的に説かれたのは、「恐怖」に向き合うべきであるという、言ってみれば、たくましい男性的な主体性を獲得する重要性だった。

ふたたびガートナーの研究に目を向けると、先のようなグループ治療では、互いの経験の話し合いによって、「男性の行為に価値を認め、男性であることに誇りを持てる」ようになったり、逆に、女性性《フェミニティ》と結び付けられてきた「情緒的であること、共感性、依存性などを受け入れ、男らしさへの思い込みに疑義を呈していける」(32)ようになったりするとされている。それらの自己肯定のプロセスが、性的被害による男性性の損傷を回復へと導く足がかりになるというのである。

これを参考にすれば、「私」が真摯な聞き手たちが集うセラピー的空間で、「回復」までの体験を物語りながら、周囲に共感を促す一人称複数形を用いて、教訓的に自らのたくましい主体性を誇示することは、損なわれた男性性を回復させる重要なプロセスの一環と見なせる。

だが一方で、そのような「私」の「ヘゲモニックな男性性」への執着は、弱さや無力さを自己肯定できない、という別の問題を抱え込むかもしれない。少なくともトラウマ体験としての「波」の出来事をめぐる語りは、体が弱く言葉に障害があった「K」という迂回路を経由し続けるしかないだろう。ならば、「K」との本当の出会い直しは、ガートナーが示したもう一つの方向性、すなわち情緒的であることや共感性や依存性といった、「ヘゲモニックな男性性」とは異なる自らのフェミニティの自己肯定にこそ成立するのかもしれない。

すでに触れたように「私」は、「そうです、それは少年時代の私自身のまなざしでもあったのです」という言い方で、「K」の優しい無垢なまなざしに少年時代の自分のまなざしを発見したと語っていた。結末の教訓的な語りよりも、むしろこの無垢の発見の語りにこそ、「私」が依存や共感に基づいて、弱さや無力さの自覚へと開かれる可能性が兆しているとも考えられる。

本作の最初のほうには、「私」について「誰も彼の名前を知らなかった。何をしている人かもわからなかった」とある。つまり、この「七番目の男」のセラピー的空間での自己語りは、「その晩」開始されたばかりということになる。いかに迂回や矛盾をはらんでいようとも、また、いかに男性性への執着が垣間見えようとも、「私」がトラウマ体験をそのような場で語り始めたことに、たしかに未来へと投企された自己回復への階梯が存在するにちがいない。

おわりに

本章では、「七番目の男」を取り上げて、「私」の語りのなかに字義どおりには読み取れないトラウマティックな出来事を読み解いてきた。曖昧さや矛盾に満ちた奇妙な一人称の語りに、あえて具体的な文脈、とくに性的被害によるトラウマの問題を捉えていこうとする本章の試みは、ともすれば恣意的で、牽強付会の誹りを免れないだろう。ただ、宮地尚子が述べるように、往々にして「トラウマは、必ずしもトラウマらしい形をしていない。それは、言い澱みであったり、はぐらかしであったり、逆に淡々とした語りであったりする」[33]のである。そのような個人のトラウマを語ることの困難を主題化した本作のような小説は、本質的に読み手の積極的な介入を必要とする。また何より、この小説がジェンダー規範によって深刻なまでに周縁化され不可視化されてきた男性の性的被害の問題を可視化する契機をはらんでいるとするなら、それを積極的に読解として立ち上げることこそ、トラウマに寄り添う読むことの倫理へとつながるのではないか。ここでは、そうした思いに突き動かされながら、明確には語られない「波」の出来事について論者なりの解釈を立ち上げてきた。

　最後に確認しておきたいことがある。それは、この「七番目の男」という小説の語りの構造が、本作と同時期に構想され書かれた『アンダーグラウンド』（講談社、一九九七年）と類似することだ。(34)自作解説によれば、オウム真理教の地下鉄サリン事件（一九九五年）の被害者やその家族へのインタビューを収録したこの作品を通して、村上はトラウマを負った語り手たちの「精密な意味での事実性」とは異なる「「語られた話」の事実性(35)」という問題に行き当たったとされる。それは、トラウマを負った個々の語りの「食い違いや矛盾」こそが「それ自体として何かを語っている」という前提のもと、「不整合が整合に劣らないくらい雄弁になる(36)」ことを提示する試みだった。

　証言者の語りを最大限に重視するこの試みでは、それらの語りを整合させ、意味づける外側の語り手は邪魔なものでしかない。そこで『アンダーグラウンド』では、やむをえない編集を除いて、インタビュイーとしての証言者の言葉が極力そのまま掲載された。

　改めて確認すると、この『アンダーグラウンド』は、最初のインタビューがおこなわれたのが一九九五年十二月、原稿の擱筆が九七年一月である。(37)この間に発表された「レキシントンの幽霊」では、前章で見たとおり、ケイシーの眠りに関するメランコリックな語りに「ある種のものごとは、別のかたちをとる」ことが表されていたものの、外側の語り手が「僕」という確かな主体として現れ、ケイシーの語りを「事実」であり、すでに「遠い」ものと意味づけていた。一方、「七番目の男」では、いわば「食い違いや矛盾」を内包する「私」の語りは——傍点を打たれた箇所こそあれ(38)——外側の語りが一人称の主体として現れ出ないために、あたかも積極的な整合化や意味づけを排しているかのように読める。(39)

つまり、本作の語りの構造は、『アンダーグラウンド』の試みと同様、「食い違いや矛盾」をもつ困難な語りをそのまま提示することで、トラウマを負った個人が抱える〈事実〉を読者に知らせ、委ねたものにほかならない。『アンダーグラウンド』の「ナラティブ・ノンフィクション(40)」の試みは、このようにして「七番目の男」へと延長されたと言える。

＊小説の引用は前掲『レキシントンの幽霊』による。

注

(1) 第一学習社の『高等学校 改訂版 現代文2』(二〇〇〇—〇三年)と『高等学校現代文』(二〇〇四—〇七年)に掲載されている。

(2) 近藤裕子「七番目の男」、村上春樹研究会編『村上春樹 作品研究事典 増補版』所収、鼎書房、二〇〇七年、一三九ページ

（3）永井聖剛「小説（三）七番目の男」『高等学校 改訂版 現代文2 指導と研究』第五分冊所収、第一学習社、二〇〇〇年、一六ページ
（4）佐野正俊「村上春樹「七番目の男」の教材性をめぐって——文学教育再入門の試み」「日本文学」第五十四巻第八号、日本文学協会、二〇〇五年八月、三五ページ
（5）岡田康介「〈喪主〉としての語り——村上春樹「七番目の男」から」（一柳廣孝監修、茂木謙之介編著『怪異とは誰か』〔「怪異の時空」第三巻〕所収、青弓社、二〇一六年）は、本作の舞台を「怪談会」と見なし、「男」の語りを死者の「K」を「鎮魂」するための「怪談」と捉えている。
（6）高野光男「物語化に抗して——村上春樹「七番目の男」の語り」（「国文学 解釈と鑑賞」第七十三巻第七号、至文堂、二〇〇八年七月）は、「「男」の語りに見られる擬人化・比喩表現の多用」などに「出来事に対する「男」の解釈（物語化）」の介在を捉えながら、「男」の独白に「さまざまな矛盾」があることを指摘している（一六一ページ）。
（7）松本常彦「「七番目の男」を迂回して、「こころ」へ」「九大日文」第五号、九州大学日本語文学会、二〇〇四年十二月、三五一ページ
（8）高山千恵子「〈読み〉のレッスン（47）円の環の向こうに答えがある——村上春樹「七番目の男」を読む」「月刊国語教育」第二十三巻第二号、東京法令出版、二〇〇三年五月、六五ページ
（9）「土の中の彼女の小さな犬」では、ある女性が、一人っ子で無口で友達ができないでいた八歳のころ、飼い犬のマルチーズを唯一の遊び相手として過ごしたことを語る。その物語では、いつも一緒にいた彼らが言葉は通じなくとも、互いを理解し合っていたことが強調されている。
（10）前掲「「七番目の男」を迂回して、「こころ」へ」は、こうした語りのなかの地名の揺れについて、とくに匿名の「S県」をフロイトの「エス」の概念と結び付けている（三四四—三四五ページ）。一

方、鈴木宏明「「語り」のなかに現れる「聞き手」――国語教科書の村上春樹作品」(「早稲田大学大学院教育学研究科紀要 別冊」第十八巻第二号、早稲田大学大学院教育学研究科、二〇一一年三月)は、最初に「S県」と匿名で語られていた地名が、物語の後半になると具体的な地名で語られるようになるという「私」の語りの推移に着目し、「「男」が具体的な地名を言うようになったのも、「聞き手」との間に信頼関係が生まれたからであると考えられる」(七ページ)と論じている。どちらの解釈も説得力があり、興味深い。

(11) 男性性研究については、田中俊之『男性学の新展開』(〔青弓社ライブラリー〕、青弓社、二〇〇九年)七―四六ページ、多賀太「日本における男性学の成立と展開」(「特集「男性学」の現在――〈男〉というジェンダーのゆくえ」「現代思想」二〇一九年二月号、青土社)などを参考にした。

(12) ロバート・W・コンネル(レイウィン・コンネル)『ジェンダーと権力――セクシュアリティの社会学』森重雄/菊地栄治/加藤隆雄/越智康詞訳、三交社、一九九三年、二六五―二六九ページ(原著:一九八七年)。なお、コンネルは研究生活のなかで性別変更をしたため、変更前のロバートと変更後のレイウィンという二つの名前がその著者名として混在している。

(13) 沈麗芳「村上春樹における〈父なるもの〉の浮上――短篇「七番目の男」論」(「アジア・文化・歴史」第二号、アジア・文化・歴史研究会、二〇一六年六月)は、この反復を「「私」は無意識的に父の命令を遵守していた」(五六ページ)と捉えている。

(14) 「私」は父親の癌の闘病や葬儀のときでさえ一切帰郷していないらしいことがわかるが、異様な事態と言わざるをえない。

(15) 宮地尚子「傷と男性性」『トラウマにふれる――心的外傷の身体論的転回』金剛出版、二〇二〇年、一八七ページ

(16) これについては、岩崎直子「男性が受ける性的被害をめぐる諸問題」(「こころの健康」第十六巻第二号、日本精神衛生学会、二〇〇一年十一月) 六七ページ、同「男性の性被害とジェンダー」(宮地尚子編『トラウマとジェンダー——臨床からの声』所収、金剛出版、二〇〇四年) 六五—七一ページ、宮地尚子「男性への性暴力から見えてくるもの——訳者解説にかえて」(リチャード・B・ガートナー『少年への性的虐待——男性被害者の心的外傷と精神分析治療』所収、宮地尚子/井筒節/岩崎直子/堤敦朗/村瀬健介訳、作品社、二〇〇五年) 四三一ページなどを参考にした。アメリカでは一九八〇年代後半から男児や男性の性的被害が本格的に可視化され始め、日本では右に挙げた参考文献などによって、二〇〇〇年代以降ようやく可視化され始めている。

(17) 前掲「傷と男性性」一九二ページ

(18) 同論文一九二ページ

(19) 同論文二〇二ページ

(20) 同論文一九三—一九四ページ

(21) 角谷有一「作品の深みへ誘う「読み」の授業を求めて——村上春樹『七番目の男』を取り上げて」「日本文学」第五十三巻第三号、日本文学協会、二〇〇四年三月、五ページ

(22) 前掲「男性の性被害とジェンダー」六九ページ

(23) 小松原織香『当事者は嘘をつく』筑摩書房、二〇二二年、二〇—二九ページ

(24) 宮地尚子「臨床の知」(前掲『トラウマにふれる』) によれば、一般的に性暴力被害者はフラッシュバックのたびに被害時の身体感覚がよみがえるため、その「耐え難い苦痛」のために「自傷行為や自殺企図、自己価値観の低下や喪失」などが多いとされている (八一ページ)。

(25) 前掲「作品の深みへ誘う「読み」の授業を求めて」七ページ

（26）同論文七ページ
（27）小林美鈴「〈新しい教材論〉へ向けて——文学作品の読み方／読まれ方33「七番目の男」——「機能としての語り」を読む」『月刊国語教育』第二十六巻第十号、東京法令出版、二〇〇六年十二月、六四ページ
（28）前掲「小説（三）七番目の男」一五一—一六ページ。なお、小松原は前掲『当事者は嘘をつく』で、性暴力被害者にとって「現実にはならない「夢」、もっと言ってしまえば「嘘」」であろうとも「回復の物語」をもつことが、「生き延びるための技法」になることを証言している（六八—六九ページ）。
（29）前掲「物語化に抗して」一六〇ページ。ただし高野は永井論文を批判しながら、本作の主題が「自己治癒の手段としての物語行為」というよりも、ことばや物語は本当に治療や救済たりえるのか」（一六二ページ）という懐疑にあると結論している。
（30）前掲『少年への性的虐待』三九九ページ
（31）同書四〇八—四〇九ページには、自らがおこなうグループセッションについて「その夜」「今夜」といった言葉が見られる。
（32）同書三九一ページ。ちなみに同書では、グループ治療のメンバーを男性だけに限定するほうが性的な問題について話しやすいといったことを説いている（三八八、四一七ページ）。ただしセラピストによってメンバーのジェンダー配置が異なり、また本作でもさまざまな捉え方が可能なため、ここではあえて聞き手のジェンダーを特定しなかった。
（33）宮地尚子「トラウマにふれる（まえがきにかえて）」、前掲『トラウマにふれる』iiiページ
（34）前掲「小説（三）七番目の男」三一ページをはじめ、これまで両作品は、トラウマ体験を語ることを主題とした作品として内容的な共通性が繰り返し指摘されてきた。だが、ここでは作品の内容とい

うよりも、その内容とリンクした語りの構造のほうに目を向けていることを断る。
(35) 村上春樹「目じるしのない悪夢」『村上春樹全作品1990~2000 6 アンダーグラウンド』講談社、二〇〇三年、六五五ページ
(36) 同論考六五六ページ
(37) 村上春樹「解題」、前掲『村上春樹全作品1990~2000 6 アンダーグラウンド』六七七ページ
(38) 前掲「物語化に抗して」で高野は、「無人称の語り手は「男」の独白を直接話法で引用するだけでなく、そこに「傍点」を付しているように、積極的に「男」の物語に介入している」(一六二ページ)と捉えている。
(39) 前掲「作品の深みへ誘う「読み」の授業を求めて」は、外側の語りを主体性を帯びない「機能としての〈語り手〉」と規定したうえで、そのような語りが、「私」が語る内容を普遍化すれば相対化もすると、その語りの機能の両義性を指摘している(七―八ページ)。
(40) 前掲「解題」六九二ページ

第5章

田辺聖子「ジョゼと虎と魚たち」

――ケアの倫理と読むことの倫理

はじめに

一九八〇年代に現れた田辺聖子の短篇小説「ジョゼと虎と魚たち」（「月刊カドカワ」一九八四年六月号、角川書店）は、可視化されづらい障害者のジェンダーやセクシュアリティの問題に、文学表現としていち早くアプローチした作品である。おそらく日本で初めて女性障害者の恋愛と性を描き出した本作は、およそ二十年を経た二〇〇三年に犬童一心監督によって映画化（配給：アスミック・エース）されてヒットしたことで、世代を超えてより幅広く知られるようになった。さらに二〇〇〇年には、この映画が韓国でリメイクされ（監督：キム・ジョングァン、配給：ワーナー・ブラザース・コリア）、また同年には日本で小説がアニメ映画化（監督：タムラコータロー、配給：松竹／KA

DOKAWA）されて話題になった。

このように「ジョゼと虎と魚たち」は、その先駆的なモチーフが現在に至るまで注目を集める田辺の代表作の一つである。ただし田辺によれば、執筆当時は担当編集者から「障害者の恋愛やセックスを小説にする」ことなどもってのほかだと反対されたという。田辺はその反対を押し切って、障害者である女性主人公の「恋をして得る充足感は、きっと、読者から温かい気持ちや生きる力を引き出してくれるはず(1)」と期待を込めて、この小説を世に送り出したとされている。

本作は、下肢に障害がある二十五歳の山村クミ子（ジョゼ）と、非障害者の大学生・恒夫の生き生きとした恋愛模様を描き出している。ある事件をきっかけに交流を始めた二人は、のちに肉体関係を結ぶと、夫婦のような「共棲み」を始める。そして「新婚旅行」と称して九州の果てにあるリゾートホテルにやってくる。その夜、恒夫と一緒にホテルのベッドに横たわるジョゼは、「深い満足のためいきを洩ら」しながら、恒夫がいつ「去るか分らないが、傍にいる限りは幸福で、それでいい」と思い、言い知れない充足感に包まれるのである。

この小説が本格的に論じられ始めたのは、二〇〇三年の映画化以降である。とくに主人公のジョゼが幸福を感じる結末については、早くは申銀珠が、恒夫との恋愛によって「肉体的なハンディーなど気にも留めないで」、「エロチックな至福の瞬間を経験」したジョゼの女性としての「自己肯定(2)」を読み取っている。さらに右の映画化作品と比較をおこなった木村功は、小説の結末を「自分たちだけの世界に自足する幸福を高らかに宣言」したものと捉えて、そこに「障害者と健常者による共棲」の破綻の可能性に気づきながらもなお「毅然とした覚悟と姿勢(3)」を崩さないジョゼの強さを透視している。

一方で、石川巧は障害を克服すべきものと捉えた「自己肯定」という従来の解釈枠組みを慎重に退けている。そのうえで、結末のジョゼが「差別と闘うよりも差別が侵入してこない自分だけの領域」をもつことによって、恒夫との間に、障害者と非障害者の分断を超脱した、魚のような「種」としての生[4]を実現させ、新たな共生の可能性を示したと読解している。同様に、性的な身体を主体化したジョゼに、「あわれな障害者の少女」から「一人の強い女性」への成長を捉えたドラージ土屋浩美もまた、ジョゼが社会制度とは隔絶した場所で、二人だけの幸福な「共棲み」を手に入れたことを論じている。[5]

以上をまとめるなら、これまで「ジョゼと虎と魚たち」という小説は、女性障害者の生の自己肯定や女性としての強さの獲得、もしくは障害者と非障害者とのより良い共生のあり方といったものを映し出している幸福の物語と見なされてきたと言える。だが注目したいのは、後述するように、本作の結末で幸福感に包まれたジョゼが、自分の心情を「完全無欠な幸福は、死そのもの」と感得していることである。死と等価物として感じ取られる「幸福」とは一体何なのだろうか。そのような「幸福」を単純にポジティヴなものと捉えていいのだろうか。

本章ではこのような問いを出発点として、改めて障害学の観点とジェンダー・フェミニズム批評の観点から「ジョゼと虎と魚たち」を読み直していく。とりわけここでは、近年日本でも文学批評に援用されるようになってきている「ケアの倫理」という思考方法[6]を経由して、それらの観点をつなぐことを試みたい。それによって、ジョゼの「幸福」がどのような同時代の女性障害者の状況を表象しうるのかを読み解き、また、本作の読解を通じて、小説を読むという行為とケアの倫理との接続点も考察してみたい。

1 ケアの倫理という思考方法

まずはケアの倫理という概念について確認しておこう。

一般に「ケア」とは、子ども、高齢者、障害者、病人などに対する世話、気遣い、介助、介護、看護といったことを指す言葉である。上野千鶴子がアメリカの哲学者でフェミニズム理論家のメアリ・デイリーの言葉を借りて、「依存的な存在である成人または子どもの身体的かつ情緒的な要求を、それが担われ、遂行される規範的・経済的・社会的枠組のもとにおいて、満たすことに関わる行為と関係」[7]と定義するように、ケアでは、多かれ少なかれケアされる者の依存と要求（ニーズ）がともなう。そのため、自律的な市民を要請する近代リベラリズム社会では、ケアされる者は依存的で自律的でない存在として、長らく公的な市民の埒外に置かれ、社会的・政治的な価値を切り下げられてきた。他方、誰かをケアし依存される者もまた、私的領域に置かれた不自由な存在として、自律的な市民から差別化されてきたが、その大半が女性だったことは言うまでもない。

個人の自由と市場原理を称揚する一九八〇年代ごろからのネオリベラリズムの世界的な高まりは、とりわけそうした傾向に拍車をかけることになった。そうしたなかで、依存を不可視化し否定するリベラリズムに抗して、むしろ積極的に依存を包摂する社会構築を目指したのが、「ケアの倫理」という思考方法だった。[8]

「ケアの倫理（the ethics of care）」は、アメリカの心理学者であるキャロル・ギリガンが一九八二年の『もうひとつの声で』[9]で提唱して以来、哲学・政治学・社会学などさまざまな学問領域のフェミニストたちの間で広く議論されてきた思考方法である。ギリガンは、その師でもあったローレンス・コールバーグらによる従来の男性中心主義的な道徳的発達論において、女性が道徳的に未発達だと見なされることに疑問を抱いた。ギリガンは道徳発達に関する調査結果をもとに、そもそも女性は男性とは異なる方法で道徳的判断をおこなう傾向があることを突き止め、その判断はコールバーグらが重視する正義に基づいた観点ではなく、ケアの倫理に基づいた観点によっていると主張し、その再評価をおこなった。

それまで近代以降の社会で道徳的発達の指標とされてきた伝統的な正義の理念では、自由意志をもった自律的な道徳的主体を前提とし、公平と普遍性を重視してきた。しかし、それとは異なり、ギリガンが提唱したケアの倫理は、関係性の網の目のなかで、個々人は決して完全に自律的ではなく、常に依存と相互依存の関係を結んでいることを前提と捉え、その人その人が置かれた具体的・個別的な文脈性と関係性とを重視している。そのため、ケアの倫理は、近代社会で必ずしも自律的な主体ではない、ケアされる者としての子ども、高齢者、障害者、病人などの存在、あるいは彼らのケアを負担し生活の自由が利かない存在に対して、私たちがどう振る舞うべきか、彼らのニーズにどう応えていくかといった、正義の理念からは導かれない問いを、むしろ積極的に引き受ける。

言い換えれば、ケアの倫理とは、ケアし合い依存し合う関係性を中心化することによって、いかなる弱く傷つきやすい者をも死に至らしめない、非抑圧的・非暴力的な平等社会を構想する思考であり、この理念のもとでは、個々人が「具体的他者のニーズへの応答」[10]を引き受けることを前提とすることになる。

一般にケアの問題を考えるとき、現代日本社会では高齢者介護が取り上げられがちだった。しかし、近年は障害者福祉の急速な法整備にともなって、障害者ケアについても問題化されるようになってきた。

たとえば障害者に関する法整備の動向としては、二〇〇六年に国連で採択された「障害者の権利条約」の批准に向けて、一二年十月に障害者虐待防止法[11]が施行、翌年四月には障害者自立支援法に替わる障害者総合支援法[12]が施行、また同年六月には障害者差別解消法[13]も制定されている。だが、そのように法整備はなされても、相変わらず障害者に対する暴力行為や、障害者施設の建設をめぐっての地域住民の反対運動は絶えることがない。また障害者総合支援法にしても、障害者の生活を脅かしてきた障害福祉サービスの一割自己負担は従来どおりであり[14]、基本的に悪法と名高かった障害者自立支援法を引き継ぐものにすぎない。つまり表向きは「障害者の権利条約」にしたがって、障害者当事者のニーズに応答し、その人権を守るケアの倫理が日本社会に進行しているように見せながらも、しかし実際は、いまだに障害者への差別意識も、障害者の自己責任論も解消されていない状況だと言える。当然、「ジョゼと虎と魚たち」が発表された一九八〇年代当時は、現在よりもはるかに障害者当事者ニーズが捨て置かれがちな過酷な時代だったと考えられる。後述するように、ジョゼが置かれた状況には、そのことが如実に表れることになる。

2　潜在化するニーズ

ジョゼは、彼女が「赤ん坊のころに家を出てしまっ」た母親の代わりに、父親に育てられた。その父親は、ジョゼが十四歳のとき、連れ子をもつ女性と再婚している。

「アタイ」と自分のことをいうのは昔からだった。父が再婚した女の連れ子がまだ三つだったとき、「アタシ」がいえなくて「アタチ」が「アタイ」に聞えた。ジョゼはその子が「アタイ」というから、父とその女に可愛がられるのだという気になった。十四のジョゼは次第に釣られて「アタイ」と言いはじめる。

（一八二―一八三ページ）

こうして十四歳のジョゼは不平を述べるかわりに、自分も「可愛がられ」たいと、連れ子を真似て自称詞「アタイ」を用いるようになる。だが継母から「煩わしがられて」施設に入れられると、やがて父親の面会も途絶えてしまう。そして十七歳で父方の祖母に引き取られ、二十五歳になった現在のジョゼには、「自分のことを「アタイ」という癖だけ」が残る。言うまでもなく、この無意識の癖は、いまなお保護者から「可愛がられ」たい＝ケアされたいという切実なニーズの潜在を知

らせるものである。(15)

もちろん、施設に入れた父親や継母に比べれば、施設から引き取ってくれた祖母は「ジョゼにはやさしかった」。だが、「集金人や、役所の人にも会わせたがら」ず、「車椅子の彼女を人に見せるのをいやがり、夜しか〔外に：引用者注〕出してくれない」祖母が、たとえ孫を好奇の目に晒すまいという温情かもしれないにせよ、障害者に対する差別的まなざしを世間と共有し、ジョゼの行動を著しく制限したことは明らかである。ジョゼは恒夫と出会うまで、この生活を八年間も受け入れてきた。作中ではこの間の生活はほとんど描出されていないものの、祖母のケアがジョゼにとって必ずしも十全でなかったことは、いまなお残る自称詞「アタイ」に暗示されている。

加えてジョゼは、祖母との夜の散歩以外、「家と施設しか往復していないので世間を知らない」。また、「障害者運動の団体やら集まりにも入らないので、人の輪も拡がら」ず、障害者当事者との連帯の道も絶たれていた。たしかに、そうした障害者運動への不参加は、石川巧が論じているように、「必ずしも弱さや消極さを意味するものではな」く、あえて「差別と闘うよりも差別が侵入してこない自分だけの領域」をもつことで、「「身体障害者」を「更正」されるべき対象と見なし、それを「援助」するという考え方」への「抵抗」を示している(16)と解釈できなくもない。しかし、これについては、ジョゼの主体性のあり方を、さらに慎重に見定めておく必要があるだろう。

作中、一見ジョゼは障害をものともせず、「高飛車」で自己主張が強い女性として映し出される。だが、それはこの三人称の語りの中心が、あくまで「彼女の前に恒夫が現われた」あとに置かれているからと言っていい。恒夫と出会う以前について語られた部分に目を向けると、じつはジョゼは周囲に対して一切自己主張をしていないことが明らかになる。

ジョゼは、前述のように実父や継母によって施設に入れられたり、祖母から行動を制限されていたりしても、それらについて家族に不満を漏らした様子は見られない。また現在通っている障害者施設でも、「介護ボランティアの青年や娘や中年婦人」に「うちとけずに人見知りするから、影が薄いと思われ、何でもあとまわしにされ、やがて忘れられてしまう」。そして、こうした態度は、恒夫と出会ってからも、恒夫以外の者に対してはまったく変わっていないのである。

たとえば恒夫の手助けによって、ジョゼが市の補助金で家のトイレを改造したときのことは次のように語られている。

ジョゼと祖母の家のあたりはそのころまだ便所は汲取りだったが、下水道が完備して水洗になり、市の福祉課から補助金が出てトイレを改造できることになった。ついでにジョゼが便利なように便座のまわりに補助台や、手がかりになる横棒をとりつけてもらった。その設計にいちいち意見をいったり、ジョゼの注文を業者に取り次ぐのも恒夫の役目になってしまった。

台が高すぎる、つかまり棒の位置が低すぎる、などという苦情をジョゼはびしびしといい、恒夫は工事人に、

「ここなあ、すまんけど、やり換えてもらわれへんやろか」

と頼んだりした。

（一八九ページ）

このように「ジョゼの注文を業者に取り次ぐ」役目を恒夫が担い、ジョゼは常に恒夫を介してだけ、業者に「苦情」を述べ立てている。

物語終盤で、旅行先のホテルに到着したときにも似たようなことが起きている。ホテルでは、出迎えの「黒服の若い男」から「ジョゼの足を見ないようにしようという努力がまる見え」の態度を取られたり、恒夫がジョゼの車椅子移動のために事前に電話で「階段使わへん部屋」を頼んだにもかかわらず、ホテルが「二階の部屋」しか用意していなかったりする。また、「恒夫に背負われてエレベーターに乗」るジョゼを「団体客の中年女たちが無遠慮にじっくりと見」たりして、「ジョゼはすっかり腹を立てて」しまう。だがジョゼはその怒りを、部屋に入って「ホテルの男が出ていくなり」、「管理人〔恒夫のこと：引用者注〕が悪いからや！　管理人がちゃんと前以て調べへんから、エレベーターに車椅子が入らへんのや！　あのおばはんらにじろじろ見られるんや！」と、恒夫にだけぶちまけるのである。

一般的に、ケアされる者はケアしてもらうことに対する後ろめたさや自己否定感を抜きがたく抱きがちであり、結果としてニーズの言語化が妨げられることが多いと言われている。[17] ジョゼもまた、恒夫以外の者に対しては同様だったのではないだろうか。とりわけ母親や父親に見放されたという経験が、ケアされることに対する彼女の後ろめたさ、自己否定感を増大させていたことは想像に難くない。そのようなジョゼの感情は、彼女を取り巻いていただろう障害者に対する当時の一般的な考え方からも推し量ることができる。

近年日本に定着し始めた障害学（ディスアビリティ・スタディーズ）の見地では、「障害」を従来のように個人的な心身の機能障害（インペアメント）と見なす「医療モデル（個人モデル）」を相対化するモデルとして、「障害」を社会的に構築された障壁（ディスアビリティ）と見なす「社会モデル」が打ち出されている。つまり「社会モデル」とは、障害者が何事かの行動に不自由を感じるとき、その原因を個人のインペアメントではなく、障害者にそのような不自由を感じさせるような障害者排除型に構築されてきた社会や制度、文化の側に求める思考である。現在の障害者福祉では、多くの場合、この「社会モデル」に基づいて障害者問題が考え直されてきている。そのような「障害」という概念の「医療モデル」から「社会モデル」への転換によって、障害者福祉で従来〈わがまま〉としか見なされてこなかった障害者のさまざまなニーズが社会的に承認されるようになり、障害者と非障害者の社会的分断の解消を目指すノーマライゼーションの取り組みが積極的に推進されるようになってきている。

「ジョゼと虎と魚たち」の舞台設定をおよそ発表時期にあたる一九八〇年代前半と仮定するなら、当時はまだ「社会モデル」による障害の概念が社会に根付いておらず[18]、障害者の日常的な不自由の原因は既存の社会や文化にではなく、障害者個人に帰すべきものと見なされていた。したがって周囲からの差別や抑圧によって浮上する、「自身のインペアメントに対する「内的」な態度や感情が、障害者を社会的活動に参加することからいわば「主体的」に撤退・断念させる」[19]というケースが現在よりもはるかに多かったと考えられる。ジョゼが「大勢で何かする、というのがきらいで」障害者運動に参加せず、「人生をひっそり、こっそり生きて」人の輪を広げようとしなかったのは、いわば八〇年代の多くの障害者に負わされた、後ろめたさや自己否定感からくる〈主体的〉な断念とも読み直せるのである。
そうした時代状況を象徴するように、ジョゼには、自己否定感を決定的に深めるような出来事が襲いかかる。祖母との外出中、祖母が目を離したすきに、「通りすがりの男」が坂の上にいたジョゼの車椅子を突然「力こめて押し出し、坂の下めがけて突きやるとそのまま逃げていった」事件である。

ジョゼは一瞬、人の気配を感じたが、そのすぐあと、車椅子にスピードがついた。あとから考えてわかったのだが、「人の気配」というのは「悪意の気配」だったのだ。あとで恒夫は「酔っぱらいの悪戯やろ」というのだが、ジョゼはそうではないと思う。家と施設で暮らしている間に、ジョゼは「悪意の気配」に敏感になっているのだから。（一八四ページ）

この出来事でジョゼは、「誰とも知れぬ男が兇暴な衝動に駆られて、車椅子を突き落した、その殺意」というものを明確に感知し、「金切り声で叫んでいる」ことしかできないほど恐怖することになった。右の引用には、そう感知できたのは、「家と施設で暮らしている間」に「悪意の気配」に敏感になって」いたからだとある。この敏感さが、ジョゼの障害者としての生と密接に関わっていることは、「酔っぱらいの悪戯やろ」と事件を軽く受け流した恒夫との対比によく表れている。すなわち、この事件は、ジョゼが障害者であるために社会から、「殺意」に転じかねない「悪意」を常時向けられ続けていることを如実に物語るものにほかならない。この種の「悪意」は、ジョゼを「生きるに値しない命[20]」と見なす優生思想的なまなざしと言い換えてもいい。「生きるに値しない命」とは、ドイツの刑法学者カール・ビンディングと精神科医アルフレート・ホッヘが、一九二〇年刊行の『生きるに値しない生命の殺害の解禁』のなかで使用した用語である。同書でビンディングとホッヘは、重症者、知的障害者、認知症者などを「生きるに値しない命」と見なし、彼らの安楽死を容認する議論を展開した。これがのちに三九年から実行されるナチスドイツの安楽死計画に応用されることになり、「安楽死」の名のもとにさまざまな障害をもった者たちが数多く殺害されたことで知られている。

このような大量殺害をも生み出す優生思想的なまなざしとは、まさに障害者の不自由さを障害者個人の責任にだけ帰そうとする悪しき思考の産物とも言える。近年では二〇一六年に発生した、知的障害者施設・津久井やまゆり園の入所者たちが無差別に殺害された相模原障害者施設殺傷事件が、その端的な一例である。前述のように、他人から命を奪われかねない出来事を経験したジョゼは、決定的に〈生きるに値しない生〉としての自己像を内面化し、社会に対してニーズの表明を断念するようになったのかもしれない。

3　女性障害者の困難

とはいえ、ジョゼは見知らぬ他者から明確な「殺意」を向けられたその出来事で、通りがかりの別の見知らぬ他者である恒夫に命を救われることになった。これはおそらくジョゼにとって、初めて見知らぬ他者から与えられた〈生きるに値する生〉としての承認を意味したはずである。このの ち恒夫はジョゼのもとをたびたび訪れるようになり、先に触れたように、ジョゼはこの恒夫にだけは「わがまま」に映るほどニーズを表明していく。

ジョゼが例外的に心を開く理由は、恒夫の人柄にもよるだろう。ジョゼが恒夫に向ける「高飛車」で「高圧的な物言い」に対して、恒夫は障害者の「わがまま」とは捉えず、「その「いばり」はジョゼの甘えの裏返しなのじゃないかというカン」をはたらかせる。また、ジョゼが昔父親と過ごした記憶と、「施設のロビーのテレビ」で観た親子の光景に関する記憶とを「ごっちゃに」して語り、「アタイのお父ちゃんはなあ、それはやさしいねん。アタイのいうこと何でも聞いてくれてん」と「いばる」のに対しても、恒夫はすぐにそれが「嘘というより願望で、夢で、それは現実とは別の次元で、厳然とジョゼには存在している」と了解する。

このように恒夫には、ジョゼ自身が必ずしも自覚していない「甘え」や「願望」を言葉の裏に読み取る能力、言い換えれば、ジョゼが直接的には表明できない潜在化されたニーズを読み取る力が備わっているのである。読者は、ジョゼに残る「アタイ」という痕跡ばかりではなく、恒夫によるこの読み取りを通して、ジョゼのなかに潜在化されたニーズを知ることになる。

恒夫は、そのような持ち前の人柄からだろう、ジョゼの室内移動用の器具をこしらえたり、便所の補助台などの取り付けについて業者に掛け合うなど、いつの間にかジョゼの具体的なニーズに応じて、ジョゼの生活上のディスアビリティを取り除いていく。このいまで言う「バリアフリー化[21]」

への腐心は、たしかに下肢障害者であるジョゼに対する倫理的なケア実践として高く評価できるものである。しかしジョゼにとって恒夫が果たすもっとも重要なケア役割は、さらにジェンダーが絡み合った別の面にあると考えられる。

　言うまでもなく、女性障害者とは常に「「ディスアビリティ」と「ジェンダー」という二つの異なる社会的文脈双方によって差別状況に置かれ[22]」た存在である。とりわけ性をめぐる問題については、「女性障害者にとってジェンダーは混乱と困難に満ちたもの[23]」になる。たとえば女性障害者の多くは、施設の職員などからセクシュアル・ハラスメントを受けるといった、「性的な存在として、かつ無力で抵抗力を奪われた障害者として、二重の抑圧を経験する」。他方で、「性的な価値で図られる「女らしさ」から排除され、恋愛もセックスも縁がないものと見なされる。ましてや結婚や出産は論外[24]」ともされる。要するに女性障害者は、性的な存在として搾取されながら、性的な存在であることを否認されるという理不尽な困難を抱え込むのだ。「ジョゼと虎と魚たち」に目を移せば、ジョゼにもまた同様の困難が映し出されている。

　たとえば祖母を亡くしてアパートで一人暮らしを始めたジョゼは、久しぶりに訪れた恒夫の「隣の人は親切か」という問いかけに、こう答えている。

　「いいや。迷惑かけられたらあかん思うのか、口も利いてくれへん。この二階には気色わるい中年のオッサン居《お》るしな。そいついうたら、お乳房《ちち》さわらしてくれたら何でも用したる、いうてニタニタ笑いよるねん。アタイ、襲われたらあかん思《おも》て、夜はどっこも出んと鍵かけてるね

ん。昼間は大丈夫や。そのオッサン、昼間は競艇や競輪にいっとぉる」　（一九二ページ）

このようにジョゼは一人住まいになってから、障害者であるために隣人から無視されているうえに、何より女性障害者であるために性暴力をふるわれるかもしれない恐怖を人一倍抱き、夜の外出を自粛しなければならなくなっている。その一方で、継母から「ややこしい」と疎まれ、施設に放り込まれたのは、ジョゼが「車椅子が要って生理がはじまっている」せいなのであり、このことはジョゼが恋愛、結婚、出産をする性的な身体とは切り離されて捉えられていたことを明確に物語る。[25]おそらく、前述したジョゼが「家と施設で暮らしている間」に敏感になっていたという「悪意の気配」にも、そのような性をめぐる理不尽が含まれていたはずだ。そのなかで、とりわけ本作では「性的存在であることを否定された女性障害者にとって、性的主体性の獲得が自己実現の課題となる[26]」ことが描き出されていく。

躊躇する恒夫に対し、ジョゼが「アタイが嫌いなんか」、「あんた、男やろ」、「ドアの鍵、かけた？」などと迫るように畳みかけ、恒夫がセックスを「させられてしまう」と感じるかたちで二人が結ばれたことは、そのことを顕著に表している。さらにその翌日に、ジョゼが「虎を見たい」と恒夫に懇願したことも、性的主体性の獲得の延長上にある出来事として解釈できる。

動物園でジョゼは、虎の「咆哮を聞いて失神するほど怖」がり、「恒夫にすがって」「夢に見そうに怖い」と呟く。そして恒夫が「そんなに怖いのやったら、何で見たいねん」と呆れるのに対し、「一ばん怖いものを見たかったんや。好きな男の人が出来たときに。怖うてもすがれるから。（略）

もし出来《でけ》へんかったら一生、ほんものの虎は見られへん、それでもしょうない、思うてたんや」と応じる。つまり、ここでの虎を見る目的の核心は、「怖いもの」に直面しても「すがれる」「好きな男の人」が自分の傍らにあることの確認なのであり、また、それはたとえ実現できなくても「しょうない、思うてた」ジョゼの長年の切なる願望だったことがわかる。

すでに指摘があるように、ここで「怖いもの」の象徴としてある「抑えつけられた兇暴なエネルギーを思わせる」虎とは、ジョゼを包囲する「殺意」に転じかねない「悪意の気配」[27]、すなわち世間の健常主義的な暴力性そのものを意味すると読める。恒夫との性体験を経て女性としての性的な主体性を獲得したジョゼは、さらに長年の念願だった、愛する男性に社会から守られる女性像を主体化すべく、恒夫と虎を見にきたのである。

女性障害者は恋愛、結婚、出産で性的身体たりえないとされてきたばかりでなく、「ケア役割や母親業といった、いわゆる再生産領域においても」「貢献不可能な存在」[28]に貶められてきた。そのため、かえって「女性としてのしあわせ」が「まっすぐに「結婚」にいってしま」[29]うとされている。すなわち、一九七〇年代のウーマン・リブ以降、日本では非障害者女性たちの多くがジェンダー規範の払拭を重点化してきたのに対し、ジェンダーとは無縁とされてきた障害者女性たちの多くは、就業による経済的自立もままならぬことも相まって、むしろ妻になり、「女は家で家事・育児」といった性別役割分業を積極的に担うことを望んできたのである。[30]

ところが、ジョゼの場合、恒夫と夫婦のような生活を始めてからも、恒夫を「夫」と認めようとはしない。恒夫自身は「夫に向って何ちゅうこというねん」と「夫」を自任するものの、ジョゼは

「夫なんかとちゃう！」と突っぱね、「管理人や！　あんたは」と「口から出任せ」を言うのである。以来、ジョゼは「とびきり上機嫌のとき」には、恒夫を「管理人」と呼ぶようになる。

これは一見、規範的な夫婦関係の拒否というラディカルな選択とも読める。[31]だが、一人暮らしを始めたジョゼのもとを恒夫が訪ねた際、二人に次のようなやりとりがあったことを思い出したい。

「……帰るわ。僕」

するとかんじきの杖が背へ飛んできた。ふりかえると、ジョゼの大きい眼に涙がたまっており、

「クミちゃん」

と恒夫がいうと、涙をためたまま、

「早《は》よ帰り。早よ帰りんかいな……。二度と来ていらん！」

昂奮してまた息を忙しげにもつらせるので恒夫は出られなくなってしまう。大丈夫かなあ、と恐る恐る寄っていったら、

「帰ったらいやや」

とすがりつかれてしまった。

「帰らんといて。もう、三十分でも居てて。テレビは売ったたし、ラジオこわれてしもたし、アタイ淋しかったんや……」

（一九四ページ）

このようにジョゼは、恒夫に対して内心「帰ったらいややー」と念じていたにもかかわらず、「早よ帰り。（略）二度と来ていらん！」と思わず反対のことを口にしてしまう。この挿話は、先の「夫なんかとちゃう！」という言葉が、恒夫を「夫」と呼びたい気持ちの裏返しであることを知らせてくれるだろう。つまりジョゼにとって「管理人」とは「夫」の謂いなのだ。そう考えなければ、なぜジョゼが「とびきり上機嫌のとき」に限って、恒夫を「管理人」と呼ぶのかが理解できない。そして何より注目すべきは、ジョゼがそのように恒夫を「管理人」としか呼べないことそれ自体である。ジョゼが同棲相手の恒夫に表立って期待できるのは、あくまで施設の「管理人」の役割にとどまるのであり、その意味で、この呼称は、結婚を〈主体的〉に断念していることの指標と捉え直せる。実際、一九八三年におこなわれた聞き取り調査からは、当時、結婚をあらかじめ諦めている肢体不自由の女性障害者が数多くいたことがわかっている。[32]恒夫が夫を自任しても、それを即座に否認しなければいられないほど、結婚したいという自らのニーズを断念し、意識化さえ拒否しようとするジョゼ。それはすなわち八〇年代の女性障害者そのものの表象とも言い換えられるのである。

4　ケアの倫理と読みの倫理

以上のように解釈してくるなら、本作の結末は改めて読み直されなくてはならないだろう。長くなるが、結末部を引用する。

夜ふけ、ジョゼが目をさますと、カーテンを払った窓から月光が射しこんでいて、まるで部屋中が海底洞窟の水族館のようだった。

ジョゼも恒夫も、魚になっていた。

――死んだんやな、とジョゼは思った。

(アタイたちは死んだんや)

(略)

(アタイたちは死んでる。「死んだモン」になってる)

死んだモン、というのは屍体のことである。

魚のような恒夫とジョゼの姿に、ジョゼは深い満足のためいきを洩らす。恒夫はいつジョゼから去るか分らないが、傍にいる限りは幸福で、それでいいとジョゼは思う。そしてジョゼは幸福を考えるとき、それは死と同義語に思える。完全無欠な幸福は、死そのものだった。

(アタイたちはお魚や。「死んだモン」になった――)

と思うとき、ジョゼは(我々は幸福だ)といってるつもりだった。ジョゼは恒夫に指をからませ、体をゆだね、人形のように繊《ほそ》い、美しいが力のない脚を二本ならべて安らかにもういちど眠る。

(二〇三―二〇四ページ)

このようにジョゼは「新婚旅行」にやってきた晩、眠る恒夫の傍らで深い幸福感とともに「アタイたちは死んでる」という思いを浮上させる。そして右の引用の中略部分には、次のような語りが差し挟まれる。


恒夫はあれからずうっと、ジョゼと共棲みしている。二人は結婚しているつもりでいるが、籍も入れていないし、式も披露もしていないし、恒夫の親許へも知らせていない。そして段ボールの箱にはいった祖母のお骨も、そのままになっている。

ジョゼはそのままでいいと思っている。長いことかかって料理を作り、上手に味付けをして恒夫に食べさせ、ゆっくりと洗濯をして恒夫を身ぎれいに世話したりする。（二〇三ページ）

たとえ二人が「結婚しているつもり」でいようと、この「籍も入れていないし、式も披露もしていないし、恒夫の親許へも知らせていない」という第三者からの承認がない擬似夫婦生活の存続が、不確実で危ういものであることは明らかだろう。にもかかわらず、ジョゼはまるで妻のように献身的に、恒夫のために「料理」や「洗濯」をして「身ぎれいに世話したりする」ことに満足している。言い換えれば、性的な主体性や〈守られる女性〉としての自己像ばかりでなく、恒夫との「共棲み」での家事労働を通して、夫を「世話」＝ケアする妻役割を主体化したことで、「完全無欠な幸福」を覚えるに至ったのである。ここでジョゼのニーズは十分に満たされたかに見える。

なるほど、家族も友達もいない、貧しく学歴もない下肢障害者のジョゼにとって、たとえ刹那的な関係であろうとも、同居して身を守ってもらい、女性としての性別役割を保証してくれる恒夫との疑似夫婦関係は、女性ジェンダーを主体化して「幸福」に生きるための唯一のよりどころであることは間違いない。その面で恒夫は、ジョゼにとって最大のケア役割を果たしていると言える。しかし、たとえそうだったとしても、そのような「幸福」をジョゼが「アタイたちは死んでる。「死んだモン」になってる」という言葉でしか表現しえないこと、つまり「死と同義語」でなくては「完全無欠な幸福」を感得できないことは、改めて注視されるべきではないだろうか。

たしかに恋愛を描いた文学作品で死がときに美の表象たりうるとすれば、作家の小川洋子が述べるように、恒夫とともにある至福の時間を「死」に喩えることは、ジョゼの究極に甘美な感情を表現したものにすぎないと読めるかもしれない。(33) だが少なくとも「死」と等価物とされる幸福においては、未来への選択可能性やそうした選択をおこなう主体性が放棄されていることも忘れてはならない。

前節で述べたとおり、ジョゼは障害者としての自己否定感から、結婚したいというニーズをあらかじめ断念し、意識化さえ拒否しようとしていた。結末でも同様に読み取らなければならないのではないか。先の引用に「恒夫はいつジョゼから去るか分らないが、傍にいる限りは幸福で、それでいいとジョゼは思う」とある部分には、正式に婚姻関係を結び、互いに家族としての責任を引き受ける選択について、ニーズの意識化さえ拒まれていることが示されている。ニーズの意識化をはじめから〈主体的〉に拒否しているかぎり、当然、ジョゼは自分が性的身体や性別役割を刹那的に主体化できているだけで十分に満足し、「完全無欠な幸福」を感じるしかないだろう。

ならば、そのような「幸福」の実感に浮上する「死」という不可解な閉塞感とは、女性障害者のニーズの〈主体的〉な拒否に潜在する、絶望感の痕跡とも見なせる。この当事者本人でさえ不可知の、痕跡としてしか現れない絶望の姿こそ、ディスアビリティとジェンダーの二重拘束による抑圧状況の深刻さをあらわにするものと言える。すなわち、「死んでる」という実感が「完全無欠な幸福」の実感であるという、このきわめて文学的で、逆説的なジョゼの「幸福」の姿は、一九八〇年代の女性障害者に背負わされたニーズの絶望的な閉塞感を表象するものと読めるのである。

そう読み直してみるとき、先の引用部で、恒夫との夫婦関係が誰にも承認されていないという事実に続けて語られる、「段ボールの箱にはいった祖母のお骨も、そのままになっている」というなにげない一文は、息子に見放され、遺骨も引き取ってもらえないこの祖母と同様に、ジョゼもやがては恒夫から捨てられ、孤独な最期を迎えるかもしれない絶望的な未来が暗示されているとも解釈できる。(34)

本作の冒頭部も暗示的である。そこでは「新婚旅行」に向かう車中で上機嫌のジョゼが、「向い風をまともにくらったので息がつまり、自分では大声を出したつもりだが、声は出なくて風に呑まれてしまう」。この冒頭部には、たとえ恒夫と過ごす「幸福」のうちにあっても、ジョゼがニーズの「声」を発しがたいこと、その声が出ないままに終わってしまうことが表徴されていると言える。

とはいえ重要なのは、「ジョゼと虎と魚たち」という小説テクストがそのように女性障害者であるジョゼの安易な幸福ではなく、幸福の内側にある閉塞状態や絶望感をこそ、彼女の生の表徴として読者に差し出すことで、むしろ逆説的にニーズの倫理的な顕在可能性を確保していることである。なぜなら、読者はジョゼに表象される幸福感にではなく、閉塞感にこそ断念されたニーズの痕跡を捉えることができるのであり、さらには、そのことが、一九八〇年代の女性障害者当事者には意識化自体が困難だっただろう、〈妻〉という固定的なジェンダー役割、ひいては女性というジェンダー・アイデンティティそのものからも解放された多様なニーズを、ジョゼのありえたかもしれない人生として読者に想像させることになるからである。(35) 言い換えれば、それは、同時代的には当事者にも非当事者にも誰にも認知できないような「非認知ニーズ」をも顕在化する倫理的な可能性に開かれているということである。

「非認知ニーズ」とは、上野千鶴子がイギリスの社会学者ジョナサン・ブラッドショウによる四類型をもとに分類し直した社会的ニーズのうち、とりわけ未来へと開かれたそれを指している。(36) この分類では、当事者にとって顕在的であり、第三者（介助者や専門家など）にも承認された、目に見えて社会の到達目標とされているようなニーズを「承認ニーズ」、当事者にとっては不可視であっても第三者には顕在的なニーズを「庇護ニーズ」、また当事者にとっては顕在的でも第三者にとっては不可視であるような、いわゆる当事者運動の訴えなどに見られるニーズを「要求ニーズ」としている。そのうえで、さらに当事者にも第三者にもまだ顕在化されていないニーズを「非認知ニーズ」として置いている。上野によれば、このいまだ誰にも感得できないニーズに名前を与え、概念化しておくことには大きな意味があるという。というのも、他者に（ほかの社会やほかの時代に）可能なニーズの承認がなぜ自分たち（の社会や時代）には可能ではないのか、といった比較の思考によって、当事者や第三者が未知のニーズに目覚め、それまでまったく不可視だったニーズを顕在化させていく未来への投企につながるからである。そのため、この「ニーズを顕在化させることは、今のようではない社会をつくるための構想力と切り離せない[37]」とされている。

こうした上野の考えを参考にするなら、前述のようにジョゼ本人にも不可視なニーズの読み取り可能性を内在させた「ジョゼと虎と魚たち」とは、一九八〇年代の女性障害者をめぐる非認知ニーズを、のちの読者がどのように顕在化させ、承認し、それに応答するかという、読者のケアの倫理＝読みの倫理を問う文学テクストだったと捉え直すことができる。その意味で、八〇年代の本作の先進性は、女性障害者の性欲望の顕在化ばかりでなく、性愛へと参入した女性障害者の「幸福」に沈殿する、「死」にも等しい絶望的な閉塞感の顕在化にも見いだせるのである。

おわりに

ここまで、「ジョゼと虎と魚たち」のジョゼの「幸福」について、ディスアビリティとジェンダーに拘束されたニーズの閉塞状況を読み解いた。ケアする者とケアされる者の非認知ニーズをも、比較の思考によって顕在化し、それへの応答責任を担おうとするのがケアの倫理の可能性である。そうした倫理の立場は、小説テクストのなかに、作者や従来の読者にとっていまだ認知されざるものを読み取り、それへの応答責任を担おうとする、いまここにいる読者の読みの倫理にも通じてくる。その意味で本章の読解は、「ジョゼと虎と魚たち」の再読であると同時に、文学作品のなかの女性障害者の分析を通して、そのようなケアの倫理と読みの倫理との接続点を探ろうとした試みとも言い換えられる。

ところで最初に述べたように、ケアの倫理とはケアされる者だけでなく、ケアする者にも向かうものである。じつは本作には、ケアされるジョゼの苦しみだけでなく、ジョゼの継母や祖母という、女性たちのケア役割の重い負担も描き込まれている。

たとえば、継母がジョゼの生理について「ややこしい」と疎んだのは、彼女自身の連れ子である幼子を抱えるなか、再婚した夫からジョゼへのケアも任されたからだろう。また祖母にしても、毎日ジョゼの分も「手づくりの食事」をこしらえていたばかりでなく、夜にジョゼを連れ出すときには、「非力だから、祖母はいつまでも車椅子を押すのがうまくならない」とあるように、車椅子の扱いに苦労していた様子が見られる。この祖母は、のちの死の原因は語られていないものの、「生活保護で暮らしていた」とされるジョゼとの生活のなか、その最期のときに誰かから十分なケアを受けられたかは疑わしい。ジョゼを疎んだ継母、ジョゼの行動を制限した祖母を非難することは簡単だが、しかし作品に明確には語られない彼女たちのケア役割にかかるしんどさを、読みのレベルで改めて顕在化することもできるのだ。本作は、ケアされる女性障害者だけでなく、そのようなケアする保護者の女性たちへのケアの倫理をも、読者に喚起する可能性をもっていると言える。

最後に注意しておきたいのは、本章で展開したような、非障害者である論者が障害者であるジョゼの潜在的なニーズを代弁するという読みの行為が、「あなたのためによかれと思って」といった温情主義《パターナリズム》を否応なしにはらんでしまうことである。その意味で、以上の読解は当事者を不在化させたまま、上野が言う「非認知ニーズ」を「庇護ニーズ」へと転換させただけのものにすぎない、という批判を受けるかもしれない。だが、ジョゼがフランソワーズ・サガンの小説で活躍する非障害者の主人公「ジョゼ」と自らを重ねて、クミ子という本来の名前を「放下《ほか》」したように、そもそも文学作品を読むという行為には、当事者（登場人物）でないものが当事者（登場人物）に自己存在を重ね見ることが許容されている。そうだとすれば、読むことを通じて、当事者は不在化されるのではなく、むしろ読者のなかに現出すると言えるのではないだろうか。ここでは、そのような文学の可能性を視野に入れたうえで、パターナリズムの危険性を引き受けながら、文学研究での読む行為を通じてケアの倫理への接近を試みてきた。田辺聖子は、本作の結末について、「小説というのは滅びないと思うのね。小説じゃないと表現できないことがいっぱいあるから[38]」と語っている。本章は、このような田辺の小説表現への信頼に対する、私という一人の読み手の応答でもあったと言えるだろう。

＊小説の引用は田辺聖子『ジョゼと虎と魚たち』（〔角川文庫〕、角川書店、一九八七年）による。

注

（１）田辺聖子へのインタビュー記事。「障害者の恋愛を描く　映画「ジョゼと虎と魚たち」」「朝日新聞」（大阪版）二〇〇三年十二月二十二日付夕刊

（２）申銀珠「予感する〈女〉たち——韓国語訳『ジョゼと虎と魚たち』をめぐって」、菅聡子編『田辺

聖子——戦後文学への新視角』(『国文学　解釈と鑑賞』別冊)所収、至文堂、二〇〇六年、二四四ページ
(3)木村功「映画、あるいは解体/再構築される文学作品——「ジョゼと虎と魚たち」をめぐって」「国文学　解釈と教材の研究」第五十二巻第五号、学燈社、二〇〇七年五月、一一二—一一三ページ
(4)石川巧「車椅子の〈性〉——田辺聖子「ジョゼと虎と魚たち」考」「立教大学日本文学」第九十七号、立教大学日本文学会、二〇〇六年十二月、五四—五九ページ
(5)Hiromi Tsuchiya Dollase, "Sexualization of the Disabled Body: Tanabe Seiko's "Joze to tora to sakanatachi" (Josee, the Tiger, and the Fish)," *U.S.-Japan Women's Journal*, Number 43, 2012, p. 34, pp. 39-43.
(6)近年のまとまった論集としては、小川公代『ケアの倫理とエンパワメント』(講談社、二〇二一年)がある。
(7)上野千鶴子『ケアの社会学——当事者主権の福祉社会へ』太田出版、二〇一一年、三九ページ
(8)以下、「ケアの倫理」についてはおもに以下の文献を参考にした。マーサ・A・ファインマン『ケアの絆——自律神話を超えて』穐田信子/速水葉子訳、岩波書店、二〇〇九年(原著:二〇〇四年)、エヴァ・フェダー・キテイ『愛の労働あるいは依存とケアの正義論』岡野八代/牟田和恵監訳、白澤社、二〇一〇年(原著:一九九九年)、岡野八代『フェミニズムの政治学——ケアの倫理をグローバル社会へ』みすず書房、二〇一二年
(9)キャロル・ギリガン『もうひとつの声で——心理学の理論とケアの倫理』川本隆史/山辺恵理子/米典子訳、風行社、二〇二二年(原著:一九八二年)
(10)前掲『フェミニズムの政治学』三一九ページ

(11) 本法律は、国や地方公共団体、障害者福祉施設従事者などに障害者虐待の防止のための責務を課すとともに、虐待を受けたと思われる障害者を発見した者に対する通報義務を課すものである。
(12) 本法律では障害者の定義に難病などが追加された。
(13) 本法律の施行は二〇一六年四月から。この法律は障害者と非障害者がよりよく共生する社会の実現に向け、障害を理由とする差別の解消を目的として制定された。
(14) 障害者総合支援法では、福祉サービスを利用する障害者の世帯の所得に応じて負担上限月額を設定してはいるが、ただし負担上限月額に至るまではサービスの利用にかかる費用は従来どおり一割を負担しなければならない。
(15) Dollase, op. cit., p. 34. にすでに指摘がある。
(16) 前掲「車椅子の〈性〉」五四ページ
(17) 上野千鶴子「ケアされるということ――思想・技法・作法」、上野千鶴子／大熊由紀子／大沢真理／神野直彦／副田義也編『ケアされること』(「ケア　その思想と実践」第三巻) 所収、岩波書店、二〇〇八年、三―四ページ
(18) 社会モデルの「障害 (disability)」という概念が本格的に日本に定着したのは一九九〇年代後半から二〇〇〇年代にかけてである。「変わるべきは障害者ではなく社会である」という主張自体は、すでに一九七〇年代から障害者関係の民間団体が主張し始めていて、七六年には、国連が八一年をノーマライゼーションの理念に立脚した「障害者の完全参加と平等」をテーマとする国際障害者年と定めていた。だが、これを受けて日本政府が八二年三月に発表した「障害者対策に関する長期計画」は「ノーマライゼーションの理念とはほど遠く、「障害」を障害者個人の問題として捉え、「発生予防」と障害児の分離・別学教育を中心に据える、極めて遅れた内容のもの」(杉本章『障害者はどう生き

てきたか――戦前・戦後障害者運動史 増補改訂版』現代書館、二〇〇八年、一六二―一六三ページ）にすぎなかったとされる。その後、政府が多くの課題を残しながらも、ようやくその理念を取り入れたのは九三年三月発表の「障害者対策に関する新長期計画」においてである。つまり八〇年代の日本社会では、多くの場合、「障害」を社会の差別や障壁といったディスアビリティとしては捉えきれていなかったと言える（同書一一五―一二〇、一六二―一六四ページ、杉野昭博『障害学――理論形成と射程』〔東京大学出版会、二〇〇七年〕一一六ページ参照）。

(19) 飯野由里子「ディスアビリティ経験と公／私の区分」、松井彰彦／川島聡／長瀬修編著『障害を問い直す』所収、東洋経済新報社、二〇一一年、二七八ページ

(20) 「生きるに値しない命」については、カール・ビンディングとアルフレート・ホッへの『生きるに値しない生命の殺害の解禁』の翻訳に批判的評注を加えた森下直貴／佐野誠訳著『「生きるに値しない命」とは誰のことか――ナチス安楽死思想の原典を読む』（窓社、二〇〇一年）を参考にした。

(21) 中村尚子「文学に見る障害者像――田辺聖子著『ジョゼと虎と魚たち』」「ノーマライゼーション――障害者の福祉」第二百七十六号、日本障害者リハビリテーション協会、二〇〇四年七月、五八ページ

(22) 瀬山紀子「国連施策の中にみる障害を持つ女性――不可視化されてきた対象からニードの主体へ」「F-GENS ジャーナル」第六号、お茶の水女子大学21世紀COEプログラムジェンダー研究のフロンティア、二〇〇六年九月、六三ページ

(23) 上野千鶴子「複合差別論」『差異の政治学』岩波書店、二〇〇二年、二四八ページ（初出：井上俊／上野千鶴子／大澤真幸／見田宗介／吉見俊哉編『差別と共生の社会学』〔「岩波講座 現代社会学」第十五巻〕所収、岩波書店、一九九六年）

(24) 同論文二四八ページ
(25) 戦後日本では、生理時の介助負担を軽減したいという理由から、保護者の同意のもとで女性障害者の子宮摘出手術が頻繁におこなわれてきた。たとえば岸田美智子／金満里編『私は女 新版』（長征社、一九九五年）には、一九八二年時点で子宮摘出手術を受けた女性障害者（三二―三八、二二二―二二五ページ）や、それを親や施設から促された女性障害者（二六八、二七一ページ）の証言が見られる。二〇一八年以降、旧優生保護法（一九四八―九六年）による強制不妊手術を受けた女性障害者たちが各地で国家賠償を求める訴訟を起こし、近年、障害者に対する強制不妊手術が社会問題化されている。しかし、生理時の介助軽減などを目的とした子宮摘出手術は、旧優生保護法に規定のない手術であるため、その実態が社会的に可視化されづらいものとしてある。
(26) 前掲「複合差別論」二四八ページ
(27) 前掲「車椅子の〈性〉」五七ページ
(28) 星加良司「障害者は「完全な市民」になりえるか？」、前掲『障害を問い直す』所収、二四三―二四四ページ
(29) 安積遊歩『癒しのセクシー・トリップ――わたしは車イスの私が好き！』太郎次郎社、一九九三年、一七四ページ
(30) 伊藤智佳子『女性障害者とジェンダー』（「障害者福祉シリーズ」第六巻）、一橋出版、二〇〇四年）三四―三五ページにある近年の聞き取り調査の分析による。これについては、飯野由里子「「省略」に抗う――障害者の性の権利と交差性」（「思想」二〇二〇年三月号、岩波書店）五二、五九―六〇ページでも改めて問題化されている。
(31) Dollase, op. cit., p. 41.

（32）岸田と金による前掲『私は女 新版』の聞き取りを参考にした。一例を挙げるなら同書には、結婚を前提に交際していた男性から裏切られた女性の肢体不自由障害者が、障害をもつ女友達から「男とつきあえただけでもいいじゃないの」と慰められたことについて、「私のまわりの女性障害者にはそれが現実なのよね」と証言している（六三―六六ページ）。さらに伊藤の前掲『女性障害者とジェンダー』では、聞き取り調査で肢体不自由の女性障害者から、「自分は、障害があってほとんど何もできないから、妻の役割イメージや家事などを考えると、とても自分にはできない。だから結婚はしないほうがよい」という考えを聞いたことを報告している（一二二―一二三ページ）。

（33）小川洋子／田辺聖子「対談 ものがたりの夢を見続けて」（『年譜・田辺聖子で読む昭和史 対談／田辺聖子論／初出一覧』〔「田辺聖子全集」別巻一〕所収、集英社、二〇〇六年〔初出：「すばる」二〇〇五年一月号、集英社〕）で、小川は田辺文学の特徴として、「官能的な男女の世界が、だんだん究極にまで上り詰めたときに、小説のなかに死の気配というか、終末のにおいが漂い始める」ことを挙げ、本作品の結末にあるジョゼの言葉をその典型と見なしている。そのうえで、本作を「喜びと死というのが背中合わせにあることを書かれた短篇」と評している（一八九ページ）。

（34）これについては、ドラージ土屋浩美も次のように論じている。“Symbolically, the bones in the box represent Kumiko and her grandmother's disassociation from the family system and society.” (Dollase, op. cit., pp. 37-38.)

（35）前掲「「省略」に抗う」では、現在の障害学での議論において、クィア・スタディーズとの接点を模索する観点から、障害者の「性的活動や性的魅力、男性性や女性性に関する支配的な考え方そのものに挑戦するような実践を「ノーマライゼーション」のオルタナティブ」とする考え方（トム・シェイクスピア）や、「既存のジェンダー・セクシュアリティ規範に照らして「正常」であることをめざすのではなく、むしろそこからの「逸脱」を促進し、規範の撹乱と再編をめざす「性のアブノーマライゼーション」」という考え方（倉本智明）が提案されていることを評価的に紹介している（六五ページ）。

(36) 前掲『ケアの社会学』七〇―七一ページ

(37) 同書七二ページ

(38) 前掲「対談 ものがたりの夢を見続けて」一九〇ページ

第6章

松浦理英子『犬身』
——クィア、もしくは偽物の犬

はじめに

今日まで、動物たちは人間の文化のなかでさまざまなイメージや象徴性を付与されてきた。それらは、個々の動物たちの存在様態と密接に結び付いている。

たとえば、猫は基本的に、人間から離れて家の内外を比較的自由に行き来し、勝手気ままに歩き回ることが許されてきた。猫たちのほとんどは、犬たちに比べれば人間にそれほど従順ではなく、あからさまに労働力として使役されることはなかったし、また群れで行動することも少ない。そうした猫の特質は、孤高性や自由のイメージを喚起させることになった。

そのようなイメージは、日本の近現代小説で言えば、夏目漱石の『吾輩は猫である』(「ホトトギス」一九〇五年一月―〇六年八月号、ホトトギス社）では、名もなき牡猫の、家人やその友人、そして近所の同類たちに向けるあの冷めた観察眼として、谷崎潤一郎の『猫と庄造と二人のをんな』（「改造」一九三六年一月号・七月号、改造社）では、人間たちの愛憎劇をよそに飄々と生きる牝猫のあのしたたかさとして、また金井美恵子の「タマや」（「群像」一九八六年十月号、講談社）では、父親不明の子どもを懐胎しても超然とした牝猫のあの気高さとして表現されてきた。

一方、日本の犬はと言えば、伝統的にその多くが戸外で飼われてきたものの、猫とは違い、とくに近代以降は縄や鎖でつながれたりして、勝手気ままに散歩に行く自由は与えられていなかった。そして番犬をはじめ、狩猟犬、牧用犬、軍用犬、警察犬などとして人間に使役されてきた。そのため、犬はおもに飼い主への従順さ、忠誠ぶりにその特徴が見いだされてきた。別の言い方をすれば、犬は猫とは反対に、人間や人間社会への依存性が高い、不自由な動物としてイメージされてきたことになる。

明治以降の日本の近代市民社会では、従来の封建制度から解放された個人の自律性や自由が理想として目指されてきた。そうした近代社会では、漱石に典型的なように、孤高と自由をイメージさせる猫が、市民の自由という理想を表象する魅力的な動物だったことは想像に難くない。対して、犬という動物は、近代の理想とかけ離れていることになる。日本の近現代小説のなかで犬が猫ほどには魅力的な動物たりえなかった要因を、この点に捉えることが可能だろう。

そのことを証明するかのように、国家への忠誠が重視された軍国主義の時代だけは、少年マンガに登場した田河水泡『のらくろ』（「少年倶楽部」一九三一年一月―四一年十月号、大日本雄弁会講談社）のような勇気ある兵士としての犬や、ハチ公のような飼い主に忠実な犬たちが、男性国民の理想的な見本として大衆の間でもてはやされ、国家主義の効果的なプロパガンダたりえた。[1]そして一九四五年の敗戦後は、ふたたび「国家の犬」「政府の犬」といった呼称を通して、犬は戦前と同様に、おもに左翼的な人々によって、国家権力や資本主義に盲従する人物や職業などを示す侮蔑的な比喩に貶められることになった。

こうした犬たちの不遇――とりわけ日本の近現代小説での不遇――を踏まえて注目したいのは、二〇〇〇年代に入って、女性と犬との親密な関係を主題化した小説が次々と現れ始めたことである。篠田節子の『逃避行』（「女性自身」二〇〇二年十一月五・十二日合併号―〇三年六月三日号、光文社）では、隣家の子どもを不可抗力で嚙み殺して殺処分を免れない愛犬を守るべく、専業主婦の主人公がその犬を連れて冷淡な夫や子どもと暮らす家を逃げ出し、自由で充実した人生をまっとうする。姫野カオルコの直木賞受賞作『昭和の犬　Perspective kid』（「パピルス」第三十六号―第四十四号、幻冬舎、二〇一一―一二年）では、両親から愛情を得られずに成長した独身の女性主人公が、さまざまな犬やほかの動物たちとの出会いによって心を救われていく。姫野はさらに本作を下敷きとして、犬との交流に焦点を当てた私小説風の書き下ろし『近所の犬』（幻冬舎、二〇一三年）も出版している。

現代の女性たちが、妻・母・娘として家族から十分な愛情や理解を得られず、犬との間にその代替としての関係を築くこれらの小説に、フェミニズム的主題を透視することは容易だろう。そうした同時代作品と主題を共有しながらも、さらにフェミニズム思想とクィア理論を連繫する複雑さをもつ小説として、本章では松浦理英子の長篇小説『犬身』を取り上げたい。

『犬身』は、電子書籍配信サービス「Timebook Town」（パブリッシングリンク）で、二〇〇四年四月から〇七年六月まで連載された。同年十月に単行本化（朝日新聞社）され、翌年には第五十九回読売文学賞を受賞した松浦の代表作の一つだ。

女性主人公にあたる三十歳の八束房恵は、大の犬好きであるばかりか、幼いころから犬になりたいという「犬化願望」を抱いてきた。三年ほど前から地方都市の郊外にある小さな雑誌出版社で、大学時代からの友人である久喜洋一の編集業を手伝っている。やがてナツという老犬の飼い主で、自分より一つ年下の女性陶芸家・玉石梓と親しくなると、自分も梓の飼い犬になりたいと切望するようになる。房恵はその思いを、近所のバーのマスターで、狼の正体をもつ謎の男性・朱尾献に打ち明け、朱尾と契約を結んで犬に変身させてもらう。契約のおもな内容は、房恵が幸せな「犬生」をまっとうしたら、魂を朱尾に渡すというものだった。牡の中型犬に変身した房恵は、「フサ」と名付けられ、ナツを亡くした梓の新たな飼い犬として幸せな生活を送り始める。しかし徐々に、梓が家族関係に深刻な問題を抱えていることを知るようになる。

この『犬身』について作者の松浦自身は、「この筋書きは、（略）『SFバカ本』という笑えるSF小説のアンソロジー・シリーズを楽しく読んだ後に、自分だったらどんなバカ小説が書けるだろうかと考え、思いついたもの[2]」だと、自己韜晦めいた自作解説をおこなっている。だが、いざ分析的に読もうとすると、内藤千珠子が鋭く指摘するように、「ジェンダーやセクシュアリティの問題を主要なテーマとして論じようと思えばできるはずなのに、それがなぜかためらわれる」、きわめて手ごわい小説でもある。内藤はその理由を、「性や性差をめぐる理論で割り切れない感触を描写しているのに、それを見慣れた言葉で置きかえて説明したのでは、結局小説の言葉に触れたことにならない(3)」からだと論じている。実際、『犬身』という犬への変身小説は、それまでの松浦の小説と同じようにジェンダー批評やレズビアン批評が適合的であるかに見えながらも、それだけでは解釈しきれない面をもつ。

そこで本章では、二十一世紀に入って議論の深まりを見せているフェミニズム・クィア批評や動物批評の観点を横断的に援用することで、従来の批評理論では見いだせなかったこの小説の主題を解き明かすことを試みる。その際、単に思想的概念を小説の読解のよりどころとするだけでなく、読解を通して、『犬身』という小説テクストが示唆する思想的概念そのものの問題性についても考察を加えてみたい。

1　ケアされる／ケアする犬

『犬身』で何より目を引くのは、房恵の「男にも女にも、恋愛感情や性的欲求を抱か」ず、「犬化願望」を抱えてきたことによる、「体は人間、魂は犬という「種同一性障害」」という自認である。そのセクシュアリティは、「好きな人間に犬を可愛がるように可愛がってもらえれば、天国にいるような心地になるっていうセクシュアリティ」、あるいは、「犬だから相手の人間の性別にはこだわらない」「ドッグセクシュアル」などと説明される。このことから、房恵の「犬化願望」は、異性愛主義どころか性別二分法をも逸脱する、いわばクィアな欲望と言い換えることができる。とはいえ、その欲望充足には、犬になって飼い主の梓に「撫でられたり、ブラシをかけられたり、体を洗われたり、連れ立って散歩をしたり、ナッツとボールを取り合ったり寄り添って眠ったり」することが空想されていて、朱尾と同様、「はたしてセクシュアリティの名に値するのか」と首を傾げたくもなる。

この風変わりな欲望は、たしかにそれまでの松浦理英子文学の文脈に照らせば、「性器中心主義[4]」に与さない「皮膚感覚的な快楽」へのそれだと解釈できなくもない。[5] しかし留意したいのは、実際に犬に変身した房恵がさらなる快楽を見いだしていることだ。

> 好きで信頼している相手に面倒を見てもらうことがこんなに気持ちのよくなるものだなんて、とフサは驚いていた。人間だった頃には想像したこともなかったけれど、ご飯を出してもらったり危ない真似をしないように見守ってもらうことの気持ちよさは、心の喜びばかりではなくて、撫でられたり抱かれたりすることの感覚的な気持ちよさとそう遠くない。相手にすべてをまかせて愛情を受けるという意味では二つのことは重なるし、事実、世話をしてもらうと直接触られてはいないのに、胸のときめきが体中に広がって見えない手で撫で回されているような心地になる。
>
> （第二章、上、一八九―一九〇ページ）

こうしてフサ＝房恵は、直接肌が触れ合わなくても、「好きで信頼している相手」から「世話」を受けるだけで強烈な快楽につながることを発見する。右の引用部では、それを「相手にすべてをまかせて愛情を受ける」こととも認識している。そもそも房恵が仔犬に変身した当初にも、次のように感じている場面があった。

朱尾には言わなかったけれども、梓に排泄物の後始末をしてもらうのを想像すると、仔犬の心には恥ずかしさや申しわけなさの他にほのかに甘美な喜びが生まれるのだった。こと相手が梓であれば、世話をしてもらうことそのものが一つの遊び、一つの親愛の情の表現だと感じられる。恥ずかしさや遠慮を克服して身をゆだねたい、という気持ちになる。

（第二章、上、一七三ページ）

このように房恵の「ドッグセクシュアル」とは、じつのところ愛する者から皮膚感覚的な快楽を得たい欲望というよりも、手厚く世話《ケア》をされたい欲望と言い換えたほうが正しい。ただし欲望の内実はそれだけではない。第一章で犬になろうとする房恵は、朱尾に対して「梓さんのケアをしてくれる？」と注文をつけるが、朱尾から「それはわたしではなくてあなたの役割でしょう」と返されて、次のように思い至っている。

ああ、そうだ、と房恵は深く納得した。犬になればわたしは自分が犬に与えてもらった喜びを梓に与えることができる。それがどんなに素晴らしいものか、わたしにはわかる。犬になって人間では辿り着くことのできない梓の心の深みに飛び込んで行きたい。会話や性行為に頼るのではなく、犬と人間の関係に特有の、気持ちと気持ちをじかに重ねるような交わりを、梓としたい。想像しただけで房恵の胸は昂奮に打ち震えた。これほど自分を刺戟することばを口にしてくれた狼人間〔朱尾：引用者注〕への感謝さえこみ上げて来た。

（第一章、上、一三一―一三二ページ）

房恵は自分が犬になれば、「犬と人間の関係に特有」の交わりを通して、梓に「自分が犬に与えてもらった喜び」という「ケア」を与えられると気づき、激しく胸を震わせるのである。これについて内藤千珠子は、犬好きが犬になることは、本来ならば愛の対象喪失になるという矛盾を看破した。そのうえで、右のように房恵が「自分が犬に与えてもらった喜び」を梓の喜びとして想像することについて、犬になった房恵が梓という他者を経由して犬好きとしての自己実現を果たす、という欲望の回路を指摘している。(6) ただ、こうも考えられるだろう。犬好きの房恵が犬を愛でて与えられていた甘美な「喜び」とは、そもそもが、犬との触れ合いそれ自体によると同時に、可愛がられる犬の心情への自己投影によったものではなかったか、と。「体は人間、魂は犬という「種同一性障害」」の自認は、ここにこそ生じてくるはずだ。ともあれ、犬は人間にとってケアされる対象だけでなく、ケアする主体にもなれる。この確信に基づいて相互ケアの喜びを欲することが、房恵の「ドッグセクシュアル」であり、「犬化願望」だと言える。

じつは第一章では、こうした願望に関する背景が暗示されている。房恵は「一人っ子」であり、「両親はもうこの世にはいない」とあるため、家族からのケアを期待できないことがわかる。さらに、この両親との死別自体、たとえ病気や事故によるものだとしても、三十歳の彼女にとっては早すぎるものである。そうだとすれば三人称の語りの空白として、房恵の内奥には、ケアを必要とする喪失による悲嘆が隠されているかもしれないのだ。そうしたなか、狗児市での生活では「友達らしい友達も久喜一人しかいない」のである。

大学時代からの親友の久喜洋一とは、過去には「暇な時にふと実験でもするように体を組み合わせたこと」があるなど、恋人に近い関係に見える。だが房恵はすでにその関係を「とっくに飽きてる」ともされている。以前と違い、久喜は房恵に雑誌編集の仕事の多くを「まかせきりにする」だけでなく、首にできた粉瘤を絞らせるなど怠惰な態度しか示さないからだ。無論、こうした久喜との「単なる腐れ縁」には、二人のごく親密な関係を透視できなくもない。しかし少なくとも房恵にとっては、惰性的かつ一方的に久喜を世話する関係でしかない。それがいかに疎ましい関係であったかは、第一章で気晴らしに自転車をこいでいた房恵が、自分が犬になる、あるいは犬であることを想像して、「おかげで房恵は今日も、臍にゴマを溜めた働かない久喜のことや明日中に校正しなければならない原稿のことをしばし忘れた」とあることからもわかる。したがって房恵が自らの人生を、こう悲観するのも驚くにあたらない。

でも、このままだらだらと人間として過ごして行くのなら、形の上では普通の人間と同じように、人間の男とつがいになって一家をかまえ、家庭に犬を招き入れて暮らすのが望める範囲でのいちばんの幸せ、ということになるだろう。

それも決して悪くない。悪くはないけれど、そんな幸福しか望めないのがわびしい。人間として生きているわたしの人生はとてもわびしい、と房恵は思い、いや、もしかすると、犬好きで犬になりたいというような特性がなかったとしても、わたしの人生はわびしくつまらないものかも知れない、と思い直す。

（第一章、上、三〇ページ）

「人間の男」と夫婦になる人生を「わびしい」と感じ、犬になってひたすら愛され、世話されたいと願う房恵。「犬化願望」とは、女性が一方的にケア役割を負わなければならない性別分業化された人間社会への忌避感でもある。

2　犬という伴侶種

一方、玉石梓は、「生活は親が丸かかえしてるんですよ。しかも、そうするように親に言ったのが兄なんです」と本人が述べるとおり、陶芸ができる一軒家を与えられ、作品を実家が経営するホテルに買い上げてもらうなど、房恵とは違って、家族から十分な経済的支援を受けている。しかし物語が進むにつれて、長年、兄の彬から性的虐待を受け、彬だけを猫かわいがりする母親からは精神的な抑圧を被り、気の弱い父親には何も助けてもらえないという、梓の置かれた状況が明らかになっていく。つまり、家族から心身のケアどころか、過酷な抑圧ばかりを受けてきたのである。

にもかかわらず梓は、「母のことも兄のことも、どうしようもなくだめな部分があるとわかってはいても、やっぱり肉親は嫌いになれ」ないと口にし、状況を甘んじて受け入れてしまう。この様子を飼い犬として傍らで見ているフサは、いつも苛立ちを覚えるとともに不可解さを感じる。だが第四章になると、その根本原因が徐々に浮かび上がってくる。

まず梓が親友の天谷未澄に、兄からの虐待についてようやく打ち明けた挿話に目を向けてみよう。梓が置かれた状況を察した未澄が、バルセロナで一緒に住まないかと誘ったのに対して、梓はすぐさまそれを断り、「兄はどうでもいいんだけど、母を捨てられないのよ」と漏らす。そして、「〔母は：引用者注〕あれで案外何でも言いたいことを言えるわたしに依存してるところがあるのよ。うまく愛情表現のできない人だしね」などと述べるのである。これを聞いた未澄が、梓を「悲しげに見」て、「暴力をふるう男から離れられない女の口にする科白みたい」と言い返したことであらわになるのは、母親に対する梓の深刻な共依存関係にほかならない。

それはこののち、彬が梓に言い放った、「おれたちみたいなのを共依存っていうんだ」という言葉に対して、梓が「兄さんは全然わかってない」と「きっぱりと言」い、「お母さんをいちばんだいじにして。ほんとにお願い」などと懇願することにも暗示されている。何より、その日、彬の性暴力から逃れるために母親に電話して、「お母さん、来て。助けて」、「来て。一生のお願い。来てくれるって信じてる」などと必死に訴えたにもかかわらず、母親が来なかったことによる梓の落ち込みの深刻さは、その感情のありかを十分に知らせるものと言っていい。

次の日からフサは、それまででいちばん大きな梓の変調を見続けることになった。朝眼を覚ましているのになかなか起き出そうとしない、朝食を食べなくなり昼夜の食事も不規則な時間にとる、ろくろの前にすわっても作業に入らず腕組みをしたままじっとしている、そうかと思えば、ただ土を際限なくいじるだけで全く成形しようとしない、といった具合で、もちろん精神治療薬も寝酒も欠かさなかった。（略）すすり泣く回数はだんだん減って行ったけれども、ふと見ると眼に涙が光っていることはよくあった。

（第四章、下、二一二ページ）

このように母親から明確に突き放されたことが、「それまででいちばん大きな梓の変調」をもたらしたのだとすれば、梓にとって、兄の彬からの性暴力を受けること以上に、その出来事が精神的に耐えがたいことだったとわかる。ここに至って、梓が兄による度重なる性的虐待を黙して受け入れてきたのも、じつは兄その人ではなく、母親への配慮によっていたことが判明する。

『犬身』ではこうした母と娘の救いがたい共依存関係の対極として、梓とフサ（房恵）の親愛に満ちた関係が描かれている。第一章で梓が述べる、「犬は何もしてくれなくてもいい。（略）ただ、可愛がらせてくれればいいんです」、また、「犬に向かい合った時、わたしはいちばん穏やかで安定した好ましいものになる」といった言葉に象徴されるのは、房恵と同じく梓もまた家族に期待できない相互ケアを、人と犬との関係に求めているということである。

ただし、朱尾が言うとおり、あくまでフサが「偽物の犬」でしかないことに注意しよう。すでに指摘があるように、身体は犬でも、「フサは人間であったときの房恵の感受性や思考能力を残したまま、つまり内面は三十代の女性」(7)にすぎない。言うなれば、この三人称の語りからなる変身小説は、フサの正体が房恵であることを知らない梓の視点に立てば、両者の関係は人間と犬の相互ケア的な共生関係であるものの、フサ＝房恵の視点（視点人物の視点）に立てば、女性同士の相互ケアの関係が形成されている、という二重の構造をとる。以下に見るように、こうした構造が、『犬身』という小説テクストを、伴侶種とケアの倫理という二つの思想的枠組みをつなぐ交点たらしめている。

まず梓の目が映し出す人間と犬の関係に焦点を当ててみよう。ここではとくに「犬化願望」をもつ房恵とは異なり、梓が「わたしは犬になりたいとは思いませんね。（略）犬は自分とは別のものでなければ困る」と述べていることを注視したい。

第二章で示されるとおり、梓には、自宅に招くような小学校時代の女友達や陶芸家仲間がいるばかりでなく、長年の親友の未澄もいる。しかし、第四章でバルセロナから来日し再会した未澄から「梓は心を開かないね、昔から」と言われ、その後も未澄に誘われたにもかかわらず、バルセロナへ行こうとしない梓には、やはりどうしても友人たちには心を開けない様子がうかがえる。もっとも親密なはずの、否、もっとも親密であるがゆえに、母親との癒やしがたい共依存関係を抱え込んでいる梓にとって、新たな信頼関係を構築し直す相手は人間では駄目なのだ。その相手は「自分とは別のもの」、すなわち異種としての犬でなければならないのである。

第四章で梓はこの犬との関係を、「友達のようでもあり、きょうだいのようでもあり、親子のようでもあるけれど、人間同士とは何かが決定的に違う」、「むしろ種の違いがうまく作用して、強く惹き合い結びついていると思う」と語っている。こうした梓が犬との関係に抱く実感は、科学技術とフェミニズム思想との交点を思考してきたアメリカの研究者ダナ・ハラウェイが提唱した、「伴侶種」という親族カテゴリーを強く想起させるものである。なぜならハラウェイの関心の中心は、梓と同様に「犬がわたしたちではないという事実[8]」にあるからだ。

ハラウェイは、くしくも『犬身』連載開始の前年にあたる二〇〇三年に刊行した著書『伴侶種宣言[9]』のなかで、飼い犬を人間の「伴侶種（companion species）」と見なす議論を展開している。そこでは、人間にとって、犬のような社会化された「伴侶種」との共生と共進化（co-evolution）がいかに重要であるかが説かれるのである。

一般にペットなどの別称として「伴侶動物（companion animal）」という用語がある。だが、それに対して「伴侶種」とは、犬あるいは動物に限った存在ではなく、人間やサイボーグ、無生物をも包摂する、より広範な親族カテゴリーとして想定されている。そのうえでハラウェイは、伴侶種としての犬が決して人間の自己投影やファンタジーなどではないことを強調する。したがって人間と犬の関係とは、人間側が期待するような「無償の愛の物語ではなく、間主体的世界に棲まう方法をさがす物語であり、それは、いずれは死すべき運命を背負った関係性の、あらゆる生々しい細部において、他者に出会っていく物語[10]」であるとされる。

こうしたハラウェイの思想については、『伴侶種宣言』を邦訳した永野文香が同書に解説を付している。これによれば、伴侶種をめぐるハラウェイの思想は、アメリカが二〇〇一年の九・一一同時多発テロからアフガニスタン侵攻へと突き進み、さらに〇三年にはイラク戦争へ突入するなかで、人と人とが分断され、暴力化する世界状況を打開すべく、改めて人間存在の傷つきやすさ(vulnerability)と共生の倫理のあり方が問われるようになったという、二〇〇〇年代初頭の思想・批評界のいわゆる「倫理学的な転回(an ethical turn)」[11]を背景として現れたものとされている。つまりハラウェイは、社会化した存在同士の非暴力的な共生可能性を再考するなかで、「重要な他者性(significant otherness)」[12]を帯びた種と種の出会いと、「応答(response)」と「敬意(respect)」に基づく「種の相互依存」[13]の関係にその可能性を見いだそうとしたのである。そして人と犬の関係こそがその模範例にほかならなかった。やや単純化して捉えるなら、伴侶種をめぐる思想とは、おもに人と犬との信頼関係の枠組みを通して、人と人との関係を改めて問い直そうとするアプローチと言い換えてもいい。

ただし『伴侶種宣言』を読むかぎり、ハラウェイにとって犬は、人間とともにある、社会化された動物としてだけ想定されている。その意味では、いわゆる動物をまったき他者として捉えて人間と同等に自由に生きる権利を与えようとする「動物の権利」の立場というよりも、人間があくまで既存の社会のなかで動物への待遇を改善しようとする「動物の福祉」の立場に近いと言える。したがって、ハラウェイが犬に見据える「重要な他者性」が、訳者の永野が解説するように、人間にとって「絶対的かつ不可知な差異」を有する「レヴィナス的な他者」[14]を意味するかどうかは、いささか疑問に思えなくもない。

しかし、そうした思想的な限界があったとしても、とりわけ犬に注目して異種間の相互依存関係に倫理的価値を唱えたハラウェイの思想を参考にすれば、『犬身』で描かれた梓と飼い犬との関係性を、改めて批評的文脈で意味づけられるのではないだろうか。すなわち、傷つけられた梓とフサとの言葉を介さない異種同士の信頼関係とは、ハラウェイが言う「重要な他者性」を帯びた伴侶種同士の倫理的関係を表象するものと解釈できるようになるのである。実際、松浦自身が多和田葉子との対談のなかで、『犬身』に関して述べた、「人が人を犬のように愛することは全く不可能というわけではないと思いたいです[15]」という言葉には、松浦の考えとハラウェイの思想との類似性を看取できる。

もちろん、「重要な他者性」を介した伴侶種同士の関係が「相互依存」的であるかぎり、不自由も生じてこないわけではない。『犬身』の第四章では、いよいよ家族関係に苦しむ梓が、自らが「崩れ落ちてしまいたいと願う時」にも犬を飼っているとそうもいかず、「ごく稀にですが、フサがいることがつらくなります」と朱尾に打ち明けている。これを聞いたフサは心を痛めもするが、すぐに、「伴侶がいることで不自由を感じるのはその伴侶が動物であれ人間であれあたりまえ」だと思い直すのは、彼らの関係が、まさにハラウェイが考える「あらゆる生々しい細部において、他者に出会っていく物語」であることを物語る。

梓にとってのフサとの関係を伴侶種との関係と見なしたうえで着目したいのは、この二者関係が、血縁や婚姻関係もしくは恋人同士の性的関係ではなく、ケアしケアされる相互依存的な倫理的関係であることだ。とくにフサ＝房恵の視点からすれば、そこには人間の女性同士の相互ケアの関係が成立していると解釈できる。そうだとすると、この二者の関係は、本書の第5章で取り上げた「ケアの倫理」の関係にも通じてくるのではないか。

3 被傷性とケアの倫理

改めて確認すれば、ケアの倫理とは、キャロル・ギリガンが一九八二年に提唱して以降、社会学や政治学などさまざまな専門領域で関心を集めてきた、フェミニズム思想を土台とした思想的枠組みのことだ。(16) 近代市民社会の道徳観では、一般に自由意志を行使できる自律的な主体――とくに知識層の成人男性――を前提とした、公平と普遍性を重視する正義の理念が通用してきた。一方、ケアの倫理は、そのような公平や普遍性からは取りこぼされてしまう、必ずしも自律的ではない主体、すなわちケアを必要とする子ども・高齢者・障病者といった存在をも社会に包摂する理念である。この理念では、私たちが常に相互に依存し合っていることを前提として、個々人の生がもつ具体的な文脈とニーズを重視した相互応答の倫理が求められることになる。

あらゆる個々人は完全に自律的ではありえない。実際私たちは誰しも、赤ん坊のころに誰かからのケアを受けたことでいまここに存在している。また、これからの人生にしても、病気や障害あるいは高齢化によって、さまざまな介助や介護を必要とするかもしれない。日々の生活でも、誰かに食事を作ってもらったり、手伝ってもらったりすることがあるのではないだろうか。もちろん、そうした物理的な介護や世話だけではなく、個々の文脈に応じて、誰かと気遣い合ったり励まし合ったりすることも、人が日々を生きるうえで大事なケアになっているのは言うまでもない。その意味で重要なのは、ケアの倫理が、自律的ではない主体を特殊なものとして捉えるのではなく、あらゆる人間存在に共通するものとして捉えることである。そして、なかでも女性たちは、家父長的な近代社会でさまざまな機会を奪われ、暴力の標的になりやすく、自由意志を行使しがたい最たる存在としてある。

事実、『犬身』では、親密な相互ケアの関係を取り結んでいる梓と房恵（フサ）はともに、それぞれの文脈で、社会的に自律しているとは言いがたいところがある。

たとえば、梓は前述のように両親や兄の彬の経済的庇護下にあるばかりか、母親との共依存という深刻な関係性の病に陥り、主体性が剝奪されるかたちで彬からの苛烈な性的虐待を受け入れざるをえなくなっている。とくに物語も後半の第三章に至ると、家族関係にますます苦悩して、毎日「精神治療薬」を口に運ぶようになり、第四章では朱尾に「犬がいるおかげでぎりぎりのところで精神的に崩壊せずにすんでる」とまで告白するようになる。まさに梓は何かに精神的に依存しなければ生きていけない状態にあると言っていい。

一方、房恵は頼れる家族もなく、また一方的に男性のケアをしなければならない女性のジェンダー役割からの逃避として犬の身体を手に入れたものの、さらなる生の不自由と危うさがつきまとうことになる。ハラウェイの言をまつまでもなく、「人間の愛情が薄れたとき、人間の便宜が優先されるとき、犬が無償の愛というファンタジーに応えることができなかったとき、犬は棄てられるリスクにさらされてしまう(17)」からだ。とくに過去二世紀にわたる日本の犬の過酷な運命については、アメリカの歴史学者であるアーロン・スキャブランドが『犬の帝国』のなかで次のように要約している。

忠誠と思われた飼い犬はその文明化された性質の印であると見なされて尊重される一方で、人間の支配と所有の外にさ迷い出し文化と自然の境界の明らかでないイヌは撲滅された。そうしたイヌを、オオカミ、雑種、あるいは狂犬だと想像することで、殲滅が正当化されてきたのである(18)。

このように近代以降の日本では、犬は人間の従順な飼い犬になるか、野良犬として撲滅されるかのどちらかしか、運命の選択肢が与えられてこなかった。時代を戦後に限定しても、一九五〇年の狂犬病予防法の施行によって、各地方自治体が徹底的に野良犬の駆除にあたり、五六年に狂犬病が日本から姿を消してもなお、野良犬の駆除が継続されているのは周知のとおりである。そのため現在では、とくに都市部では野良犬を見かけること自体がまれになっている。また、ペットショップで流通する犬は純血種に限られ、市場価値がない雑種犬は棄てられやすいのもよく知られたとおりだ。

そもそも日本で一般的に、犬などのペットを所有物ではなく家族の一員と見なし始めたのは、一九九〇年前半から二〇〇〇年代前半ごろになってからとされている。[19]とはいえ、『犬身』で彬が「犬なんか殺したって器物損壊罪にしかならない」と言い放っているように、本作が連載されていた当時はまだ、たとえ家族同然に愛するペットが不当に殺されても、基本的に器物損壊罪での訴えとなった。[20]つまり、法的にあらゆる動物の命は、器物ほどの価値しか与えられていなかったのだ。

こうした日本の社会状況を反映するように、『犬身』連載開始年にあたる二〇〇四年は、全国の動物愛護センターでの犬の殺処分数が年間十五万五千頭以上にも及んでいた。[21]同年の国内犬数の累計から考えて、把握できている犬のうち、およそ八十頭に一頭が殺害された概算になる。[22]『犬身』という小説テクストには、先の彬の言葉以外にも、そのような日本の犬が置かれた過酷な環境に対して意識的な挿話が見られる。第一章で房恵が朱尾に連れられて、「犬咲村」というテーマ・パークを訪れる挿話である。

犬咲村は、「昭和四十年代までは町々にいた野良犬が存在を許されなくなり」、純血種ばかりが生かされる現代の日本社会で、あえて雑種犬を「繁殖させて保存する」ことを目的とした施設であり、房恵はその理念に深い共感を覚えている。のちに房恵が変身する犬のフサは、彼女がかつて飼っていた「白黒のぶちの雑種」の「生き写し」とあるため雑種犬と考えていいが、それは房恵本人の雑種犬への関心が反映されたものと解釈できる。この雑種犬であるフサが、やがて、「野良犬として気ままに生きようにも、日本にいてはすぐに保健所に捕えられ殺処分されるのが落ち」と考えたり、梓を守るために彬に襲いかかれば「殺処分を免れさせるのは難しい」と想像したりするのは、まぎれもなく現代日本の犬——とくに市場価値がない雑種犬——が置かれた生の危うさを明示している。

純潔か雑種か、飼い犬か野良犬かによって、家族としての〈生〉と不要物としての〈死〉、それら二極に恣意的に振り分けられてしまう犬という動物を取り巻く理不尽。『犬身』という小説テクストは、この日本の犬が置かれた生政治と死政治の恐るべき理不尽を、フサ／房恵という犬／女性の二重化されたまなざしを通して読者に知らせるのである。

松浦理英子は川上未映子との対談のなかで『犬身』に触れて、女性と犬とが「どちらもこの世の中で愛されていることになっているけれども、実態は大して愛されていない[23]」ことを強調している。無論、位相や状況の違いはあるものの、相互ケアの関係を求めてやまない梓とフサ（そして女性でもある房恵）とには、日本社会のなかで暴力（の可能性）に晒された、それぞれの被傷性(vulnerability) と生きがたさが映し出されているのである。

4　クィアな身体

ここまで、人間についてだけ議論されてきた「ケアの倫理」という思想と、「伴侶種」という非人間としての異種や物質をも包摂する思想との交点として、『犬身』という小説テクストを捉えてきた。もとより、ケアの倫理にせよ伴侶種にせよ、いずれの思想もフェミニズムを出発点として、前述した「倫理学的な転回」以降、被傷性を有する人間存在の生き延びる方途として思考が練り上げられ、深められてきた点で共通している。『犬身』にこうした現在的な思想的交点を認めたうえで考察したいのが、房恵が犬になることのクィアネスについてだ。

第二章では、梓の亡き愛犬ナツが牝犬だったのに対し、犬に変身したフサは牡犬だと判明する。この事実に、もともと人間の女性だったフサ＝房恵は当初こそ戸惑いを覚える。だが朱尾に「牡犬だと何か問題があるのか？」と問われると、「言われてみれば、牡の体になったところで不都合は別になく、ただ牡らしさを身にまとうことへの漠然とした不安感が燻るばかり」と感じる。そして時を経ずして、フサは牡犬に変身した自分が「あの牡犬独特の放尿スタイル」ができることを「ささやかに喜んだ」り、去勢手術も「受けることに特に抵抗はな」いと思ったりする。やがてフサは梓によって去勢手術を施されることになるが、それによって生活や心情が変わることはない。いわば房恵の人格を残すフサは、人間の女性から牡犬への変身や、また牡犬としての去勢といった、思わぬトランスジェンダー的な身体変化を経験するものの、そのことにはまったく左右されることなく梓との親密な生活を送るのである。

このフサ＝房恵の性的指向について言えば、人間だったころから異性愛に積極的でなかったのは明らかである。さらに朱尾からは当初の契約として、梓に性的欲求を覚えたら犬としての寿命が尽きると脅されていた。だが、第四章になるとフサ＝房恵は、やりきれない気持ちを抱えた梓の顔を舐めて「この上なく単純な幸福感に酔いながら」、「梓への慕情には性的な欲求が含まれていて、梓との触れ合いには性的な快感が混じっているのかも知れない」と気づく。そして改めてこう考えるに至る。

もしかすると親子の間のものであれ友達同士の間のものであれ人間と愛玩動物の間のものであれ、すべての体の触れ合いの中にはあらかじめ性的な快楽の萌芽があるのかも知れない。（略）性的快楽と一般的に性的と見なされない快楽が実は根本のところでは融け合っているのだとしたら、梓と触れ合う喜びの中に性的な要素が含まれているように思えたとしても騒ぎたてるほどのことではないのではないか。朱尾はなぜそんなことにこだわっているんだろう？

（第四章、下、一九〇ページ）

すなわち飼い犬になったフサ＝房恵は、心身の性別二分法的なジェンダー秩序に関わりのないクィアな観点から、相互ケアの喜びに裏打ちされた「すべての体の触れ合い」と「性的快楽」とが地続きだと認識するようになるのである。

他方、フサの正体を知らないままに純然たる犬だと信じている梓もまた、第二章でフサの去勢をどうするか迷うことがあっても、性別を気にする様子は見られない。第四章で未澄に「わたしには恋愛感情もないし、人との触れ合いへの欲求もあんまりない」と語っていたように、人に対する性的指向はいわゆるアセクシュアルに近いが、犬のフサに対しても「犬を撫でるのに全く性的な意味合いはありません」（第三章）という言葉どおり、脱性化された親密なケアの関係を貫いている。

このように両者は互いの性別にとらわれず、それぞれの欲望の微妙なズレを抱え込みながら、信頼と親愛の関係を深めているのである。そして結末では、一度は彬に殺され、同じ外貌の犬に転生したフサがふたたび梓のもとに戻っていくことになる。

眼が合った。梓の顔に顕われた愛情が輝きを放つようにして大きく広がった。泣きたいほどの喜びに胸を甘く疼かせながら、フサは朱尾の胸を蹴って梓の胸に飛び込んで行った。

（結尾、下、二七七ページ）

両者にとって愛情で結ばれた伴侶種同士であること以外に大事なことはないと言わんばかりの、このフサの性別が明かされない結末部には、ハラウェイが伴侶種を「風変わり《クィア》な家族の年少のきょうだい[24]」と表現したとおり、性別二分法的なジェンダーあるいはセクシュアリティの秩序を超えた、まったきクィアな関係が浮上していると言っていい。ただ他方で、すでに述べたような欲望のズレを顧みれば、それは脱ジェンダー化された伴侶種同士の愛情関係であると同時に、視点人物の房恵からすれば、性的な欲求と地続きの女性同士の親愛関係でもあることを忘れてはならない。すなわち右の結末は、性別二分法を超え出ていながらも、しかし女性同士の愛情関係でもあるという、複雑で両義的なクィアネスとしか形容しようがないケアの倫理の関係を表象していると捉えられるのである。

5　不穏なる暴力の気配

フサと梓の二者関係にはしかし、常にある種の不穏さもつきまとうことを指摘しておきたい。第二章で梓が「人間と動物は対等であるわけがない、絶対に人間の方がエゴを押しつける」と自ら述べるように、この二者関係が人間とペットの関係であるかぎり、支配と被支配の関係を完全には免れているとは言えないからだ。その意味で、ハラウェイが『伴侶種宣言』のなかで、犬を「年少のきょうだい young sibling」[25]と見なしていたことは意味深長である。前述のようにハラウェイが伴侶種として想定するのは、基本的に人間に飼い慣らされ社会化された犬であり、そのため必然的に人間の「年少」すなわち下位の存在と見なされている。『犬身』で、そうした見えづらい支配と被支配の関係を看破するのが、朱尾にほかならない。

「全く、犬があんなに人間になつくのは動物として異常だ」初めて聞く憤懣の籠もった声だった。「くだらない人間を慕って言いなりになっている犬を見ると、首根っこをつかんで、おまえは実に愚かしい生きものだよと耳元でどなってやりたくなる」（第一章、上、一四四ページ）

狼の化身である朱尾からすれば、人間と飼い犬との理想的関係も単なる愚かしい主従関係でしかない。当然これは伴侶種に関するハラウェイの思想への痛烈な批判としても読める。また何より重要なのは、この朱尾の非難が、変身小説でもある本作で伴侶種同士の支配-被支配の関係が、図らずも人間（女性）同士のケアの倫理に基づく関係にも現出する危険性を示唆するということだ。

梓と母親の共依存関係と対置されていた梓とフサの二者関係が、フサの目を通してこうも語られていたことを思い出したい。

　梓がフサとの愛情の交換をとてもたいせつにしていること、支えにしているというか、ほとんどすがっていることはフサにも感じ取れた。あれほど不幸じゃなかったら梓はここまでわたしに愛情をそそがないだろう、普通の人間だったらこういう依存を重く感じるのかも知れないけれど、わたしがいっこうに平気なのは、さすがにもともと魂の半分が犬という普通ではない人間だっただけのことはある、と自分で感心するのだった。（第三章、下、一〇ページ）

このようにフサ＝房恵から見れば、両者のケアの倫理に基づく「愛情の交換」とは、梓からの「ほとんどすがっている」ような重度の「依存」に裏打ちされている。このことを確認したうえで見つめ直したいのは、人間が暴力的な存在であるかぎり、あるいは多かれ少なかれ個々の人間が他者同士であるかぎり、ケアの倫理に基づく信頼と親愛の関係もまた、何かのきっかけで支配と被支配の関係に陥ることもあるという事実だ。

たとえば非暴力的に見える梓でさえ、愛犬を庇うために「房恵の自転車の前輪を蹴りつけ」て房恵に平気でけがをさせ（第一章）、さらには、愛犬を殺された憤怒から「その〔兄の：引用者注〕後頭部に、何度も包丁の柄が振り下ろされ」て彬を殺害したように（第四章）、動物だけでなく人間もまた、どのようなときに暴力を発露するかわからないのだ。少なくとも物語の序盤と終盤に置かれた梓の二度にわたる暴力の挿話は、理想的な二者関係に潜む不穏さとしてこの小説テクストに取り憑いている。ならば、母親の暴力性を助長する梓の愛情という名の共依存関係は、重度の「依存」からなるフサとの良好なケアの関係との対比ではなく、むしろその連続性こそが問われなければならないだろう。

依存と表裏の関係にある暴力の気配を漂わせたこの小説テクストは、伴侶種やケアの倫理という思考的枠組みが、人間や動物に備わる本質的な暴力性を考慮に入れていないという陥穽を鋭く指し示していることになる。同様のことは、暴力的な母や兄に対して死という暴力を与えることによってしか、梓とフサの幸福な二者関係を再生できない作品の帰結自体にも指摘できる。フサと梓の相互ケアの関係につきまとう暴力の気配という不穏さは、フェミニズム・クィア思想を土台とした現代の倫理的枠組みがいかに暴力を包摂できるかという問いを読者に投げかける、『犬身』のもっとも特筆すべき批評性と見なせるのではないか。

おわりに

本章では松浦理英子の『犬身』を取り上げて、この一風変わった変身小説が、犬と人間の相互ケアの関係に女性同士の相互ケアの関係を重ね合わせることによって、ケアの倫理をクィアへと開く可能性を秘めていることを読み解いてきた。

最後にこの小説が二〇〇四年から〇七年に発表された意味について考えておきたい。伴侶種やケアの倫理といった現代思想への応答性は、同時代の新自由主義《ネオリベラリズム》体制との関わりで捉えることが不可欠だと思われるからだ。

デヴィッド・ハーヴェイによれば、新自由主義とは「強力な私的所有権、自由市場、自由貿易を特徴とする制度的枠組みの範囲内で個々人の企業活動の自由とその能力とが無制約に発揮されることによって人類の富と福利が最も増大する、と主張する政治経済的実践の理論[26]」である。言うまでもなく、この考え方では市場経済に資する自律した個人の自由と才能が最重視される[27]。それに対して、人間社会に自律した個人などどこにも存在せず、むしろ相互依存を重要な前提条件と考えるのがケアの倫理である。したがってそれは、フランスの哲学者ファビエンヌ・ブルジェールの言葉を借りれば、「依存しない自律した合理的個人という虚構に依拠しているネオリベラリズムの政策の限界を示す[28]」倫理とも見なすことができる。

一般に新自由主義が日本社会で顕著になったのは、二〇〇一年から〇六年の小泉純一郎政権のころからとされる[29]。注目すべきは、その深化の過程で家族中心主義的な新保守主義が〇六年から翌年の第一次安倍晋三政権以降、急速に台頭したことだ。ハーヴェイはこうした台頭についてアメリカを例にとり、「新自由主義が一般にもたらす「個人的利益のカオス」の解体作用を中和する[30]」役割、換言すれば、新自由主義下の社会的分断を巧みに統合する安全弁の現れと分析し、新自由主義と新保守主義の親和性に警鐘を鳴らしていた。この新保守主義の価値観はおもに文化ナショナリズム、道徳的正しさ、家族の価値などと要約できるもの[31]だが、ハーヴェイはそれが日本にも等しく台頭しつつあることを見抜いていたことで知られている。[32]

日本社会での新自由主義の浸透と新保守主義の台頭。『犬身』の連載期間は、これと時を同じくしている。この同時代性を視野に入れたとき、社会運動家で文芸評論家の生田武志がフサと梓という異種同士の関係に、「妊娠・結婚」を前提化した「日本的な家族の公理系」への抗いを読み取った[33]ことも頷ける。すなわち『犬身』に現出する被傷性や不自由を抱えた者同士のクィアなケアの倫理の関係性とは、個人の自律性に立脚した新自由主義と、それと親和性が高いヘテロセクシズム[34]に基づく家族中心主義に立脚した新保守主義、それら両方のイデオロギーへの異議申し立てとして捉え直せるのである。

＊小説の引用は松浦理英子『犬身』上・下（〔朝日文庫〕、朝日新聞出版、二〇二〇年）による。

注

（1）近代日本の犬の文化的・政治的なイメージの変遷については、アーロン・スキャブランド『犬の帝国――幕末ニッポンから現代まで』（本橋哲也訳、岩波書店、二〇〇九年）が詳しい。

（2）松浦理英子「永遠に犬的なるもの、われらを導いて行く」「一冊の本」二〇〇七年十一月号、朝日新聞社、四ページ
（3）内藤千珠子『小説の恋愛感触』みすず書房、二〇一〇年、三五ページ
（4）松浦理英子「親指ペニスとは何か」（『親指Pの修業時代』下〔河出文庫〕、河出書房新社、一九九五年）では、性器の結合を重視する男女の性行為を批判的に「性器中心主義」と表現している（三三〇ページ）。
（5）百瀬奈津美「松浦理英子『犬身』論（Ⅱ）――性愛観と人間関係の到達点」「ゲストハウス」臨時増刊第四号、信州大学人文学部人文学科松本和也研究室、二〇一二年十月、三六ページ
（6）前掲『小説の恋愛感触』三九―四〇ページ
（7）辻本千鶴「松浦理英子『犬身』論――ジュネとガーネットの受容を視座として」「言語文化論叢」第五号、『言語文化論叢』の会、二〇一一年八月、六一ページ。すでに斎藤美奈子「『犬身』、闘わない犬の物語」（「文學界」二〇〇八年五月号、文藝春秋）にも、「房恵／フサは、「半人半犬」の状態を生きているわけで、つまり彼女は「犬に似たもの」にはなったが「犬」に変身したわけではないのである」という指摘が見られる（一八二ページ）。
（8）ダナ・ハラウェイ「サイボーグ、コヨーテ、そして犬」、ダナ・ハラウェイ／シルザ・ニコルズ・グッドイヴ『サイボーグ・ダイアローグズ』所収、高橋透／北村有紀子訳、水声社、二〇〇七年、二二五ページ（原著：二〇〇〇年）
（9）ダナ・ハラウェイ『伴侶種宣言――犬と人の「重要な他者性」』永野文香訳、以文社、二〇一三年（原著：二〇〇三年）
（10）同書五四ページ

(11) 永野文香「訳者あとがき」、同書所収、一七四ページ
(12) 同書一二五ページ
(13) ダナ・ハラウェイ『犬と人が出会うとき――異種協働のポリティクス』(高橋さきの訳、青土社、二〇一三年〔原著：二〇〇八年〕)には、犬と人間の関係を敷衍して「種の相互依存は、地上において世界を生きるゲームの名称であり、このゲームは、応答か敬意かのいずれかである必要がある」(三三ページ)とある。
(14) 前掲「訳者あとがき」一七四―一七五ページ。なお、永野の伴侶種に関するこうした理解は、アメリカのジェンダー・セクシュアリティ研究者で文学研究者でもあるマリアン・ディコーヴェンの論文に依拠している。
(15) 松浦理英子/多和田葉子「〈特別対談〉動物になること、語りの冒険」「新潮」二〇一一年三月号、新潮社、一六三ページ
(16) 前掲『フェミニズムの政治学』などを参照。
(17) 前掲『伴侶種宣言』六〇ページ
(18) 前掲『犬の帝国』七九ページ
(19) 石田戢/横山章光/上条雅子/赤見朋晃/赤見理恵/若生謙二「日本人の動物観――この10年間の推移」「動物観研究――ヒトと動物の関係学会誌」第八号、ヒトと動物の関係学会、二〇〇四年五月、一七―三二ページ
(20)『犬身』の連載当時は、ペットが不当に殺傷された場合、その最高刑が動物愛護管理法の罰則(一年以下の懲役)よりも、器物損壊罪(三年以下の懲役)の罰則のほうが重かったため、一般的に器物損壊罪で訴えていた。これは、のちに段階的に見直され、二〇一九年六月の法改正(二〇二〇年六月

施行）によって現在では、殺傷罪の罰則は動物愛護管理法が「五年以下の懲役又は五〇〇万円以下の罰金」となり、器物損壊罪の罰則よりも重くなっている。

(21) 環境省の統計資料「犬・猫の引取り及び負傷動物等の収容並びに処分の状況」（〔http://www.env.go.jp/nature/dobutsu/aigo/2_data/statistics/dog-cat.html〕［二〇一二年十二月十八日アクセス］）参照。

(22) 日本ペットフード協会の推計（「平成16年（2004年）犬猫飼育率全国調査」〔http://www.petfood.or.jp/data/chart2004/03.html〕［二〇一二年十二月十八日アクセス］）による。

(23) 松浦理英子／川上未映子「対談 性の呪縛を越えて——樋口一葉の時代から続く「女流」という枷を超克し、セックス抜きでいかに女体を描くか」「文學界」二〇〇八年五月号、文藝春秋、一七六—一七七ページ

(24) 前掲『伴侶種宣言』一五九ページ

(25) 同書一五九ページ

(26) デヴィッド・ハーヴェイ『新自由主義——その歴史的展開と現在』渡辺治監訳、森田成也／木下ちがや／大屋定晴／中村好孝訳、作品社、二〇〇七年、一〇—一一ページ（原著：二〇〇五年）

(27) 同書九四—九六ページ

(28) ファビエンヌ・ブルジェール『ケアの倫理——ネオリベラリズムへの反論』原山哲／山下りえ子訳（文庫クセジュ）、白水社、二〇一四年、七九ページ（原著：二〇一三年）

(29) 渡辺治「日本の新自由主義——ハーヴェイ『新自由主義』に寄せて」、前掲『新自由主義』所収、二九七ページ

(30) 同書一一八ページ

(31) 同書一一八ページ

(32) 同書一二〇ページ

(33) 生田武志『いのちへの礼儀――国家・資本・家族の変容と動物たち』筑摩書房、二〇一九年、三四一ページ

(34) ここでの「ヘテロセクシズム」とは、単なる異性愛主義ではなく、竹村和子『愛について――アイデンティティと欲望の政治学』(岩波書店、二〇〇二年〔のちに岩波現代文庫、二〇二一年〕)三六―三八ページで論じている、終身的な単婚が前提とされた「性差別と異性愛主義という二つの言語のもつ抑圧形態」としてのそれを指している。

第7章　多和田葉子「献灯使」

——未来主義の彼方へ

はじめに

多和田葉子の「献灯使」(「群像」二〇一四年八月号、講談社)は、二〇一一年三月の東日本大震災による東京電力福島第一原子力発電所の事故という日本の深刻な歴史的事象への応答として書かれた、いわゆる「震災後文学」[1]の作品である。だが、すでに多く指摘されているように、震災直後に発表された多和田の「不死の島」(谷川俊太郎ほか『それでも三月は、また』所収、講談社、二〇一二年)とは違い、原発事故に関わる「核、フクシマ、放射能などということばは一切使われていない」[2]ことを特徴とする。「献灯使」では、「自然災害ではない」何らかの人災による過酷な環境汚染後の「日本」の生態系の変化や政治体制の不可視化をはじめとした、じつにさまざまな窮状を細やかに描き出している。そのため、まぎれもなく震災後文学でありながら、本作の射程は、震災や原発事故をめぐる事象をはるかに超えた広がりを見せる。

最初にあらすじを確認しておこう。

舞台は未来であるらしき日本。地震や津波ののち、何らかの大災厄によって、とくに東京の都心部は「長く住んでいると複合的な危険にさらされる地区」に指定されるほど「汚染」の被害を受け、人々はそこから離れて暮らしている。生態系も著しく変化し、「この国ではもうかなり前から野生動物を目にすることはなくなっていた」。そうしたなか、政府や警察はすでに民営化され、「鎖国政策」が敷かれている。災厄以降、日本の高齢者は百歳を超えても死なない丈夫な体になり、子どもの身体は日に日に弱くなっている。西東京の仮設住宅で暮らす、間もなく百八歳になる義郎と、曾孫の小学二年生の少年・無名も例外ではない。義郎は朝の走り込みで体調を整えながら、無名の親や祖父母の代わりに、無名の世話をして暮らしている。

物語はある朝から始まるが、その日、無名は登校した学校で気を失ってしまう。のちに建物のなかで目を覚ますと、すでに十五歳になっていて、体の機能はさらに低下している。無名は自分が医学研究の協力のためにインドに向かう「献灯使」に選ばれていることを思い出し、車椅子で外に出る。そこで、以前隣の仮設住宅に住んでいた少女・睡蓮と再会し、二人はともに車椅子で海辺へ向かう。砂浜で睡蓮とともに横たわった無名は、自分の性器が女性のそれに変わっていることに気づく。無名は睡蓮の顔を見ているうちに、ふたたび意識を失ってしまう。

一見すると、人災後の「汚染」によって人間の身体や植物の生態などが大きく変容してしまった世界は、原発事故による放射能汚染をデフォルメしたものと捉えられる。(3) しかしそればかりでなく、放射能汚染をはじめ現在的な危機としてあるさまざまな公害や化学兵器、森林伐採などによってグローバルに生じている壊滅的な環境汚染と気候変動や生態系の変化の問題、いわゆる「人新世」の問題を示唆するものとも見なせる。義郎たち死ねない高齢者や脆弱な無名たち子どもの姿にしても、多くの国々で深刻になっている少子・高齢化を象徴していると読むこともできる。(4) つまり端的に言えば、本作には現在の地球が抱える持続可能性の危機の諸問題が乱反射的にデフォルメされて描き込まれているのである。多和田自身による「『献灯使』は未来小説じゃない(5)」という発言は、そのような意味として受け止めなければならないだろう。

以上のような観点に立ったうえで、本章ではおもに障害やクィア、そしてケアというモチーフに目を向けながら、「献灯使」という小説テクストが震災後文学というカテゴライズを超えて、どのようにクィア理論をはじめとした現代思想と共鳴しながら、現在のグローバルな政治・経済をめぐる課題に批評的に対峙しているかを解き明かしていきたい。

1　障害者的身体をめぐって

三人称の語りからなる「献灯使」は、多和田が語っているように「一人の視点から書いている小説ではなくて、視点の転換」があることで、「無名と義郎は助け合い、しっかりつながってはいるけれども、二人のものの見方が一致しているわけではない」[6]ことが示されていく。これによって、おもに義郎と無名を視点人物としながら、二人の現状認識のギャップが映し出されることになる。

災厄以降、子どもの細胞が破壊されたことで、いつも微熱があるほか、体の骨などが弱くなり、無名の世代の子どもは「歯がもろいので、パンは液体に浸さなければ食べられない」ほどになっている。そのため、無名たち子どもの日常生活は常に、義郎たち高齢者による介護あるいは介助を必要とする。磯村美保子の「全ての子どもが障がいを持つ社会[7]」という的確な見立てどおり、言ってみれば、無名たちは深刻なまでに〈障害者的な身体〉を抱えた子どもたちなのである。

彼らにとっては「飲む」という行為さえ「楽ではない」。その様子は以下のようなものだ。「黒目を回転させながら喉のエレベーターを必死で上下させ、液体が下へ送り込まれていくように努力する。液体が逆流してきて喉が焼けることがある。それを押し戻そうとして気管に入り、激しい咳き込みが始まることもある。一度咳き込み始めるとそれがなかなか止まらない」。

ところが、日常生活での困難こそあれ、無名本人は自分の障害に対して「平然」としたところがあるとされている。

「無名、平気か、苦しいか。息できるか」

と義郎は自分の方が目に涙を浮かべながら、無名の背中を軽く叩いたり、頭を腕で巻いて胸に押しつけたりしている。無名は苦しそうに見えながら、どこか平然としている。まるで海が嵐を迎えるように無抵抗に、咳の発作が通り過ぎるのを待っている。

そのうち咳がやむと、無名は何事もなかったような顔をして、再びジュースを飲み始める。義郎の顔を見ると無名は驚いたように、
「曾おじいちゃん、大丈夫？」
と訊く。無名には、「苦しむ」という言葉の意味が理解できないようで、咳が出れば咳をし、食べ物が食道を上昇してくれれば吐くというだけだった。もちろん痛みはあるが、それは義郎が知っているような「なぜ自分だけがこんなにつらい思いをしなければならないのか」という泣き言を伴わない純粋な痛みだった。それが無名の世代の授かった宝物なのかもしれない。無名は自分を可哀想だと思う気持ちを知らない。

（四二—四三ページ）

この朝のジュースを飲むときの様子にあるように、無名自身は、ことさらに「苦し」んだり「自分を可哀想だと思」ったりすることがない。それどころか、別の箇所では「義郎の朝には心配事の種がぎっしりつまっているが、無名にとって朝はめぐりくる度にみずみずしく楽しかった」とも語られている。右の引用からは、無名の障害に対して苦しみや憐憫の感情を抱くのは、むしろ無名を傍らで見守り世話をする義郎のほうであることがわかる。

義郎の心配をよそに、毎朝の大変な着替えのときも、無名はその作業に「みずみずしく楽し」い気持ちを抱いている。パジャマを脱ぐときは「蛸、出て来い」、通学用ズボンをはくときは「脚は列車だ。（略）右足を入れても左が出てこない。かまうもんか。肌色の蒸気機関車がトンネルに入っていく。しゅ、しゅ、ぽ、ぽお」というふうに、着替えでぶつかるさまざまな障壁と格闘しなが

らも、自分の身体を人間以外の物に見立てて、その感覚を楽しんでいる。人間の身体を蛸のような動物や蒸気機関車のような無生物と接続し、そこにこそ価値を見いだす態度には、たしかに日比嘉高が指摘するように、イタリア出身の哲学者ロージ・ブライドッティが言う、理念的で抑圧的な人文主義による「人間」像そのものを問い直す、ポスト・ヒューマンの思想に通じるものがあると見ていい[8]。ただ、人間と動物とを並列させた、こうした脱人間中心主義的な思考が、無名が従来の「健常」な「人間」像から逸脱する障害者的な身体を有していることから導き出されていることにも注意が必要だろう。その意味では、無名の思考はむしろ、アメリカの画家・作家であり、障害者運動と動物の権利運動の担い手でもあるスナウラ・テイラーが開いた視野に通じるものと理解できる。

テイラーは『荷を引く獣たち』のなかで、障害者と動物の卑下・抑圧のされ方の共通点に注目し、私たちを取り巻いている既存の「健常」者を中心化した制度と、「人間」を中心化した倫理とが地続きにあることを明らかにして、強く非難している。そのうえで、障害者と動物の生の様態それ自体が、既存の健常主義もしくは人間中心主義に基づく閉鎖的な生の様態とは別様のものであることの価値を強調している。

> 障害運動家たちは、障害者が障害にもかかわらず価値があると論じているのではない——むしろ価値は、障害によって生じる身体の、認知の、そして経験の多様性にあるのだ。障害は欠乏と無能の要素を含むかもしれないが、それはまた、知り、存在し、そして体験する異なった仕

方を育むものである。障害の文化が動物の正義をめぐる議論にとって大いに重要なものになるのは、こうして異なることへ、異なった仕方で行為し、存在することへと価値を付与するためである。動物は、わたしたちが望むよりずっとわたしたちに似ていると同時に、きわめて異なってもいるからだ。(9)

無名のように、自分の障害者的な身体をことさら悲観することなく、むしろ人間以外の物――とくに蛸などの動物――に見立てて感覚的に楽しむ様子は、右の引用でテイラーが述べる、動物の生の様態にも通じる「障害によって生じる身体の、認知の、そして経験の多様性」の価値を差し出したものと見なせるだろう。(10)また、この観点からすれば、無名が障害を抱えていることに対して、苦しみやつらさばかりを感得する義郎は、人間中心主義に裏打ちされた健常主義にとらわれていることになる。

ただし本作では、義郎の過去の考え方と対比させながら、無名との生活のなかで生じる義郎の認識の転換も語られていく。たとえば、先の引用にあったように、無名が障害者的な身体を抱えることに特別な苦しみや自己憐憫を覚えていない様子を見て取った義郎は、そのようなものの捉え方や自己認識を「無名の世代の授かった宝物なのかもしれない」と思い至っている。あるいは、無名のできることがあまりに限られているため、「これから生きていく上で義郎が無名に教えてあげられることなど一つもない」と「自分が情けなく」感じる一方で、無名たち障害者的な身体をもつ子どもたちに「これまで見てきた子供たちには全くなかった新種の知恵」を見いだし、「もしかしたら新しい文明を築いて残していってくれるかもしれない」と可能性も感じている。

さらに「パン屋の主人」との会話では、無名たちの蛸のような身体を「昔は軟体動物なんて馬鹿にしていた」ものの、いまでは「曾孫を見ていて」「もしかしたら、人類は誰も予想していなかった方向に進化しつつあって、たとえば蛸なんかに近づいているのかもしれない」と、無名たち子どもの身体性を改めて価値づける言葉を口にするのである。

もっとも、そのように価値づけられるとしても、無名たちの障害者的な身体が環境の「汚染」という外的要因による結果であるかぎり、それがきわめて深刻で恐ろしい事態であることに変わりはない。[11] 義郎にしても、そのような動かしがたい深刻な事態を前に、現実世界への認識そのものを変えることで自らの気持ちを慰めている面も否めない。[12] しかしたとえそうだとしても、少なくとも義郎の認識の変化には、内面化した既存の人間中心主義、健常主義の思考方法に疑いを向け、そうした思考から脱却しようとする大きなパラダイムチェンジを看取できる。無論それは、いまだ障害をネガティヴなものとしてだけ受け取りがちな現代の読者にも、思考のパラダイムチェンジを起こす契機を与えてくれるものと言えるだろう。

2 クィアな身体と反再生産的未来主義

あらすじでも触れたとおり、無名たちの世代は「生まれた時の性が持続することはなく、誰でも人生のうち必ず一度か二度は性の転換が起こる」ようになっている。そのように「男女の性の区別が曖昧なものになってきてから」は学校の体育の授業をはじめ、トイレまでも男女共有になったとされる。性別の曖昧化にともない、性別二分法によって構築されてきた社会のさまざまなジェンダー規範が溶解していっているのである。当然、無名たち子ども世代は身体ばかりでなく、社会変化に応じて性自認《ジェンダー・アイデンティティ》と性的指向《セクシュアル・オリエンテーション》も曖昧になり、クィアな様態を生きていると考えていい。

無名のクィア性が端的に現れるのは、物語の終盤、十五歳という思春期に入った無名が久しぶりに再会した睡蓮と海辺に出た次の場面である。

> 波音がすぐ近くで聞こえるのに、頭をあげて見ると、海は思ったより遠い。熱い砂に下から暖められていく下半身に意識が辿り着いた瞬間、無名の心臓の鼓動は停止した。股の間が変化している。女性になっている。貝殻が砕けてできた砂が睡蓮の額にはりついて光っていた。睡蓮はまだ女性なのだろうか。それとも男性になっているのだろうか。美しい女性の顔をしているが、そういう男性は今時はいくらでもいる。睡蓮が眉と唇をかすかにしなわせて、誘うような表情をした。（略）〔無名は：引用者注〕左右の肩を交互に揺すって身体を起こそうとしてみた。睡蓮の上半身が垂直に起きたのが見えた。その顔が無名の空を覆った。（一六〇―一六一ページ）

このように無名と睡蓮が献灯使として旅立とうとする結末部分で、彼らは相手が女性か男性かという性別二分法を超え出たクィアな欲望を行使しようとする。ただ、彼ら子どもたちの障害者的な身体は、安西晋二が指摘するように「「死を奪われた」義郎らとは異なり、(略)長生きを予感させる身体の状態にはない[13]」ばかりか、さらにクィアな身体性も加味すれば、彼らの性欲望の行使が生殖に結び付くとは考えにくいことになる。

無名たちの次世代再生産の不可能性については、これまでも先行論で注目されてきた。そこでは、「親から子へ(略)と受け継がれてきた生の連鎖が断ち切られてしまう」ことが「原子力災害の恐ろしさ[14]」の表象として読み取られたり、あるいは日本の少子化問題に引き付けて、「子どもの出生による人口増加は、望むべき未来」であるという観点から、この小説が「出生率が低下し続け、人口減少の一途を突き進むという、おそらく今後も好転は望めないだろう日本の国家的な課題を、戯画化している[15]」と捉えられたりしてきた。しかし、どちらの見立ても、短命で生殖不可能な子どもたちが「生の連鎖」や「国家的な課題」に照らして人類の「未来」には貢献できないという認識から導出されていることには注意を要するだろう。無名たちの存在は障害者的でクィアな身体の持ち主である以前に、〈子ども〉であるがゆえに、否応なく大人たちから「未来」の担い手としてまなざされてしまうのである。とくにそうした論理では、人類や国家という枠組みのなかで、彼ら子どもたちには一様に「未来」の担い手としての生殖能力と次世代再生産が待望されることになる。

次世代再生産の規範化によって子どもに未来を託そうとする政治、そのような当然視されている既存の政治を、クィア理論の観点から痛烈に批判した思想家にリー・エーデルマンがいる。アメリカのクィア理論家で文学研究者でもあるエーデルマンは、一九九八年の論文のなかで、生殖とは無縁の性欲望を行使するゲイ男性の立場から、現存の保守的な右派の政治にせよ、リベラルな左派の政治にせよ、「明るい未来」を「子ども」と象徴的に結び付け、「未来」を「子ども」に託そうとする面で変わりがないと強く批判したのである。[16] この観点からすれば、一見対立している右派と左派のいずれの政治思想も、婚姻制と結び付いた既存の異性愛主義《ヘテロセクシズム》的な、すなわち生殖主義的な社会秩序を前提としており、常にそのイデオロギー秩序を再生産するにすぎないことになる。エーデルマンは、そうした生殖主義を前提とした既存の政治と「真に対立」するものこそ、「未来」と「子ども」を結び付けない「クィアなセクシュアリティ」、すなわちクィアネスだと主張する。なぜなら異性愛主義に裏打ちされないクィアネスこそ、生殖主義の既存の政治への強力なアンチテーゼだからだ。

エーデルマンはのちに一九九八年の論文を発展させた二〇〇四年刊行の著書 *No Future*[17] で、そうした「子ども」（生殖）に「未来」を形象化する政治的イデオロギーを「再生産的未来主義（reproductive futurism)[18]」と呼び、それに対する抵抗としてのクィアネスについて、さらに理論化している。ここでは、その精神分析的アプローチによる理論の細かい議論はひとまずおいて、右のような思想的枠組みだけに注目しよう。エーデルマンが批判する再生産的未来主義とは、生殖が前提化された〔強制的〕異性愛主義、および〔強制的〕健常主義の言い換えであると同時に、当然のことながら、常に人口増加による経済の拡大を期待する資本主義体制、とくに近年の強靭で有能な経済的主体が要請される新自由主義的なそれの言い換えでもあると見なせる。[19]

このようにエーデルマンは、「子ども」の形象に「未来」を託す再生産的未来主義の政治に対する抵抗としてのクィアネスを主張している。それを踏まえて、「献灯使」の世界に目を向けてみれば、生殖不可能な無名たち「子ども」のクィアネス、そして障害者的身体とは、まさにそのような未来主義を問い直す表象と捉え直せるにちがいない。それは人口管理のもと（健常で異性愛の）子どもに未来を託して経済発展を遂げようとする資本主義体制の夢を問い直す、抵抗の表象でもあるのではないだろうか。[20]

3　献灯使という子ども騙し

改めて確認すれば、献灯使とは、献灯使の会に所属する大人たちが「優秀な子供を選び出して使者として海外に送り出す極秘の民間プロジェクト」である。それは次のような考えに基づいている。

日本の子供の健康状態をきちんと研究することができるし、海外でも似たような現象が始まっている場合には参考になる。もはや未来はまるい地球の曲線に沿って考えるしかないことは明白だった。立派そうに見えても鎖国政策は所詮、砂でできたお城。子供用のシャベルで少しずつ壊していくこともできるだろう。そのために、一人また一人と民間レベルで若い人を海外に送り出していこうと献灯使の会は考えていた。（一五二―一五三ページ）

つまり献灯使の会の大人たちは、政府に監視された「鎖国」状態にあって、子どもの身体の変化をはじめとした、とめどない生態系の変容に喘ぐ日本の状況を打開すべく、子どもたちに「未来」への希望を託そうとしている。だからこそ「優秀な子ども」を厳しく選抜することになる。

頭の回転が速くても、それを自分のためだけに使おうとする子は失格。責任感が強くても、言語能力が優れていなければ失格。口はうまくても自分のおしゃべりに酔う子は失格。他の子の痛みを自分の肌に感じることのできる子でも、すぐに感傷的になる子は失格。意志が強くても、すぐに家来や党派をつくりたがる子は失格。人といっしょにいることに耐えられない子は失格。孤独に耐えられない子は失格。既成の価値観をひっくりかえす勇気と才能のない子も失格。なんでも逆らう子は失格。日和見主義者も失格。気分の揺れが激しい子は失格。（二〇一ページ）

献灯使に選ばれるには、かくも多くの条件を必要とする。適任者を見つけるのがいかに困難であるかは、義郎の妻である鞠華が「最近、審査委員の主要メンバーに選ばれた」ものの、彼女が経営する児童施設には「たくさん子供がいるのに、使者としてふさわしい子はなかなか見つからない」と感じていることからもわかる。そのなかで、この鞠華や、同じく献灯使の会の会員で、無名の小学校の教員である夜那谷が「完璧な適任者」として目をつけたのが、義郎が「新種の知恵」を見て取った無名だった。しかし、そもそも多くの「失格」者を生み出し、ごくまれな「優秀な子ども」だけを選抜する献灯使という制度自体、能力主義的ひいては優生思想的と捉え直せるのではないか。そうだとすれば、それは「優劣」の基準を無効にし、自分の障害者的身体のあらゆる感覚に価値を捉える無名の「新種の知恵」とは相いれないシステムと言える。

じつはそればかりでなく、献灯使の向かう先にあたる「国際医学研究所」が「マドラス」の地にあることにも、献灯使という制度に潜む不穏さを見いだすことができる。マドラス（Madras）とは、現在ではチェンナイ（Chennai）と呼ばれる、南インドの東側に位置する大都市を指している。一六四〇年にイギリス東インド会社が要塞を建設し、もともとのチェンナイからマドラスへと地名が改められたが、一九九六年には、その植民地支配に由来する地名はふたたびチェンナイへと戻されている。つまり「マドラス」とは現存しない都市名なのだ。

さらに重要なのは、この都市にはマドラス原子力発電所（Madras Atomic Power Station）が存在することである。マドラス原子力発電所はインド初の完全国内建設の原発で、一九八三年と八五年以降、二基の原子炉が稼働している。高速増殖炉向けのプルトニウム燃料の製造まで包括的におこなえる、インドのなかでもとくに巨大な施設として知られている。このように「マドラス」が実際の地名というよりも、インドの植民地支配と原子力開発を象徴する名であることは、献灯使の行き先を胡散臭いものにしている。そのことは、献灯使が必ずしも会員の大人たちの期待どおりに、「未来」への希望をつなぐものとはなりえないことを知らせるかのようだ。

作中、こうした「マドラス」の不穏さは、「沖縄」の不穏さと響き合うかたちで巧みに暗示されている。「日本」でとくに農業が栄えている土地は「沖縄」と「北海道」になっているが、義郎が手にする新聞によれば、「沖縄」では「毎日ただ同然で果物と野菜を手にいれることができ」、そこでの生活は「東京の人間には想像がつかないくらい豊か」とされている。そのため「移民」を受け入れない「北海道」とは異なり、当初は「移民を無制限に受け入れる方針」だった「沖縄」には、「本州からたくさんの男女が移住した」。義郎の娘の天南もその一人だ。夫婦で「沖縄」に移住するために、息子の飛藻を義郎のもとに置いていく選択までしている。

この天南の「中学校時代の同級生」である「絵はがき屋」の「女主人」と、絵はがきを買いにきた義郎との会話では、義郎が「沖縄に住んでいる人たちは、沖縄のことを琉球って呼んでいるらしい」ことを話題にし、「女主人」は「琉球？　いいですね。でもまさか独立運動とか」などと応じている。言うまでもなく、このやりとりには沖縄という地名がもつ歴史性、すなわち明治政府の国民国家政策のもとに琉球国としての主権を奪われ支配された歴史性が呼び込まれてくる。これによって、作中の「沖縄」は、イギリスの植民地支配を表象する「マドラス」という地名と、イメージのうえで近接することになる。

さらに「沖縄」の天南からの手紙について、義郎は、「一昔前だったらまず、洗脳されているんじゃないかと疑って」しまうほど「果物の話がやたら多い」ために「心配になることもある」と「女主人」に漏らす。すると三人称の視点で次のように語られる。

　二人はここで急に黙ってしまったが、考えていることはほぼ同じだった。果樹園は果物の工場のようなものだから、そこに閉じ込められて働く生活は意外につらいのではないか。果樹園という言葉を聞くと人は楽園と勘違いして羨ましがる。（略）でも、天南はそんな生活をしているわけではなく、朝から晩まで果樹園という名前の工場の中で働いているのだ。

このように「沖縄」では、「豊か」さと引き換えに、住民が過酷な工場労働のように「朝から晩まで」果物を育て、本州に輸出しては利潤を得るという閉じられた資本主義システムが稼働していることが暗示されている。義郎は天南から届く絵はがきから「とにかく何かある」と「にらんでいる」ものの、暗示は暗示のままにとどまり、「沖縄」の実態を知ることはない。民営化された政府による検閲や政策と同じく、この実態のつかめなさが余計に「沖縄」の不穏さをおぞましいものにしている。そして実態がつかめない点では「マドラス」の地もまた同様である。たとえ作中の「インド」が「地下資源を暴力的なスピードで工業製品に変えながら安価を競うグローバルなビジネスからいち早く降り」、「言語を輸出して経済を潤し」、「世界の人気者になりつつ」ある国とされていても、義郎や献灯使の会の大人たちには真偽が不明であるかぎり、「沖縄」と同様に不穏でしかない。（七二ページ）

以上のように考えたとき、「マドラス」の「国際医学研究所」とは、はたして献灯使の会の大人たちが期待するような場所なのか、やはり疑問を抱かざるをえない。二つの土地の近接性を踏まえれば、「沖縄」が外側に住む人々からは「楽園と勘違い」されていたように、「マドラス」もまた献灯使の会の大人たちのユートピア幻想からなる土地である可能性は大いにある。(21) エーデルマンの言葉を借りれば、大人たちが夢見る献灯使の「未来」は「子ども騙し（the future is Kid Stuff）(22)」かもしれないのだ。

大人たちが不穏なまぼろしの土地「マドラス」へと献灯使を派遣しようとすること。そこに映じる欺瞞は、地球環境の急速な悪化のなか、無責任にも社会構造それ自体を変革しないままに、子どもたち次世代に持続可能な〈未来〉をむやみに期待し担わせようとする、現在の再生産的未来主義の政治イデオロギーの欺瞞そのものを表象していると読めるのである。

4　可能性としてのケア

では、この作品には、資本主義体制と強固に結び付いた再生産的未来主義以外の大人と子どもの関わり方は示されていないのだろうか。結論から言えば、義郎と無名の相互ケアの関係がその可能性を示しているように思われる。

小川公代が本作を「義郎が曾孫の無名を育てるケア文学[23]」と評したように、義郎の日常生活は、学校の送り迎えばかりでなく、「汚染」度が高くない食料探しをはじめ、「オレンジを真っ二つに切ってしぼって無名にジュースをつくって」やったり、無名の求めに応じて「徹夜して特製のズボンを縫って」やったりと、いわゆる無名に対してのケア労働を中心に回っている。そのような生活のなか、義郎は「子孫に財産や知恵を与えてやろうなどというのは自分の傲慢にすぎなかった」と気づき、「今できること」は「百年以上も正しいと信じてきたことをも疑える勇気」をもち、「しなやかな頭と身体」を使って無名と「いっしょに生きることだけ」だと思い至ったとされている。

なかでも義郎に「自分の傲慢」に対する気づきを与えた契機として、蓼に関する出来事が回想されている。過去、義郎は「一時流行した東京野菜」の蓼を購入して食卓に出してみたものの、おいしくなかったため、「後悔のかゆさに耐えきれず」に、無名に「ごめん、まずいね」と謝った。だが無名は「不思議そうな顔」で「まずいとか、美味しいとかあんまり気にしないんだ、僕たち」と応答する。これに対して、「義郎は自分の浅はかさを思わぬ方角から指摘され、恥ずかしさに息がつまっ」てしまう。なぜなら、農産物が「汚染」され、「いくら味覚を研ぎ澄ましても命を守ることはできない」時代にあって、いまだ食べ物の味覚の良し悪しを気にして「まるでグルメは階級が上なのだというような高慢さで、みんなが同じように腰まで浸かっている問題沼を忘れようとする大人」としての自分のあり方を自覚したからだった。

さらに、こののち義郎は、「『蓼』という字を書く度に、文字を書くことの喜びに引き戻され」、「猫科の動物の子供になったつもりで、ゆっくりとこの字を書いた」とされる。野崎歓はこの部分を取り上げて、義郎が無名のように「動物になること、子供になること」という身体感覚に、「ディストピア」を「悦ばしく生きる」方途を見いだしたことを読み取っている。(24) そのような蓼をめぐっての、階級意識や能力主義に基づく「自分の傲慢」の自覚は、いわば知性に立脚する人間中心主義からの離脱と、無名のような動物的な感覚の内面化とにつながったと考えていい。

一見すると「献灯使」のなかの「日本」は、「鎖国」政策によって現実のグローバル資本主義体制から降りたように見える。実際、義郎も「鎖国していれば、少なくとも、日本の企業が他の国の貧しさを利用して儲ける危険は減るだろう」と考えている。だが、芳賀浩一の分析を借りれば、この「日本」は「安いエネルギーを大量に利用して経済成長を続ける近代モデルが破綻」し、かつ「資本主義が進めるグローバル化が拒絶され」た一方で、政府をはじめとした「ローカルな民営化が進み」、結局は「新自由主義が生み出す「グローカリズム」が極端な形」[25]で成立した状態にあると見なせる。すると必然的に、この「日本」での資本主義経済は、制約なき自由競争の様相を呈することになる。

農作物がとれる地域にもかかわらず、「北海道にはすでにナウマン象の骨を発掘して粉にして売っている店があ」り、「四国は農作物はほとんど自分たちで食べてしまう政策をとっていて、そのかわり、讃岐うどんの作り方、ドイツパンの焼き方などを特許化して稼いでい」たり、すでに触れたとおり「沖縄」は全国唯一の果物の出荷元として果樹園の農業をほぼ「工場」化していたりする。つまり、ありとあらゆるものが商品化され国内市場に出回っているのだ。

「鎖国」にしても、経済面では徹底されているわけではない。政府は海外からの「地下資源の輸入と工業製品の輸出をとりやめた」ものの、代替的な利益のために、「中国」に「沖縄の言葉を売り飛ばす」計画を立てたことがあるとされている。加えて作中では、外洋で大量死した「ペンギンの死体」を「子供用の肉ビスケット」に加工した商品を「日本に密輸入して儲けていた会社がある」という新聞記事も取り上げられている。「日本」がグローバル資本主義から必ずしも離脱していないことが仄めかされているのだ。

他方で、冒頭の「犬貸し屋」の挿話で示される義郎の現在の思考は、資本主義的な価値観を抜け出る様子が見られる。ともに走る理想の犬を決められない自分に内心満足する義郎は、「若い頃は、好きな作曲家は、好きなデザイナーは、好きなワインは」というふうに、「自分の趣味は良い」ことを「証明する品を買い揃えるためにお金と時間を費やしていた」ものの、「今はもう趣味を煉瓦として使って、個性という名の一軒家を建てようとは思わない」としている。すなわち、これは蓼をめぐる出来事を通して無名の言葉から与えられた、「自分の傲慢」の自覚と反省に基づく思考と解釈できるのではないか。そのようにして無名とのケアを中心にした生活は、義郎に、子どもに未来を託そうとする（再）生産性ばかりでなく、階級意識や金銭的価値に基づく優劣による評価軸を破棄させ、経済活動とは無関係に、他者とともに在ることや動物的な身体感覚を抱くことによる喜悦をもたらしていくのだ。

義郎の新たな価値観の受容は、もちろん同居する無名がクィアで障害者的な身体の持ち主であることと無関係ではないはずだ。ロバート・マクルーアは、クィアと障害の批評的な重なりを探求するいわゆる「クリップ・セオリー（Crip theory）」の第一人者として知られている。そのマクルーアが二〇〇六年刊行の*Crip Theory*で論じるとおり、クィアネスと障害（ディスアビリティ）はともに、新自由主義的な資本主義社会の基軸としてある「強制的健常身体性の制度（a system of compulsory able-bodies）」を穿ち、新たに身体と欲望を別様に想像させる批評性につながる。[26]現代の多様性の重視のなかで、非障害者が障害者に求めがちな能力主義的なフレキシビリティ、もしくは障害者に向けがちな寛容の政治を超えて、義郎が無名からもたらされ自己変革を迫られる――前述のように、ときに動物や無生物の感覚をともなうものでさえある――「しなやかな頭と身体」とは、そのような価値転換を促す「批評的なクィアネス／容赦のない障害（critical queerness and severe disability)[27]」の表象として読み取れるのではないか。[28]

曾祖父の義郎が曾孫の無名のためのケア労働を担うことは、超高齢化社会という観点からすれば、ケアの主体と対象が年齢的に逆転しているのは言うまでもない。[29]また一般的に女性が担ってきたケア労働を義郎という男性が担い、かつ「無名の父親が本当に〔義郎の孫の：引用者注〕飛藻なのかどうか」が曖昧で無名と義郎の血縁関係が定かでない[30]ことを踏まえれば、彼らのケアの関係は、性別役割や血縁に依拠したファミリー・ロマンスを無効にするものと理解できる。

加えて、すでに触れたように、たとえ義郎がいまだに無名に人間の「進化」を捉えたり、「新しい文明」を築いていく可能性を期待したりすることはあったとしても、ケアの生活を通して、実際は「新種の知恵」が子どもの無名から大人の義郎へと与えられていくことは、大人が子どもを「未来」の形象として捉え、子どもを教育し知恵を与える既存の未来主義的な構図とは大きく異なっている。無名の障害者的でクィアな身体とそこから発せられる、既存のあり方とは別様の身体感覚の表現は、義郎との関係を再生産的未来主義とは別様の形態に変質させていると解釈できるのである。

義郎は無名をケアする立場にある。しかし同時に、義郎もまた無名からケアを受けていることを忘れてはならないだろう。「カルシウムを摂取する能力が足りない」無名の歯の脆さを心配する義郎の心を「無名はすぐに読み取って」、「雀も歯がないけれど元気だから平気だよ」などと、義郎を気遣って「慰め」、「励ます」。義郎が無名を物理的にケア（介護）しているとすれば、無名もまた義郎の暗い気持ちを察しては、義郎の心にケア（気遣い）を与えるのである。この互いに具体的なニーズに応答し合う「ケアの倫理」（キャロル・ギリガン[31]）に基づく信頼関係があるからこそ、前述のように義郎は固定観念を棄て去って、無名の言葉や心情におのずと共鳴していくことになる。

社会のなかの人間の自律性を問い直し、その相互依存性を重視するケアの倫理の思想が、「依存しない自律した合理的個人という虚構に依拠しているネオリベラリズムの政策の限界を示す[32]」と目されていることは、すでに本書の第6章でも触れた。これについては、近年さらに政治経済の分野でも、資本主義体制へのオルタナティヴとして、ケアの倫理に注目が集まっている。

たとえば、現在のグローバル資本主義がいかに人間の生活様式までをも規定して、地球を破壊しているかを構造的に分析した、政治経済学などを専門とするドイツの社会科学者ウルリッヒ・ブラントとマークス・ヴィッセンは、資本の論理にからめとられない社会構築の模索としてケアの倫理に可能性を見いだしている[33]。ブラントとヴィッセンによれば、「人間の生命と人間以外の生命の根本的な傷つきやすさを承認」するケアの倫理によって「人びとがお互いへのケアと自然へのケアに中心的に価値を見いだすような社会は、資本主義的な価値増殖と蓄積の命令に対して自ずと批判的であらざるをえない[34]」というのである。

このような観点からすれば、反未来主義的と言っていい関係であるばかりか、資本の論理による価値基準から離れて互いにケアしケアされる関係を生きようとする義郎と無名の姿勢それ自体に、現在の資本主義体制に対するオルタナティヴが表徴されていると読み解けるのである。

「献灯使」の結末では、海辺に出た無名が睡蓮の顔に夜那谷と義郎の顔を見つける。

「僕は平気だよ、とてもいい夢を見たんだ」と言おうとしたが、舌が動かなかった。せめて微笑んで二人〔夜那谷と義郎：引用者注〕を安心させてあげたい。そう思っているうちに後頭部から手袋をはめて伸びてきた闇に脳味噌をごっそりつかまれ、無名は真っ暗な海峡の深みに落ちていった。

（一六一ページ）

この結末については、無名の命が尽きたと見なして〈絶望〉を読み取る見方[35]もあれば、「海を渡り、無名が次に目醒めたときに見るのは、現状をなんとか変えようとする人びとが待つマドラスの新しい朝だ[36]」というように、無名が献灯使として海を渡る未来を予感し〈希望〉を読み取ろうとする見方もある。しかし無名の出発やその生命のありようが留保されているかぎり、結局はどちらとも決定することは不可能だ。そうであれば、むしろ絶望と希望のどちらとも読み取れる「多義性[37]」にこそ焦点を当てる必要がある。

ここまで論じた文脈からすれば、本作の結末はまさにそのような意味が開かれた決定不可能な出発の留保によって、「献灯使」と称して子どもたちに「未来」を託そうとする大人たちの未来主義に供する解釈に限定されることはなく、かといって、大人の期待に反して無名の命の火が消えたという解釈に限定されることもない。いずれにせよ無名の生命や言動にことさらに絶望や希望を見いだそうとするのは、夜那谷ら献灯使の会の大人たち、あるいはこの小説の読者たちという、いまこの社会の持続可能性をめぐって深刻な問題意識を自らのうちに抱え込んでいる〈大人たち〉にほかならないのだ[38]。無名自身の視点に立てば、結末そのものには、「日本」社会の持続可能性をめぐる希望も絶望もないと言っていい。その意味で、この解釈が開かれた結末は、むしろ読者が抱いている再生産的未来主義の欲望を優れて暴き立てる仕掛けになっている。「献灯使」の批評性の強度はそこにこそ読み取られなければならない。

おわりに

ここまで、障害とクィア、そしてケアの関係を主要なモチーフとした「献灯使」という小説テクストに、現在の地球規模の環境汚染とその原因としてある新自由主義的な資本主義体制に対する批評性を捉え直してきた。たしかに、本章で評価的に捉えてきた義郎と無名の暮らしは、義郎からすれば無名の脆弱な様子を見るにつけ「曾孫たちの死を見送るという恐ろしい課題」が喚起されて「何もしないでいると涙がとまらない」ほどつらく苦しいものだ。ともに生き延びられるかどうかもわからないうえに、ケア労働自体が大きな負担になっていることは疑う余地がない。しかし、たとえそうだとしても、他者同士の相互ケアの関係を最大限に重視した、彼らの障害とクィアを介した日々の暮らしぶりは、既存の資本主義体制を支える強制的異性愛主義と強制的健常主義に基づく再生産的未来主義の価値観とはまったく異なる道筋を、まごうことなく照らし出している。

多和田葉子の「献灯使」は一見すると、原発事故後の深刻な環境汚染のなか、無名という子どもに切なる希望を託す大人たちの物語と読むことができる。だが、それだけではない。深刻なまでに地球を破壊し続ける資本主義的な生活様式をも射程に入れ、それに対するオルタナティヴを、障害とクィアを包摂したケアの倫理の関係に見据えた小説テクストと解釈できるのである。そこでは、従来のように次世代に未来への希望を託す未来主義的——すなわち異性愛主義的・健常主義的——な観測が退けられている。

最後に、結末でケアの関係を解消したかに見える義郎と無名、それぞれがもつ可能性について付言しておきたい。

先に取り上げた「犬貸し屋」の挿話に再度目を向けると、義郎は、犬貸し屋に「「どんな犬が好みですか」と訊かれて口ごもってしまう自分自身に実はひそかに満足して」いた。自らの「理想」によって他者を選別しないことに価値を見いだすその姿は、いわば献灯使の会の大人たちとは真逆の姿と言っていい。そのように新しい価値観を、曾孫から世代を逆行して手渡されたこの死ねない曾祖父こそ、じつは希望をつなぐ大いなる可能性を秘めているのではないか。それというのも、義郎が小説家だからだ。

これについて野崎歓は、「義郎が（略）ベテラン作家であることは、この小説のなかで文学に、そしてより具体的には文字に担わされた役割を際立たせている」[39]ことを指摘している。「鎖国」後の言語統制によってむしろ頻繁に生起する言葉の豊饒な遊戯性に、言葉そのものの力、野崎の言を借りれば「文学創造にとっての根拠」[40]が見いだされるのである。たとえ言葉が次から次へと「死語」になっても、文学へとつながる言葉は決して死ぬことはないのだ。

同様に義郎もまた、死なない／死なない身体をもっている。そうだとすれば、彼こそがまさしく言葉の力を体現する存在ということになる。作家活動を休止しても「使わない言葉をたくさん脳の引き出しにしまっていて、捨てようと」せず、天南らに宛てた絵はがきに、ときに動物的な感覚をもって文字を紡ぎ続ける義郎。あるいは「誰も行く人のいない空港の様子」を思い浮かべるたびに、その「映像が勝手に脳に入ってきて、小説に書いてくれ、書いてくれ、とせがむ」感覚にとらわれる義郎。無名との生活のなかで社会に怒りを覚えずにいられない、この死ねない／死なない老作家は、過去、「書きかけ」の「「遣唐使」という題名の歴史小説」を「身の安全のためには捨てるしかなく、燃やすのがつらいので埋めた」としている。だが、これはいつの日か、「新種の知恵」を吸収して現状を脱臼させる、あるいは現状に抵抗する新たな文学創造になってよみがえる可能性を残している。

一方、無名に目を移せば、砂浜で意識を失う直前、睡蓮の二つの目に「どちらも心配そうにゆがんでいる」夜那谷と義郎の顔を見て取り、「せめて微笑んで二人を安心させてあげたい」と考えて、「僕は平気だよ、とてもいい夢を見たんだ」と言おうとする。ここには、時間がジャンプして十五歳になってもなお相手の気持ちを汲み取って、ケア（気遣い）をしようとする倫理を持ち合わせた無名の姿がある。ただし、より注目したいのは、これよりも前の、浜辺での睡蓮とのやりとりのほうだ。

睡蓮が「もし、あたしが海の向こうへ行くことになったら、いっしょに来る？」と尋ねると、「無名は驚いて、答えそびれ」てしまう。もとより献灯使として海を渡るつもりだったからだ。だが、そのあと睡蓮に対し、無名は慌てて「もちろん、いっしょに行くよ。でも」とだけ答えて口をつぐむ。

無名の中に初めて芽生えた駆け引きの心が、自分も実は一人で海外へ行くつもりだったのだ、というセリフを砂に葬ってしまった。そのことを話さなければ、睡蓮のためだけに自分の生活を捨てる覚悟をしたのだと思ってもらえる。
（一六〇ページ）

つまり十五歳になった無名は、睡蓮の気を引くためにとっさに本当のことを隠し、あたかも睡蓮のためだけにわが身を捧げるかのようなそぶりをして、恋の「駆け引き」をするのである。このとき無名は、献灯使として「失格」の第一条件にあった「頭の回転が速くても、それを自分のためだけに使おうとする子」に変化していると捉えられないだろうか。

そうだとすれば、ここでの「駆け引き」とは、たとえ無名が海を渡ったとしても、献灯使の会の未来主義的な思惑がくじかれるかもしれない表徴とも読み解けるにちがいない。献灯使の会の大人たちの期待をすり抜ける、恋の「駆け引き」という新たな知恵の芽生えが、前述の「新種の知恵」とは別様のものであるのは明らかである。もしかすると、それは過去、義郎が睡蓮の保護者にあたる隣家の「根本さん」という女性と恋愛関係にあったことを傍らで見ていて獲得した知恵かもしれない。事実、「ある一定期間、義郎が根本さんと恋愛関係にあったことを無名は子供なりに察していた」と語られていた。義郎の作家としての言葉が無名の影響のもとで更新されるかもしれないように、無名の主体性もまた義郎の影響のもとで行為遂行的に更新されていくことが、この「駆け引き」のくだりには示唆されている。

「献灯使」という小説で義郎と無名の相互ケアの生活に兆していた〈希望〉は、まさにそのケアの生活を通して義郎と無名それぞれに手渡され、いずれその姿を現す日を待っているのかもしれない。

＊小説の引用は多和田葉子『献灯使』（〔講談社文庫〕、講談社、二〇一七年）による。

注

（1）木村朗子『震災後文学論――あたらしい日本文学のために』（青土社、二〇一三年）で提出された用語で、木村はこれを「単に震災後に書かれた文学」ではなく、「今までどおりの表現では太刀打ちできない局面を切り開こうとする文学」であるとして、おもに東日本大震災による「原発の爆発とそれによる放射能汚染の問題」を扱った文学作品を指すとしている（五九―六〇ページ）。なお、同『その後の震災後文学論』（青土社、二〇一八年）では、「献灯使」が取り上げられている。

（2）木村朗子「放射能災の想像力――多和田葉子「献灯使」のかたること」、矢野久美子責任編集『2018年度フェリス女学院大学学内共同研究――ポピュリズムとアート』所収、フェリス女学院大学、二〇一九年、一〇六ページ

（3）曾秋桂「エコクリティシズムから見た多和田葉子の書くことの「倫理」――「不死の島」と「献灯使」との連続性・断絶性」（「比較文化研究」第百十九号、日本比較文化学会、二〇一五年十二月）、および芳賀浩一『ポスト〈3・11〉小説論――遅い暴力に抗する人新世の思想』（〔エコクリティシズム・コレクション〕、水声社、二〇一八年）の第五章「ポストモダンから人新世の小説へ」では、エ

コロジカルな思想から人間とそれを取り囲む環境や自然との関係を読み解くエコクリティシズム（環境批評）の観点で本作品を分析しているが、どちらも「不死の島」と接続させて、「献灯使」の「汚染」を原発事故によるものと限定的に理解して論じている。

（4）安西晋二「多和田葉子「献灯使」に描かれた〈老い〉――身体と認識の差異」「國學院雑誌」第百二十巻第七号、國學院大學、二〇一九年七月

（5）多和田葉子／ロバート・キャンベル「対談　やがて〝希望〟は戻る――旅立つ『献灯使』たち」「群像」二〇一五年一月号、講談社、二一六ページ。多和田は少子・高齢化社会の現状に照らしてこの発言をしているが、この対談では「原発事故」や「環境問題」への言及も見られることから、それらも背景とした発言と捉えていい。

（6）同記事二二三ページ

（7）磯村美保子「ディストピアの暗闇を照らす子ども――多和田葉子「献灯使」」、佐々木亜紀子／光石亜由美／米村みゆき編『ケアを描く――育児と介護の現代小説』所収、七月社、二〇一九年、二〇六ページ

（8）日比嘉高「環境と身体をめぐるポスト・ヒューマンな想像力――環境批評としての多和田葉子の震災後文学」「*The Korean Journal of Japanology*（日本学報）」第百二十五号、韓国日本学会、二〇二〇年十一月、四ページ。早くは中条省平も「創作合評（第四百六十二回）「惑星」上田岳弘「献灯使」多和田葉子「愛と人生」滝口悠生」（「群像」二〇一四年九月号、講談社）のなかで「人間が蛸になる未来への言及」を「人間中心主義に対するアンチテーゼ」（三七六―三七七ページ）と捉えている。

（9）スナウラ・テイラー『荷を引く獣たち――動物の解放と障害者の解放』今津有梨訳、洛北出版、二〇二〇年、一一一ページ（原著：二〇一七年）

(10) 多和田は自作解説として、「無名が蛸みたいにパジャマと戯れるシーンは私にとってもけっこう重要なシーン」であるとしたうえで、「これまで築いてきた価値が壊れることで、これまで抑圧されてきた価値が現れることもあると思うんです。(略) いずれにせよ、自分の体を引き受けて、どう生きていくか、どう遊ぶか、どう見るかということですね」(多和田葉子/ロバート・キャンベル、ディスカッサント：河野至恩「〈シンポジウム〉〈対談〉多和田葉子×ロバート・キャンベル「蛸、出て来い。」ついそちらへ歩いて行ってしまう人々の物語」『国際日本文学研究集会会議録』第四十一回、人間文化研究機構国文学研究資料館、二〇一八年三月、一五七―一五八ページ) と発言している。ここで言われる「抑圧されてきた価値」こそ、障害者や動物の生の様態の価値と言い換えられると考える。

(11) 多和田葉子は、同対談のなかで、「非常に大変な身体的状況にあっても、無名は苦しむというより、明るく遊んでいる。明るいから問題はないのかというと、やっぱり問題はある。非常にある」(一五七ページ) と問題意識を語っている。また、日比嘉高は前掲「環境と身体をめぐるポスト・ヒューマンな想像力」で、無名が「明るく聡明で、何人かの論者が指摘するように物語には希望が感じられなくはない」としながらも、その動物化する身体に「人間の危機」としての「身も冷えるような恐ろしさ」をも読み取っている (八ページ)。

(12) 安西晋二の前掲「多和田葉子「献灯使」に描かれた〈老い〉」は、「「今」の義郎にとっては、いわば無名を理解し、ともに生活するために必要なものが、「しなやかな頭と身体」なのだ。その身体と認識とに絡めて義郎は、「「老人」ではなく、百歳の境界線を越えた時点から歩き始めた新人類なのだ」と、自身を定位し直そうとしている。それは、「何度も拳骨を握りなおさなければならないほどに、困難なことでもあるのだろう。「自己暗示をかけ続ける」過程と同じである」(二九ページ) としている。この義郎の「自己暗示」は、自分の身体への認識ばかりでなく、無名の身体への認識にも当てはまるだろう。
(13) 同論文二六ページ
(14) 増本浩子「希望に満ちたディストピア——多和田葉子の震災文学」「Da」第十四号、神戸大学ドイツ文学会、二〇一九年、五八ページ
(15) 前掲「多和田葉子「献灯使」に描かれた〈老い〉」二六ページ
(16) リー・エーデルマン「未来は子ども騙し——クィア理論、非同一化、そして死の欲動」藤高和輝訳、「思想」二〇一九年五月号、岩波書店（原著：一九九八年）
(17) Lee Edelman, *No Future: Queer Theory and the Death Drive*, Duke University Press, 2004. 同書の第一章はエーデルマンの前掲「未来は子ども騙し」を加筆・修正したものである。
(18) 訳語は、エーデルマンの前掲「未来は子ども騙し」一〇七ページにある藤高和輝「訳者解題」と、新田啓子「欲望」（三原芳秋／渡邊英理／鵜戸聡編著『文学理論——読み方を学び文学と出会いなおす』〔クリティカル・ワード〕所収、フィルムアート社、二〇二〇年）一一一ページの表現を用いた。
(19) 井芹真紀子「反／未来主義を問い直す——クィアな対立性と動員される身体」（前掲「思想」二〇二〇年三月号）は、既存のアメリカの政治思想に対するエーデルマンの二〇〇〇年代の再生産的未来主義批判が「ネオリベラルなゲイ・ポリティクスの台頭」に警鐘を鳴らす意図があったことを紹介している（七二ページ）。
(20) Sarah Falcus, "Age and Anachronism in Contemporary Dystopian Fiction," in Margery Vibe Skagen and Elizabeth Barry, eds., *Literature and Ageing*, Boydell & Brewer, 2020, pp. 75-83 は、「献灯使」の老いと子どもをめぐるアナクロニズム（世代間の混乱）に焦点を当てながら、か弱く、早すぎる老いを迎える無名が再生産的未来主義に帰さない存在であることを指摘している。ただし、本章のように、

それを「日本」の経済体制や献灯使の制度をめぐる問題と絡めては論じていない。

(21) 小説家である義郎は、過去、歴史小説の「遣唐使」を書き進めるなかで、検閲に引っかかるほどの「外国の地名をあまりにもたくさん使ってしまったことに気がつい」て削除しようとしたが、「地名は作品内に血管のように細かく枝を張り、地名だけ消すのは不可能だった」とされている。この歴史小説「遣唐使」は、「献灯使」という小説テクストにおける「地名」の重要性を示すメタテクストとして捉えることができる。

(22) エーデルマンの前掲論文「未来は子ども騙し」、およびその加筆・修正版である前掲 *No Future* の第一章のタイトルから。

(23) 前掲『ケアの倫理とエンパワメント』一一三ページ

(24) 野崎歓「ディストピアを悦ばしく生きる――多和田葉子『献灯使』」「群像」二〇一四年十二月号、講談社、三〇七ページ

(25) 前掲『ポスト〈3・11〉小説論』二四三―二四四ページ。金昇渊「現実という虚構――多和田葉子『献灯使』を中心に」(「立命館文学」第六百六十九号、立命館大学人文学会、二〇二〇年九月)も、作中の「日本」が「今日のグローバリゼーション、国際化社会の経済競争から離脱できるユートピア的風景にも見え」ながらも、「経済的豊かさ」の追求という資本主義体制は何一つ変わっていないことを指摘している(五一ページ)。

(26) Robert McRuer, *Crip Theory: Cultural Signs of Queerness and Disability*, NYU Press, 2006, p. 32.

(27) *Ibid.*, pp. 31-32.

(28) なお、井芹の前掲「反/未来主義を問い直す」七七―七八ページによれば、マクルーアは二〇一七年の論文「クリップたちに未来はない(No Future for Crips)」で、エーデルマンの「精神分析の普

遍主義」的なアプローチを批判するとともに、クィアネスだけでなく、クィアネスとクリップ（障害）の両方が再生産的未来主義を脅かすネガティヴな力をもつことを主張しているとされている。このマクルーアの主張は本章の読解に通じるものだと言える。
(29) 前掲『ケアの倫理とエンパワメント』一一三ページ
(30) 多和田葉子自身、前掲「対談 やがて〝希望〟は戻る」のなかで、「親子に限る必要はないと思います。無名と義郎は一応曾孫と曾おじいさんという関係ですが、血がつながっているかどうかは分からない」（二二〇ページ）と述べている。
(31) 小川の前掲『ケアの倫理とエンパワメント』は、義郎が生まれたての無名に「二人で頑張ろう、同僚」と呼びかけたところに着目し、そのように「家父長的な父と子という序列関係が存在しない」ところに「ケアの倫理」を看取している（一一四―一一五ページ）。ただ、本章ではあくまで互いの具体的なニーズへの応答関係に「ケアの倫理」を捉えてみたい。
(32) 前掲『ケアの倫理』七九ページ
(33) ウルリッヒ・ブラント／マークス・ヴィッセン『地球を壊す暮らし方――帝国型生活様式と新たな搾取』中村健吾／斎藤幸平監訳、岩波書店、二〇二一年（原著：二〇一七年）
(34) 同書二一四―二一五ページ
(35) 市原礼子「多和田葉子ディストピア小説――『献灯使』」（「群系」第四十六号、群系の会、二〇二一年七月）は「この終わり方では、希望は感じられない」（九八ページ）という読後感を述べている。
(36) 岩川ありさ『物語とトラウマ――クィア・フェミニズム批評の可能性』青土社、二〇二二年、二〇七ページ
(37) 中条省平は前掲「創作合評（第四百六十二回）「惑星」上田岳弘「献灯使」多和田葉子「愛と人

生」滝口悠生」のなかで、結末が「何か悲劇的な終わり方のように思えた」一方で、「無名が女になって、蛸になって、海を泳げるようになったんだと考えると、ものすごくポジティブなエンディング」であるとし、「人間の進化の究極の形を引き受けて、新たな世界に向かって泳ぎ出す」ことも想像できる「多義性を持った結末」と見なしている（三七七ページ）。

(38) 安西の前掲「多和田葉子「献灯使」に描かれた〈老い〉」は、「無名は、「希望」をつなぐ存在には違いないだろうが、義郎や鞠華の認識からすれば、彼の処遇は人身御供に等しいのではないか。その意味で、〈献灯使〉は、人々の「希望」という灯に献ぜられる使いである」（三一一ページ）と指摘している。

(39) 前掲「ディストピアを悦ばしく生きる」三〇六ページ

(40) 同論文三〇七ページ

おわりに

ここまで、おもにクィア批評とジェンダー批評を軸としながら、金井美恵子、村上春樹、田辺聖子、松浦理英子、多和田葉子という五人の現代作家たちの小説を読み解いてきた。それは「小説を読む」ことについて、関心の中心にクィアを置きながらも、論者なりに批評理論を模索した軌跡でもある。そのため、取り上げる対象を一人の作家の作品に限定することなく、また取り上げる時期も「現代文学」とくくられる幅広いものになった。

各章に関して改めて議論の軌跡をたどっておきたい。

第1章では、従来のフェミニズム批評が必ずしも適合的ではないように思われた金井美恵子の「兎」を取り上げた。ここでは、物語の構造や、動物の殺害と肉食に関するアレゴリーに着目しながら、「少女」の語りと「私」の語りの響き合いのなかに、ジェンダー化されない無性のものとしてのクィアの様態を読み取っていった。このもとになる論考を発表した二〇〇八年当時、私の知る限りでは、性別二分法的なアイデンティティ・カテゴリー自体を批判的に乗り越えようとする思弁的なクィア批評は、少なくとも日本近代文学研究の領域には見当たらなかった。「兎」は、日本で第二波フェミニズム運動が隆盛し始めた一九七〇年代はじめに登場した作品である。しかし、この小説テクストはジェンダー・アイデンティティそのものへの疑義を潜在させており、論者のなかでポスト構造主義的なクィア批評を実践する導きの糸になった。

第2章から第4章にかけては、村上春樹の小説について考察した。

第2章の『ノルウェイの森』論では、脱アイデンティティ的な方向性から一転して、直子とレイコさんという女性たちの同性愛セクシュアリティを可視化し、「僕」による異性愛主義的な物語を脱中心化するクィア批評の取り組みになった。彼女たちのクィアな欲望が精神的な病として表象されることにはたしかに大きな問題があるものの、しかし言い換えれば精神的な病へと陥ってしまうほど彼女たちにとって自己のクィアな欲望は容認しがたいものなのであり、そこには同時代にいかに強力に異性愛主義が中心化されていたかが示されていると読める。この女性たちに光を当てた『ノルウェイの森』論のプロトタイプには、小林緑に関する分析も盛り込まれていたが、全体のバランスを考えて削除している。緑も含めて、『ノルウェイの森』のほかの登場人物たちについても、今後、別の機会に論じてみたいと考えている。

第3章は、「レキシントンの幽霊」をエイズ文学として読み直す試みだった。もともとアメリカでクィア・ポリティクスが誕生した背景には、一九八〇年代の苛烈な同性愛抑圧を生み出したエイズパニック下のＨＩＶ／エイズ・アクティヴィズムの存在が指摘されているが、(1)「レキシントンの幽霊」は、まさにそのようなクィア理論を成立させたアメリカの時代状況を反映した小説テクストとして捉え直すことができた。前章の『ノルウェイの森』についてのクィア批評は、女性たちのクローズされた同性愛セクシュアリティを可視化したが、本章では、さらに特定の社会的な文脈から、当事者の生存をも脅かす同性愛セクシュアリティの抑圧状況を可視化し、異性愛主義による歴史的な罪過を掘り起こす読みを展開した。

この「レキシントンの幽霊」論は、同じく〈ノーマル〉か〈非ノーマル〉かの社会的で恣意的な分断線によって、当事者のニーズが否認されるどころか、生存さえも危険に晒されることを主題とした、第5章の「ジョゼと虎と魚たち」論を経て書かれたものである。両作品については、病や障害による人間の生存の困難性に、いかにジェンダーあるいはセクシュアリティの問題が絡み合っているかを読み解くとともに、小説テクストの表現が、非規範的と見なされる身体の〈言葉〉をどのように読み手のもとに送り届け、どのように読み手の応答責任を喚起する可能性をもつかを考察することになった。

第4章の「七番目の男」論では、「男」の一人称の回想的な語りに見られる不可解な点を手がかりに、トラウマ論と男性性研究の観点からその語りのあり方を読み直すことで、小説テクストに、性暴力を受けた男性被害者の問題を立ち上げた。「レキシントンの幽霊」で男性同性愛やエイズについて直接的な言及がないのと同様に、「七番目の男」には性暴力被害に関する明確な語りはない。だがあえてこの小説の語りを、軽視されたり特殊化されたりしてその深い傷や痛みが見過ごされやすい、男性の性的被害をめぐるトラウマティックな語りとして読み替えることによって、できるかぎり、この小説表現の可能性を開こうと試みた。それは、明確な言語化が難しいトラウマの語りに寄り添う、新たなトラウマ批評の試みでもあった。

「七番目の男」には、男性性をめぐるジェンダーとセクシュアリティの社会規範が重い枷となり、男性が性暴力被害の身体的な記憶を〈言葉〉にすることの困難が描かれていると読めた。この小説テクストもまた、困難や苦痛を抱え、生存の危機にさえ晒されるなかで、それでもなお、その傷つき、非規範的と見なされる身体の〈言葉〉をいかに他者へと語りうるかを表現したものと捉え直すことができた。

以上のように、村上春樹文学は語りの巧緻な組織化を通して、読みのレベルで、読者をクィア、ジェンダー、セクシュアリティをめぐる主題にアクセスさせる可能性を有しているのである。

第5章では、これまで映画化やアニメ化によってたびたび注目されてきた、田辺聖子の「ジョゼと虎と魚たち」を再読した。本作の分析に取り組んだ背景には、当時の論者の問題意識として、前章までの考察では社会的な女性抑圧を問題化するフェミニズム批評の観点が決定的に不足しているという自覚と、「障害」を社会的に構築された障壁と見なす現代の障害学に対する強い関心とがあった。とくにクィア批評でのフェミニズムの観点は、同性愛者として一括りにされがちなレズビアンとゲイのジェンダー的差異にきわめて意識的だったテレサ・ド・ラウレティス[2]や、クィア・フェミニズム批評の観点から卓抜したレズビアン批評を展開した竹村和子[3]の仕事を持ち出すまでもなく、異性愛主義的社会が家父長制に代表されるような男性優位性にまぎれもなく裏打ちされていることを考えれば、欠くことができないものだ。

社会的に〈非ノーマル〉と見なされ、ときに生存の危機にさえ瀕するほどの弱い立場に置かれる非規範的なクィアな生は、重要な決定がなされる公的な領域で、同じく〈非ノーマル〉と見なされ、社会的に排除されてきた、いわば世界の最大多数の弱者としての女性たちの生と問題性を共有している。だがそればかりでなく、たとえば女性がクィアであるとき、女性であることとクィアであることとによって二重の社会的抑圧に晒されることになる。つまりクィアは最初から、フェミニズムの問題性を内在させていたとも言い換えられるだろう。

本章では、以上のような問題意識からフェミニズム批評を展開している。とりわけ女性障害者の表象を考えるための批評概念として「ケアの倫理」を採用した。特定のニーズによって成り立つ、ケアしケアされる関係性は、ケアが必要な障害がある身体ばかりでなく、性別分業化されているジェンダー化された身体をも起点として生じることがあるからだ。そのうえで本章では、ギリガンがフェミニズムの文脈で提唱した、具体的ニーズへの応答としての「ケアの倫理」を、女性障害者である主人公ジョゼのニーズをどのように可視化して読み取り、応答責任を担えるかというように、この小説テクストを「読むことの倫理」の姿勢とつなげて捉えた。ジョゼが自らの「幸福」を「死」と同義と捉えることがない、「いまだないもの」としての「非認知ニーズ」がのちの読み手によって把捉される可能性に、この小説の「読むことの倫理」＝「ケアの倫理」が賭けられていたと言える。

第6章では、松浦理英子『犬身』がクィア批評とフェミニズム批評との紐帯としてあることを論じた。とくにここでは「ケアの倫理」に加えて、哲学的観点から練り上げられてきた動物論の観点を取り入れている。動物というモチーフ自体については、すでに本書の第1章で兎の寓意性に言及し、第3章と第4章で犬に関する分析をおこなっている。だが、この第6章では、動物論を批評理論として明確に意識した議論を展開している。

動物論は、日本近現代文学研究の領域では、村上克尚が二〇一七年の著書で批評概念としての重要性を提唱して以降、[4]いまや欠かせない観点になっている。人間と非人間（動物）との間に恣意的な分断線を引くことで成立する人間中心主義が、非人間（動物）と見なされた者に対する人間の暴力を正当化する政治システムであるというテーゼに基づく批判的動物論の視野は、前述のように〈ノーマル〉か〈非ノーマル〉かの恣意的な分断線を問題化するクィア・フェミニズム批評と地続きと言っていい。本章では、そうした主題を読み取れる小説テクストとして『犬身』を取り上げた。ただし、この小説は、動物と女性とがともに人間＝男性中心主義によって社会的に抑圧されていることを告発するだけのものではない。三人称の語りを駆使し、女性たちの親密な「ケアの倫理」に基づく相互依存の関係と、ダナ・ハラウェイが提唱した犬と人間との伴侶種同士の依存関係とを二重写しにする『犬身』は、自律した主体を前提とした人間＝男性中心主義、および異性愛主義とは異なる思考様式やクィアな関係性を提示したものと読むことができた。そのうえで、より重要なこととして、そのような理想的に見える女性同士の依存関係に、不穏な暴力の気配が描き込まれていることにも注目した。親密な依存関係が暴力的な関係にも転じかねない危険性の暗示には、「ケアの倫理」や伴侶種といった非暴力の倫理に基づく現代思想と敏感に共振しながらも、しかしそれらの思想を改めて問い直す契機を見て取ることができた。

第7章では、多和田葉子の「献灯使」を取り上げた。震災後の原発事故との関わりで読まれがちなこの小説テクストを、現在のグローバルな資本主義体制下で進行する深刻な環境汚染と気候変動による地球の持続可能性の危機との関わりから読み直す試みである。第5章と第6章で「小説を読む」なかで問題を立ち上げて重視してきた、障害、動物、ケアに関する思想的な視野をつなぎながら、新たなクィア理論を導入して読解をおこなった。

まず、ロバート・マクルーアのクィアと障害をつないだクリップ・セオリーの観点から、「献灯使」で描かれる無名の動物的感覚をもった障害者的でクィアな身体性に、新自由主義が求める異性愛主義的な強制的健常身体性とは別様の生き方の可能性が示されていることを考察した。そのうえで、そうした無名たち子どもの身体性が、クィア理論の視点からリー・エーデルマンが痛烈に批判した、子どもの形象に未来をあてがう再生産的未来主義の政治に与さないことを論じた。すなわち、「献灯使」のディストピア的世界の象徴にも見える無名たちの身体とは、再生産を前提とした健常主義的で異性愛主義的な資本主義の価値観のオルタナティヴを表象するものと読むことができた。

一方で、このような観点からすると、作中で唯一の希望であるかに見える、優等な子どもに未来を託す献灯使という制度は、むしろ既成の健常主義や再生産的未来主義をなぞるものにすぎない。したがって本章では、無名が大人たちの希望どおりに献灯使として海を渡ったかどうかが留保される結末にこそ、この小説の批評的な強度を見て取った。加えて資本主義経済を支える再生産的未来主義的な大人と子どもの関係のオルタナティヴとして、無名とその曾祖父である義郎とのジェンダー化されない「ケアの倫理」に基づく相互ケアの関係を捉え直した。

以上のように、本書の後半にあたる第5章以降は、主軸になるクィア批評にフェミニズムの観点ばかりでなく、障害、動物、ケアをめぐる現代思想の批評概念を取り入れながら「小説を読む」作業をおこなっていった。というよりも、むしろ、そうした現代思想に対する論者の問題関心に沿って、特定の批評概念に適合的と考えられる小説テクストを意識的に選び取っていった、といったほうが正確かもしれない。

ここまで見てきたように、現代文学の小説たちは、さまざまな批評理論とつながる「クィアする」読み解きによって、ときに読み手の考え方や主体性をも変容させてくれるような可能性を浮かび上がらせる。これからも、クィアと結び付いた新しい批評理論の登場と、私たちの「読む」という行為とが、本書で取り上げた小説テクストにさらなる相貌を与え続けることだろう。その意味で、クィアする現代日本文学は決して終わることはないのである。

注

（1）前掲「《エスニック・フェア》のダイバーシティ」一五ページ
（2）前掲「クィア・セオリー」
（3）前掲『愛について』
（4）村上克尚『動物の声、他者の声――日本戦後文学の倫理』新曜社、二〇一七年

初出一覧

＊本書をまとめるにあたり、加筆・修正をおこなった。

第1章　「金井美恵子「兎」をめぐるクィア——〈少女〉の物語から〈私〉の物語へ」「昭和文学研究」第五十六集、昭和文学会、二〇〇八年三月

第2章　「語り／騙りの力——村上春樹『ノルウェイの森』を奏でる女」「日本近代文学」第八十三集、日本近代文学会、二〇一〇年十一月

第3章　「村上春樹「レキシントンの幽霊」論——可能性としてのエイズ文学」「日本文学」第六十七巻第十号、日本文学協会、二〇一八年十月

第4章　書き下ろし

第5章　「ニーズのゆくえ——田辺聖子「ジョゼと虎と魚たち」をめぐるケアの倫理／読みの倫理」「日本近代文学」第九十一集、日本近代文学会、二〇一四年十一月

第6章　「松浦理英子『犬身』の射程——クィア、もしくは偽物の犬」「文学・語学」第二百二十四号、全国大学国語国文学会、二〇一九年五月

第7章　書き下ろし

あとがき

本書は私の初めての単著にあたる。もともと三島由紀夫文学の研究を専門にしている私が、なぜ現代文学論を書いたのか。端的に言えば、それは自分のなかで「小説を読む」ことの主体性を改めて確認しておきたかったからである。

専門の研究をしていると、作家名にとらわれて息苦しさを感じ、「小説を読む」ことの主体性を損なっている感覚に押しつぶされそうになることがある。ところが現代文学について論じるときは、そうした感覚から離れることができた。私自身の〈いま・ここ〉にある問題関心、とりわけクィアをはじめとした批評理論への関心に沿って自ら小説テクストを選び取り、一人の読み手として小説テクストと向き合う自由が与えられるような気がした。もちろん、だからといって三島文学研究への関心が薄れたわけではない。むしろ現代文学について一つ論文を書き上げると、不思議と今度は三島由紀夫という作家その人に注目した文学研究をしたい気持ちが湧いてくるのだ。本書に収めた文章の多くは、そのようなバランスのなかで長い時間をかけて書きためていったものである。とくに専門の研究ではなかったこともあって、意図的に作家や時間の制限を設けずに、そのときどきに意識が向かう小説を選び、それらを丁寧に分析することに努めた。

面白いことにこの過程では、はたして私が関心に沿った批評理論を用いて小説テクストを捉え直しているのか、あるいは小説テクストが私を批評理論へと導いているのかが、感覚として不分明になることがよくあった。一つの小説を分析するたびに新たな課題や問題関心が開かれ、そうすると、それまで気にもとめていなかった別の小説が急に私の前に強烈な存在感をもって立ち現れ、何らかの方法で分析するよう強く呼びかけてくるかのようだった。

呼びかけの声だけはたしかに聞こえているのに、いったいどうすればその小説テクストを論じきれるのかがわからず、途中で何度も挫折しては、また小説テクストからの呼びかけに抗えずに書き進めるといったことも多くあった。ときには論文の終盤を書くときまで、なぜ私がその小説テクストを読み解くことにこだわっているのかが、わからないことさえあった。最初からあえて見取り図を手放し、ひたすら私が小説テクストを捉え、小説テクストが私を捕らえるという相互関係を結びながらの逡巡や挫折や遠回りからなる読解の道のりは、少なくとも私にとっては「小説を読む」ことをめぐるとても困難で、かつ悦ばしい、自らの主体性を再確認するプロセスでもあったように思う。とりわけ批評理論のなかでも読み手の動詞的な介入としてあるクィア批評の援用は、さらにその「小説を読む」ことのプロセスを通して、私の考え方や主体性を大きく揺さぶり、新たに組み替えてくれるものだったと考えている。

本書を手に取ってくださる方々に、そのような「小説を読む」こと、「クィアする」ことをめぐるスリリングな体験を少しでも味わっていただけたら、私にとってこれにまさる喜びはない。

本書に収めた論文を書き進める過程では、数多くの方々に触発され、教えられ、励まされてきた。とくにお茶の水女子大学の博士後期課程からの指導教員である菅聡子先生からは、言葉に尽くせないほどの学恩をいただいた。樋口一葉をはじめとする女性作家の小説を中心にさまざまな日本近現代文学作品を幅広く研究する傍ら、文芸評論にも精力的に携わっておられた菅先生からは、専門の研究とは別に現代文学を論じていく道筋を示していただいたばかりか、フェミニズム批評とジェンダー批評の観点から「小説を読む」方法をご教示いただいた。熱意ばかりが空回りしがちなうえに引っ込み思案な私のような院生にも、菅先生は常に温かなまなざしをもってご指導くださり、研究に関するあらゆることに背中を強く押してくださった。二〇一一年五月に急逝されたため、残念ながら本書の第2章にあたる論文までしかお読みいただけなかったが、私が書いてきたもの、これから書こうとするものはすべて、亡き菅先生に向けられていると言っても過言ではない。

博士課程在学中は、同じ二〇一一年十二月に逝去された副指導教員の竹村和子先生からも、フェミニズムとクィア批評について多大なるご教示を賜った。お二人の先生方に直接お礼を申し上げることはもはやかなわないが、この場を借りて心から感謝申し上げたい。

ゼミを通して貴重なアドバイスをくださった方々もいる。とりわけ李南錦さん、川原塚瑞穂さん、倉田容子さん、ルーシー・フレイザーさん、エメラルド・キングさん、内堀瑞香さん、芳賀祥子さん、そして同じくゼミで出会い、これまで英語で論文を書く際にもひとかたならぬ支援をいただいているMamiko C. Suzukiさんからは、私が研究者になるうえで大きなご助言と刺激をもらった。

さらに研究会の場でも多くの方々にお世話になっている。近年、お茶の水女子大学のつながりで研究会をともにしている須賀真以子さん、久保陽子さん、山田順子さん、レティツィア・グアリーニさん、菊地優美さんをはじめとする方々からは、ゼミや世代の垣根を超えて惜しみない助言をいただいてきた。とくに本書の書き下ろし部分は、研究会のみなさんとの議論がなければ書きえなかった。そのほかにも、別の研究会やパネル発表などを通じて貴重なご教示や励ましをくださった方々が大勢いる。これまでともに学んできたすべての方々に改めて謝意を表したい。

すでに触れたように、私は二〇一一年に指導教員、副指導教員を立て続けに失った。そのためにその後の六年間ほどは深いグリーフを経験することになった。喜びの感覚を失い、記憶もうまく定着せず、文字を読むことにも支障が出るほどだった。それはのちに祖母や父を亡くしたときの悲しみとは全く次元が異なっていた。当時そのようにままならない心身を抱えていた私に救いの手を差し伸べてくださった方々がいた。とくに博士前期課程までの指導教員である大塚常樹先生をはじめ、お茶の水女子大学の恩師である平野由紀子先生、市古夏生先生、荻原千鶴先生からは並々ならぬ励ましと、私が研究者として生きていく勇気をいただいた。ヴァッサー大学のドラージ土屋浩美先生、クィーンランド大学にお勤めだった青山友子先生からも、折に触れて貴重なご助言やお心遣いを頂戴した。厚くお礼を申し上げたい。

また、当時日本社会文学会の活動にお誘いくださった竹内栄美子先生には、感謝してもしきれないほどお世話になってきた。常々私が単著を出すことについても気にかけていただき、研究者として挫折しそうなとき、いつも希望を与えてくださった。大和田茂先生、深津謙一郎先生をはじめ、日本社会文学会の活動を通して知り合った多くの方々とのご縁は、いまでも私にとって貴重な宝物である。

グリーフがようやく癒えてきたころ、同居の両親が立て続けに重い病にかかり、ここ何年かケアや看取りを経験することになった。そのために研究活動どころか一時は校務をすることにも困難を抱えた。そうしたなか、勤め先である日本大学文理学部の同僚には、さまざまなご支援やご教示を頂戴した。とりわけ同じ日本近現代文学を専門とする紅野謙介さん、久米依子さん、高榮蘭さん、堀井一摩さん、そして元同僚の小平麻衣子さんの励ましや支えなくしては、本書を書き上げることは不可能だった。本書の刊行にあたって日本大学文理学部学術出版研究助成を受けることができたのも、同僚の先生方のおかげである。心から感謝を申し上げたい。

ケアと研究を両立させるうえでお世話になった方々もいる。とくにアクティビストとしてフェミニズムの大切さを教えてくださった渡辺みえこさん、また、ケアと研究のバランスの取り方について数々の貴重なご教示をくださった宮内淳子さんには、記して深くお礼を申し上げる。

本書の刊行には、青弓社の矢野未知生さんに大変お世話になった。入稿が遅々として進まない私を見放すことなく、むしろ柔軟にスケジュールを組み直していただき、とても心強かった。深謝を申し上げたい。矢野さんとのご縁をつくってくださった逆井聡人さんにもお礼を申し上げる。

さらに本書のカバーには、私が一目で心奪われた、やまなみ工房の大路裕也さんの絵を使用させていただいた。大路さんの絵に出会わせてくれたのは、アール・ブリュット作品に造詣が深い、東京都渋谷公園通りギャラリーの佐藤真実子さんである。本書の校正には、須賀真以子さんと菊地優美さんにご協力いただいた。みなさまに厚くお礼を申し上げる。

最後に家族にも謝意を記したい。これまで私の研究活動を見守ってくれた武内良江と故・武内信之、そしてあらゆることに協力を惜しまなかった弟に感謝する。また何より、敬愛する研究者であり、寛大で頼もしい伴侶である村上克尚にこのうえない感謝の気持ちを捧げたい。いつも本当にありがとう。

【な】

【は】

【ま】

【や】

【ら】

事項索引

【あ】

【か】

人名索引

［著者略歴］
武内佳代（たけうち かよ）
日本大学文理学部教授
専攻は近現代日本文学、クィア・フェミニズム批評
共編著に『〈少女マンガ〉ワンダーランド』（明治書院）、共著に『三島由紀夫小百科』（水声社）、『中央公論特別編集 彼女たちの三島由紀夫』（中央公論新社）、『〈戦後文学〉の現在形』（平凡社）など

クィアする現代《げんだい》日《に》本《ほん》文学《ぶんがく》　ケア・動物・語り

発行――2023年1月27日　第1刷
定価――3000円＋税
著者――武内佳代
発行者――矢野未知生
発行所――株式会社青弓社
〒162-0801 東京都新宿区山吹町337
電話 03-3268-0381（代）
http://www.seikyusha.co.jp
印刷所――三松堂
製本所――三松堂

ISBN978-4-7872-9271-1　C0095